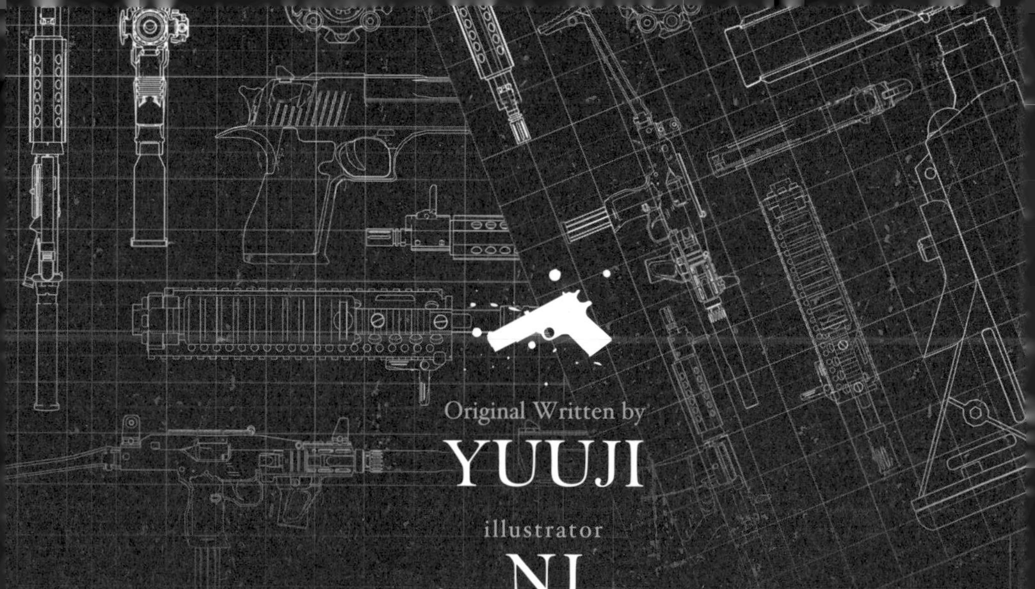

Original Written by

YUUJI

illustrator

NJ

PASSION

5

VOLUME FIVE

CONTENTS

CRAZY GUY

Ilay Riegrow

Taeui Jeong

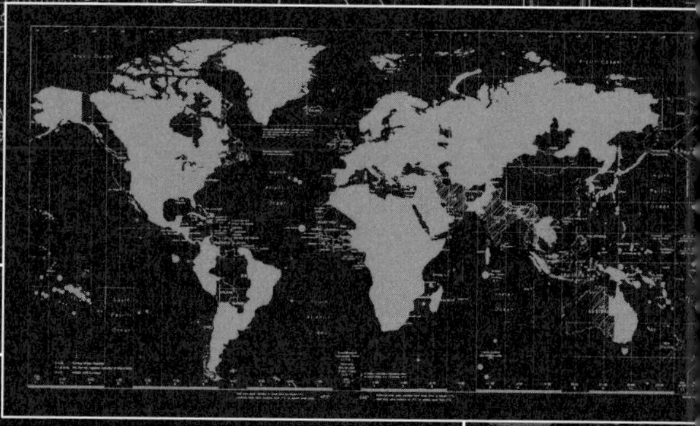

Volume 5

+ 目 次 +

16

心臟的忠告

諾陵給島（Seringe I.）

諾陵給的面積爲八百四十平方公里，人口約爲十五萬人。這座島位於印度洋的沿岸，距離坦干依喀的海岸邊大約四十五公里。屬於珊瑚礁石灰岩島嶼的這座平坦小島是熱帶季風氣候。每年的四至五月爲雨季，六至十月爲吹西南季風的涼爽乾季，十一至十二月也是雨季，而一至三月則是吹東北季風的炎熱乾季。年降水量爲一千五百公釐，在炎熱的乾季時，因爲時不時就會刮風，所以氣候跟其他地區相比算得上是非常宜人。

諾陵給上種植最多的農作物爲椰子樹及丁子香（香料的原料），島上的居民們也會利用草本沼澤來種植水稻。除此之外，島民們還會栽培糧食作物與水果，並且從事漁業來實現糧食自給。

鄭泰義就像要把這一整段文字都背下來似的死命盯著螢幕上的畫面。在凝視了好一會兒後，他才又蓋上筆電。

知道那座位於非洲的東海岸，坐落於印度洋上的島面積有幾平方公里、人口有幾萬人、島上屬於什麼樣的氣候，島民們大多從事著什麼產業究竟有何意義？

比起這些資訊，鄭泰義更想知道那座島的地圖。然而無論是哪個地圖網站，上頭都找不到和那座島有關的資料。

雖然這座島說不上有多大，但要在一座幾乎快跟半座濟州島一樣大的島嶼上找一個人實在也不是件容易的事。比起百科全書上那些不重要的資訊，凱爾簡短卻有用的說明反倒讓鄭泰義找到了方向。

據凱爾所說，島上的人大多只會居住在三、四個特定的區域。而外地人——這裡的外地人基本上是指中東地區的富豪——的豪宅幾乎都會蓋在東南部的沿岸地區。

鄭在義現在就在那座島上的某個地方。不對，是鄭在義有很高的機率會出現在那座島上。

鄭泰義拖著自己那一拐一拐的腳走到了床邊，並且撲向那張床。

此刻的太陽已經升到了他的頭頂上。雖然因為遮陽篷，所以陽光無法直接照射進房內，但刺眼的陽光卻照亮了幾乎快跟門一樣大的窗框。

鄭泰義將自己的其中一隻手臂撐在比床鋪還要再高個幾公分的窗框上，並看向窗外。出現在他眼前的是只要幾步就能抵達的湛藍泳池。

他趴在床上，像是很惋惜般地晃動著那隻因為打上石膏而有些沉重的腳，接著凝視起泳池跟泳池旁那張空無一人的沙灘椅。

那張沙灘椅就像在證明不久前才有人坐在那裡似的，一旁還擺著一本被翻開的書。仔細一看，那張小木桌上除了有書之外，還有一罐被人喝到一半的啤酒。而鄭泰義現在才發現那罐啤酒。

「……」

鄭泰義一邊咂嘴，一邊瞪著那罐啤酒。那是舒爾泰斯的啤酒。

媽的，我也很愛喝啤酒。他怎麼可以自己一個人獨享？

鄭泰義的腦中浮現出了不久前還坐在那個位置上的男人，暗自在心底抱怨道。

當慢了他人一步吃完午餐的鄭泰義跑回房間裡鬼混的同時，伊萊里格勞那個傢伙好像是從書房裡拿出了一本非常老舊的書本，並且來到泳池旁坐在那裡開始看起了書。

隨著天氣變得越來越炎熱，他便會跳下泳池游個幾圈，隨後才又爬上岸繼續看起那本他剛剛看到一半的書。

乍看之下，伊萊就像一名在從容享受著假期的人。

鄭泰義為此感到慶幸的同時，他其實很意外對方竟然完全不會干涉他要做什麼事。無論他是在房間裡睡午覺、在飯廳裡要零食來吃，抑或是在書房裡找書來看，伊萊不但不會去干涉他的任何行為，甚至對方基本上都在忙著用游泳或看書來度過這段難得的悠哉時光。

不過轉念一想，或許這件事並沒有想像中的這麼令人意外。畢竟當兩人還在UNHRDO時就是如此。無論鄭泰義要在表定行程外做什麼事，伊萊都不會插手與過問。

實際上，不僅僅是鄭泰義，伊萊里格勞對誰都是這種毫不在乎的態度。然而伊萊看上去雖然什麼都不在乎，但偶爾卻又會露出彷彿早已看透對方的一面，令鄭泰義時不時就覺得有些膽怯。

而有些時候，伊萊也會突然冒出讓人不自覺打起冷顫的動物般的直覺。仔細一想，或許這個直覺與「彷彿早已看透對方的一面」有關也說不定。

舉例來說，剛剛當鄭泰義坐在窗邊用著筆電時，他突然想去找麗塔要些零食來吃，所以他在起身的剎那下意識地瞥了窗外一眼。當時的伊萊可能是才剛游完泳上岸，在用沙灘巾擦拭完身體後，伊萊便一屁股坐在沙灘椅上準備繼續看起手中的書。

眼看對方完全不在乎自己的一舉一動，鄭泰義猛地思考起了一件事。若是他趁假裝出去外面超市買冰淇淋的時候，直接逃跑的話，不知道能不能順利地逃跑成功。鄭泰義就這樣半真半假地考慮起了這個計畫。

假如對方是個普通人的話，那他或許真的會嘗試看看。畢竟在一對一的情況下，要逃跑就顯得容易了許多。他有一定的信心可以在這種狀況下順利逃脫。

不過問題就在於眼前的這個傢伙並不是個普通人……

鄭泰義看著翻閱書頁的伊萊，一邊暗自在心底咂嘴，一邊嘆了口氣。

就在這個時候。

「能不能成功的關鍵與判斷力有關。而這個前提還可以應用在大部分的情況上……你不覺得這兩句話聽上去雖然平凡，卻點出了核心的重點嗎？」伊萊的指尖輕敲著書頁，低聲念起了書本上的句子。

縱使鄭泰義表面上並沒有表現出來，但他的心卻默默地漏了一拍。他若無其事地搓揉著自己的胸口，歪起頭問道：「是嗎？」

伊萊將淡然的視線從書本上移開，移到了鄭泰義的身上。

「這句話聽起來的確是挺有道理的，不過那又怎樣？」鄭泰義聳了聳肩。

隨後，伊萊再次將視線移回書本上，不以為然地咕噥道：「舉例來說，當你在做出危險的冒險之前，最好是選擇身體狀態最佳的時候再行動……只要你能做到這件事，應該就算得上是有不錯的判斷力了。至於那個冒險究竟是否可行的問題，我們就先暫且不論。」

「……」

鄭泰義用著那隻打上石膏的腳輕輕地敲打起了地板。今天早上一起床，他腰部以下的身體就像吸了水的棉花般異常乏力。他就這樣一動也不動地呆站在那個位置上。

該死，那個傢伙到底是怎麼回事啊？

鄭泰義一邊在心底痛罵著對方，一邊朝飯廳移動。雖然他也曾猶豫過要不要去外面買冰淇淋來吃——他真的就只是想吃冰淇淋而已——，但在聽到伊萊剛剛的那番話後，他想出門的念頭立刻就消失了。

從麗塔那裡要到蛋塔並吃完之後，鄭泰義乖乖地回到了房間。在瞪向窗戶外，坐在泳池旁從容看著書的伊萊好一陣子後，他才悻悻然地掀開了筆電。

霎時，麗塔倏地跑到泳池旁叫伊萊去書房裡接從香港打來的電話。

一聽到那通電話是從香港打來的，伊萊就像放假放到一半，突然被公司電話打斷放假興致的上班族般露出厭惡的表情。不過幾秒後，他還是順從地從位置上起身。

也對，如果休息到一半，突然被工作上的事打擾的話，心情一定會很糟……盯著筆電螢幕看的鄭泰義暗自在心底嘟噥道。

而等到伊萊完全消失在他的視野裡後，他才又倏地皺起了眉頭。仔細一想，伊萊根本就不適用於放假到一半突然接到公司電話的這種情形，畢竟對方現在可說是擅離職守。

在一句話都沒說就擅自蹺班的情況下，竟然還敢因為接到公司電話而露出不爽表情的伊萊實在是過於厚臉皮。

「從香港打來的電話嗎？不知道是不是打來叫他趕快回歸崗位的催促電話……他到底什麼時候要離開啊……」

鄭泰義側身倒在了床鋪上，看著湛藍明亮到有些刺眼的天空咕噥道。

然而他真正好奇的並不是伊萊什麼時候要回去香港，而是伊萊之後打算要怎麼處置他。只要伊萊沒有辭掉UNHRDO的工作，那對方就一定得回去香港。若伊萊真的準備要回去香港，那對方究竟會怎麼決定鄭泰義的去向？是會就此放過鄭泰義，還是帶他一起回去香港，又或者是直接殺掉他，抑或是砍斷他的四肢把他囚禁在某個地方？

一一細數著這些可能性的鄭泰義猛地打起了冷顫，接著攤開自己的掌心。他最不樂見看到最後一個情形。比起最後一個，他還寧願選擇第三個可能性。而無論他怎麼看，第一個情形都不可能會發生。綜合下來，最有可能發生的便是第二個情形……

「但這個選項也很糟。」鄭泰義嘆氣咕噥道。

其實直到昨天為止，他都抱持著「只要跟那個傢伙待在一起，那不管是去香港還是哪裡都一樣糟」的想法。可是現在的鄭泰義已經有個非去不可的目的地了。

誰陵給。那座有哥哥在的島嶼。

眾人花了好幾個月、用盡各種手段才總算找出了哥哥的下落。而那名已經有好久沒有跟鄭泰義見到面的人現在就在那座島上。

天空中的光芒過於刺眼，鄭泰義只能瞇起雙眼。他將手背抵在額頭上，試圖遮擋住那道光芒的同時，不忘默默地自言自語道：「綁架監禁嗎……」

鄭在義與綁架監禁。這兩個詞乍看之下好像很有關聯性，卻又八竿子打不著。

其實從以前開始，就有很多的人與機構想要得到鄭在義。而其中自然不乏寧願使出綁架這種強硬手段也要獲得鄭在義的人。然而在這無數次的嘗試之下，從來沒有人真的成功過。

如果鄭在義這次真的是被人綁架監禁的話……

「那麼那個犯人一定是個比哥哥還要更幸運的人……」

「先不論我不認為會有這種人存在。假如對方真的有那麼幸運的話，那他當初根本就不用綁架鄭在一啊。」

倏地，一道低沉的嗓音從咫尺傳來。

該死，我是不能開開玩笑嗎。

鄭泰義直接闔上了半瞇著的雙眼。不知道是不是他的錯覺，但他總覺得腳踝好像變得更加刺痛了。

他記得剛剛有確實地關上房門再進到房內。更何況若他沒記錯的話，那扇門的鉸鏈因為鎖得很緊，所以每當開關門時總會發出細微的嘎吱聲。

也不知道那個男人是怎麼做到可以不發出任何的聲響，就這樣從容靠在敞開的房門旁的。

「你看上去很舒適。是因為有陽光照進來，所以才這麼能睡嗎？」

「……嗯……最主要還是因為我昨天晚上基本上都沒什麼睡。」鄭泰義努力裝出懶洋洋的嗓音咕噥道。然而他實際上也是真的很沒力氣，所以他可以不用耗費太多的心力就呈現出他所想要達到的效果。

雖然他很想趁閉上雙眼的同時也跟著閉上自己的嘴，但眼看旁邊的那個男人明擺著不會吃緘默權這套，於是他便直接選擇了放棄。

「難道是這張床不好睡嗎？但我怎麼記得我哥花了很多心力在佈置客人們的房間啊。像你現在躺著的那張床也是我哥特別訂做，花了好幾個月才收到的上等貨。」

猶如貓般悄悄站在門旁的伊萊邁開步伐走進了房間裡。吱吱，木地板也跟著發出了一道細微的聲響。

惱火的鄭泰義下意識地握緊了拳頭。

他竟然還有臉提這件事？伊萊這該死的傢伙，他說的是人話嗎？

看在鄭泰義的眼裡，伊萊——雖然凱爾當初特地選了個最無害的「特別」來形容伊萊那糟糕的個性——肯定早就猜到了他睡不好的理由，卻還是故意講這些有的沒的。

而這一切可以從伊萊輕輕敲了敲鄭泰義那因為過於用力，漸漸發白的手指關節中看出。

「你幹嘛這麼用力地握拳……再這樣下去，你說不定都能打倒一頭熊了。」

在聽見對方那混雜著微妙笑意的嗓音後，鄭泰義再次睜開了半瞇著的雙眼。下一秒，他看向那隻慢慢輕敲著自己手背及關節的白皙手指。而對方那猶如玻璃珠般的指甲此刻正散發著明亮的光澤。

跟那雙白皙又好看的手比起來，鄭泰義這既平凡又普通的手的確更適合握武器抑或是握緊拳頭。

鄭泰義悄悄將自己的手從對方白皙的指尖下移開，「我向天發誓，可以空手打倒一頭熊的人絕對不是我，而是你。」

伊萊笑了起來。隨後，他坐在鄭泰義的床邊。明明對方一屁股坐在了棉被上，甚至蓋在鄭泰義身上的棉被還因為對方的動作而稍稍移位，但床墊卻沒有因此晃動。

他好像貓科動物。不過有哪種貓科動物可以打倒一頭熊啊……

鄭泰義將臉埋進棉被裡左右磨蹭了起來。其實他今天的狀態是真的很差。從早上開始，他的神智就非常恍惚，而這也導致他無法集中精神去思考一件事。明明他之前還曾經被他人稱讚過就算身體的狀態很差，但集中力卻可以完全不受影響。想必現在的他也已經大不如前了。

輕輕嘆了口氣後，鄭泰義猛地轉過了頭。他感受不到坐在床邊的伊萊氣息。每當一頭野獸冷不防地變安靜時，肯定會發生一些令人不安的事。

而當他將視線移到對方身上的剎那，一樣突兀的物品突然出現在他眼前。鼻梁差點就要被撞上的鄭泰義在千鈞一髮之際，驚險地接住了那個東西。

那是一罐啤酒。

「這是我剛剛才從冰箱裡拿出來的，我想它應該還是冰的。」

「……謝啦。」

不過若你可以好好拿給我的話，那我應該會更加感謝你。

鄭泰義一邊在心底念叨道，一邊小心翼翼地拉開易拉環。如果他剛剛沒有順利接過對方遞來的啤酒，也來不及躲開的話，那他的鼻梁現在應該已經被撞歪了。

鄭泰義在一口氣喝光那罐依舊沁涼的啤酒後，重重地嘆了口氣。雖然他一直都沒有注意到，但身體好像遠比他想像中的更加乾渴。明明他剛剛也才剛喝完一罐啤酒而已，不過體內卻變得越來越飢渴。

鄭泰義有些惋惜地晃了晃手中的空啤酒罐，正當他猶豫著要不要再去拿一罐啤酒來喝時，他突然轉過頭看向了伊萊。

對方此刻正用著猶如刀刃般銳利又冷漠的眼神盯著他看。

咚、咚，從對方指尖不停敲打著床單的動作來看，想必伊萊又陷入了思考之中。

「……」

鄭泰義微微地皺起了眉。

伊萊看上去也不像心情很糟的模樣，那麼對方現在究竟是在想些什麼，才會用這種眼神直勾勾地盯著他看？

鄭泰義拿起放在床頭櫃上的琺瑯煮水壺，並且將自己的嘴巴靠在壺口上直接喝起了水。要是被麗塔撞見這一幕，肯定會立刻皺起眉頭，但現在的鄭泰義也是別無選擇。因為他的水杯放在伊萊身後的書桌上。

即使他現在的確是有些口渴，不過也還不到非得倒水來喝的程度。然而在看到伊萊直直望著自己卻一句話都不說的模樣後，他頓時便覺得有些嘴饞。

伊萊之所以會選在這個時間點陷入沉思，想必這一定跟不久前從香港打來的那通電話有關。仔細一想，伊萊這次不但沒有寫請假單就直接無故曠職，甚至還以近乎強奪的手段借走亞洲分部的專機。縱使鄭泰義不是很了解UNHRDO裡那些複雜的規定，但光是從常理來看，他就可以推斷出伊萊這次肯定闖了大禍。

不過往好處想，至少對方這次並沒有在分部裡鬧出人命。若是拿這次的事件跟過往那些動輒就會死人的事故相比的話，無故曠職與借走專機根本就是小巫見大巫。

而且就算上頭的人要為了這件事逼伊萊寫一堆檢討報告、要將他降職，甚至是將他關進地牢裡，伊萊可能也覺得不痛不癢。

「……」

如果可以的話，我還真希望分部可以把伊萊關在地牢裡好幾個月。

鄭泰義將自己的雙唇從壺口上移開。下一秒，他偷偷打量起伊萊的臉色，並且開口道：

「聽說有人從香港打電話給你。該不會是UNHRDO吧？是因為你突然就跑來這裡的緣故嗎……啊，還是那通電話其實是跟軍需品有關的事？」

講到一半，鄭泰義才突然意識到後者的可能性也很大。然而無論是從哪裡打來的，電話那頭一定是打來罵他無故曠職的這件事。

而伊萊見狀先是挑了挑眉，接著才又「啊啊」了一聲，並點起了頭。隨後，他滿不在乎地聳了聳肩說：「其實分部打來也沒有說什麼重要的事，他們只是要我趕快回去而已。只不過總管這次竟然還親自下令，要我趕在明天之前就回到亞洲分部。」

「明天之前？如果是明天之前的話，那不就是……」

「考慮到時差，那我至少今天就得出發了。」

伊萊幫鄭泰義把講到一半的話說完。

鄭泰義倏地露出有些呆滯的表情盯著對方看，「今天……」

下一秒，他看向掛在牆壁上的時鐘。現在已經正式邁入了下午。

今天沒剩多少的時間了。或許從不同的觀點來看，時間的多寡可能會因人而異，但若是考慮到馬上就要出國的話，這絕對不會是個充裕的時間。

鄭泰義默默不語地凝視著伊萊。他的腦海短暫地閃過了剛剛思考過的第一個可能性，不過這個念頭隨即又被他抹去。畢竟他比誰都還要清楚人生不可能這麼一帆風順。

「如果是今天就要出發的話……」

鄭泰義緩慢地開了口。無論伊萊最終會講出什麼，他都在等對方的答案。

然而伊萊就這樣沉默了好幾分鐘，靜靜地用自己的指尖不停敲打著床單。一直等到好一會兒後，他才總算停下了手中的動作。

「所以你要去找鄭在一……？」

鄭泰義沒有料到伊萊會提起這件事。不過他立刻就反應過來，自己的答案極有可能會影響到對方所做出的決定。

然而與此同時，他其實相當意外。

雖然從正常人的角度來看，主動詢問對方想法是件再正常不過的事，但這個道理並不適用於他眼前的這個男人。比起詢問鄭泰義的意見，想幹嘛就幹嘛的態度更符合伊萊平時的作風。

「……對啊，難道你要幫我？」鄭泰義故作輕鬆地笑著反問道。

伊萊要去香港，而他則是要去非洲。伊萊有可能會乖乖讓他離開嗎？

實際上，鄭泰義也明白這個可能性低到不能再低。而所有問題的癥結點其實也出自於此。

伊萊那雙緊盯著鄭泰義看的雙眼漸漸瞇了起來。明明鄭泰義也不是第一次看見對方那猶如刀片般銳利的視線，但每當他察覺到那道視線時，他還是會下意識地打起冷顫。

鄭泰義不悅地收起了笑容，「不要一直盯著我看，不要再看了！我也不求你幫我，我只希望你不要妨礙我就好了。」

最後那句話不但是鄭泰義心中最大的心願，同時也是他所奢求的未來。

霎時，伊萊的嘴角揚起了一個微妙的弧度。那張不知道是不是在笑的嘴唇吐出了一句簡短的話：「從結論來說，鄭泰義，你今晚要跟我一起搭飛機回香港。」

「……」

鄭泰義撇起了嘴。隨後，他不爽地瞪向伊萊。

我就知道他會這樣做。無視他人意見，蠻橫行事的確才更像這個男人的作風。

鄭泰義苦澀地嘆了口氣，低聲咕噥：「既然如此，那你剛剛幹嘛問我的意見啊。」

他現在得認真思考起自己的下一步該怎麼做。其實若是伊萊堅持己見，硬是把他拖去香港的話，那他的確沒有什麼手段可以逃脫。在伊萊手腳活動自如，甚至還緊盯著他看的前提下，他根本就不可能找得到機會從對方的眼皮下逃跑。而他也沒有足夠的體力與技巧堂堂正正地打倒對方再離開。

綜觀下來，他就只能像上次那樣，想辦法趁伊萊比較鬆懈的時候，偷偷下藥給對方吃再趁機……逃跑……然而在沒有提前先捏造好一個新身分的情況下，他應該連登機門都還沒到就會被伊萊抓走了。

比起花心思去思考要怎麼逃跑，他還是趕快先去找個人來幫他製造假身分會比較快。雖然在被伊萊緊盯著的現況下，他能不能順利完成這件事也是個問題就是了。

更何況伊萊再怎麼看也不像會被同樣的手法騙兩次的人。

鄭泰義先是咂嘴大力撓起自己的頭，接著抬眼瞥了伊萊一眼，「那我有拒絕的權利嗎？」

「沒有。」

鄭泰義語音剛落，伊萊馬上就淡淡地答道。

然而鄭泰義老早就猜到對方會這樣說，「那我可以先去其他地方一趟，之後再去香港嗎？」

「若你可以在明天之前從柏林去到三蘭港，再從三蘭港搭輕型飛機飛去誰陵給，並且在那座島上找到鄭在一後，接著再次飛回三蘭港並回來柏林——不對，乾脆直接從約翰尼斯堡搭飛機飛去香港會更快。若是你可以在明天之前走完這一整趟的話，那我自然是沒有意見。」

「……」

我都快數不清我到底湧上過幾次衝動，想撕碎他那張悠哉碎念著的嘴了。

原先還想要在心底細數這個次數的鄭泰義，最終因為怎麼數也數不完所以只好乖乖作罷。縱使他有一堆想抱怨的話，但他也明白把這些話講出來只不過是賠了夫人又折兵，於是他最後只好以沉默來當作回應。

而一旁的伊萊在直勾勾凝視著鄭泰義好一會兒後，倏地開口道：「泰一，難道你都不曾想過嗎。」

「……？」

「鄭在一的運氣出奇地好。雖然我們表面是假定他被人綁架監禁了，但實際上根本就沒有人相信這個假設。只要他想，他絕對可以毫髮無傷地再次回到家。可是這樣的他不但沒有主動聯絡過其他人，甚至也不曾聯絡過你。」

「……」

「難道你就不曾想過——或許鄭在一打從一開始就不打算要見你的可能性嗎？」

鄭泰義目不轉睛地看著伊萊。對方的語氣聽上去既不像嘲諷，也不像在套話。伊萊看起來就像想到什麼就直說的模樣，平淡地說著他所認為的假設。

「是嗎……或許就像你說的那樣吧。如果一切真的如你所說，那就算我跑去了誰陵給，我可能也見不到哥哥。」鄭泰義聳肩咕噥道。

其實不要說是誰陵給了，只要鄭在義不想見到鄭泰義的話，那就算鄭在義現在人就站在房門口，鄭泰義也無法見到對方。

「不過我覺得這個可能性非常小。就算哥哥這段時間都沒有湧上想見我一面的念頭，但並不代表他就不想見到我。」鄭泰義擺了擺手，不以為然地說道。

然而鄭泰義其實也有思考過這個問題。

每年只要一到生日就會主動聯絡他的哥哥今年竟然破天荒地沒有打給他。只不過比起伊萊講的那個可能性，當時的他只認為哥哥可能是忙到連想起他的時間都沒有罷了。

「哥哥不想見到我嗎……仔細一想，的確不能排除這個可能性。我之前竟然都沒有想到這件事。」鄭泰義像是很佩服般地嘟噥完後，默默點了點頭。

明明這個假設是最不能被排除在外的選項之一，但他竟然都沒有想過要往這個方面去想。話雖如此，不過他還是不覺得哥哥會不想見到他。

伊萊直直地凝視著從容點著頭的鄭泰義好一會兒後，微微挑起了自己其中一邊的眉毛，「看來你們兄弟的關係還滿不錯的嘛。」

「嗯——？與其說是關係好……實際上是因為我們沒有什麼可以讓彼此關係變差的契機。」鄭泰義一邊回想哥哥的模樣，一邊補充道：「打從一開始，我跟哥哥就不是那種喜歡引起紛爭的個性。比起個性很合，更準確地說，我們倆的個性不同到連可以起衝突的交點都沒有。」

仔細一想，鄭泰義與鄭在義的確不屬於那種十分投緣的兄弟。他們不但不曾一起牽手去電子遊樂場，甚至連一起去踢足球或者是玩籃球的經驗都沒有。然而，他們之間也沒有發生過什麼不得不主張自己的喜好進而產生爭執的契機。

這麼一看，他與哥哥的關係還真的是相當枯燥乏味。但即使如此——

「我還是想去見哥哥。」

所以我不打算跟你一起去香港。

伊萊不可能沒有聽懂鄭泰義那句沒有說出口的弦外之音。更何況對方應該早就猜到鄭泰義打從一開始就不想跟他一起離開的事實。

伊萊再次瞇起了雙眼。而鄭泰義見狀也毫不閃躲地直視了對方那道不知道究竟在想些什麼的視線。

「鄭泰義，你覺得你有選擇的餘地嗎？」

「……難道沒有嗎？」

鄭泰義的眼球轉了一圈後，默默打量著對方的臉色咕噥問道。明明在三秒之前，他還能理直氣壯地表達自己的想法。不過伊萊的一句話立刻就把他拉回了現實。

鄭泰義模稜兩可地咂起嘴。而伊萊在沉默了一會兒後，再次開口問道：「如果我說沒有，你又要找機會把我綁起來再逃跑嗎？」

「這……」

也不無可能吧。鄭泰義實在沒有勇氣把卡在喉頭的那句話講出來。

鄭泰義一直以來都覺得他很擅長含糊其辭以及自然順利地帶過話題，但他現在才意識到他得改掉這個過於自負的想法才行。當他碰上無法預測對方下一步要做什麼，以及腦袋異於常人的對象時，裝傻應付只是會讓他自己更累而已。

畢竟伊萊又不可能會被鄭泰義撒的小謊騙到。

然而，鄭泰義也不想就這樣乖乖地照對方說的去做。

在嘆了口氣後，鄭泰義無奈地聳了聳肩。其實他大可不用去思考這麼多，畢竟他早就知道答案是什麼了。

時間可以解決大部分的問題。雖然當事者的心境會受到那段時間是長是短、或是有沒有餘力去等時間自然過去而影響，但最終時間都一定可以解決掉那個難題。

快的話幾個月，長的話或許得花上好幾年，鄭泰義就可以逃離伊萊的魔爪了。

憤怒與執著的情緒會隨著時間流逝而變得越來越淡。所以在未來的某一天，鄭泰義一定可以再次找到機會逃跑。

……雖然眼下最大的問題在於伊萊有可能會在冷靜下來後，就因為嫌麻煩而直接殺掉鄭泰義也說不定。

鄭泰義撓了撓自己的臉頰，在不滿地咂完嘴後，他最後一次向伊萊表達抗議，「不過找到在義哥對你們公司來說不也是一件好事嗎？你們這段時間不是一直在找他嗎？」

「我們公司？說實在的，少了他公司也不會就此倒閉。更何況這也不關我的事。」伊萊輕輕擺了擺手，「公司的事都是我哥在管的，跟我無關。」

鄭泰義再次試著要反抗對方，「那UNHRDO（即使鄭泰義也不認為伊萊會對機構產生絲毫的歸屬感）至少是你隸屬的組織吧？你看他們那麼著急在找在義哥，你難道就不會想幫他們嗎？」

「你說我？」

伊萊只回了這短短的一句話。然而這一句話就足以解釋所有的問題了。

也是。

冷不防被對方嘲諷的鄭泰義一邊在心底咕噥道，一邊咂起了嘴。

明知對方不可能答出「說得也是，那你就去幫我找鄭在一吧」這種答案，鄭泰義也不解自己怎麼會問出這種愚蠢的問題。仔細一想，最令人費解的應該是他自己才對。

「泰一，那我也問你剛剛那些問題。」

「……？」

在聽見伊萊那句突如其來的話語後，鄭泰義狐疑地看向對方。

「就像你說的那樣，無論是T&R或UNHRDO，甚至對其他組織來說，鄭在一都是他們的核心人物。所以只要找到了一絲線索，就算你不出面，也會有一堆人搶著要把他救出來。那你為什麼還要執意去救他？」

「救他？我沒有要救他啊，我只是想去見他而已。」鄭泰義搖了搖頭，「況且我相信哥哥一定不會落得需要被他人營救的狀況。」

或許叔叔當初之所以會拜託鄭泰義去尋找鄭在義的下落，目的也不是要讓兩人的感情變得更好。不過即使如此，鄭泰義還是很想見到鄭在義。

他除了很好奇哥哥為什麼會音訊全無的原因，更重要的是，他非常在意對方當初用手指比出剪刀形狀剪斷紅線的行為。

「不管我怎麼看，我的命運之所以會突然變得這麼坎坷，一定與跟幸運到不行的哥哥斷絕關係有關。」鄭泰義一邊抱怨，一邊看向了伊萊。

伊萊此刻正用著沒有任何情緒也沒有任何反應的眼神凝視著鄭泰義。隨後，他才又開口道：「你想去嗎？」

不需要反問對方，鄭泰義也能猜到伊萊問句裡的受詞指的是哪個地方。在沉默了一會兒後，鄭泰義嘆了口氣說：「如果我說想去，你會讓我去嗎？」

「不會，因為你今天晚上就要跟我一起搭飛機去香港了。」

鄭泰義下意識地皺起了眉頭。明明伊萊看上去也不像在開玩笑，但對方從剛剛開始就一直在玩文字遊戲。

「伊萊，你不是個會被同樣的手法騙兩次的人。我清楚知道這件事，而你也知道我一定會知道這件事。所以說，就算我現在獨自一人飛去非洲找我哥，你也能馬上追查到我的下落。你根本就沒有必要把我也一起帶去香港。只要你願意的話，你隨時都可以找到我，並且殺了我。」鄭泰義認真地說道。

然而伊萊見狀卻冷笑了一聲，「泰一，你好像忘了一件事。」

「什麼？」

「我記得我有跟你說過，既然你這麼討厭跟我待在一起，那我就讓你在死之前每天都活在那股厭惡的情緒裡。」

「……」

伊萊說得沒錯，鄭泰義的確忘了這件事。一聽完對方的話，鄭泰義不禁覺得忘記伊萊的個性究竟有多固執與殘暴的自己未免也太過愚蠢。

下一秒，鄭泰義豪不猶豫地走下床，接著一把拿起被他掛在椅背上的襯衫並放在手臂上。

「好，走吧，我們一起去那該死的香港。看你是打算要把我關進地牢裡，還是要把我灌水泥丟進香港的大海裡都隨便你。」

如果他們要搭今天晚上的班機，那即使鄭泰義不知道對方究竟什麼時候要從家裡出發，但他也可以確定一定沒有多餘的時間可以再繼續拖拖拉拉下去。

反正他也沒有什麼行李可言，簡單帶個幾樣必需品後，他還得趕快找時間去跟凱爾、麗塔以及其他人道別才行。

雖然他很想當面跟對方講這件事，但很晚才起床吃早餐的凱爾在吃完飯後立刻就跑去了公司，所以他最後很有可能只能用打電話或寫紙條的方式來向對方道別。縱使他們之後一定還有機會再次見到面，不過鄭泰義還是很想好好地跟對方說再見。

該死的，雖然早在被那個傢伙逮到的時候，我就已經半放棄了我的人生。但眼下這種無法依照自己的意志行動的情況還真的是有夠糟糕。

「那些原本下落不明的人只要一被某個人發現後，馬上就會有一堆人聞風而來了。」

就在不停散發著不爽情緒的鄭泰義換上衣服時，伊萊的嗓音突然傳進了他的耳裡。鄭泰義瞥了身旁的人一眼後，不滿地咕噥道：「對啊，哥哥現在說不定在誰陵給的消息應該已經傳遍各個地方了吧。就算不是我，一定也有一堆人恨不得趕快把他帶出那座島。」

語畢，鄭泰義還不忘補上了一句：「所以我現在不是要乖乖跟你去香港了嗎？」

吱吱，伴隨著木地板所發出的細微聲響，鄭泰義察覺到伊萊正從床上站了起來。只花了幾步就走到鄭泰義身後的伊萊伸出自己的手，抓住了對方的耳朵。彷彿在拉扯著鄭泰義耳朵的動作看上去既溫柔的同時，卻也毫不留情。

耳朵被扯紅的鄭泰義立刻就皺起眉頭，轉過頭看向了對方。

「我不是在講鄭在一。」

「……？」

輕輕甩了甩頭，伊萊就乖乖鬆開了手。鄭泰義見狀馬上抬起手遮住剛剛被扯到很痛的耳朵，狐疑地凝視著對方。

下落不明的人。一聽見這些關鍵字，鄭泰義下意識地就認為對方一定是在講鄭在義。

鄭泰義先是歪起頭直勾勾地盯著對方看。在思考了一會兒後，眼看對方似乎並不打算親口說出答案，他只好皺起眉頭像是自言自語般地說：「你在講我……？」

「對，就是你。」

鄭泰義失神地凝視著伊萊好幾秒後，伸出食指了指自己，「也對……畢竟……叔叔現在也知道我人在哪裡了。」

「只要一想到我的獵物有可能會被其他人搶走，心情就愉快不起來。只要把你帶去香港，那就算你出了什麼事，我也能馬上從分部裡出來處理。如果我沒把你帶去香港，那當我一離開德國這片土地，他們應該馬上就會跑過來對你下手了。」

鄭泰義依舊維持著失神的表情。

雖然伊萊時不時就會講出讓普通人難以理解的話，但鄭泰義向來都能抓到對方大致上想表達的意思。只不過他這次卻完全找不到頭緒。

可是對方不是個會說出毫無意義大話的人，這麼推算的話，應該只是鄭泰義還沒聰明到足以理解對方所想表達的含義吧。

但即使如此……

「除了你之外，還有誰會對我下手。」鄭泰義啼笑皆非地咕噥道。

當一個人在判斷周遭的事物或他人時，總是會傾向以自己作為基準點來思考。只不過就算如此，鄭泰義還是不覺得他過去曾像伊萊那樣隨便度日。

他沒有印象自己有做過足以讓其他人隨時隨地都想伺機殺掉他的行為。

最近行蹤成謎的人的確不只有鄭在義一人。雖然時間不比鄭在義長，但鄭泰義確實也有一段期間是處於下落不明的狀態。

可是鄭泰義與鄭在義的差別在於，不會有人好奇鄭泰義的下落。除了一些不小心結下梁子，所以死命在尋找他蹤跡的人——舉例來說，就像他眼前的這個男人——之外。

「怎麼會沒有，我現在馬上就能想起……」

在聽見鄭泰義嗤之以鼻的話語後，伊萊咂起嘴開口道。然而話才講到一半，他隨即又沉默了下來。

「想起什麼？」

即使鄭泰義立刻就好奇地反問，不過伊萊也就只是冷冷地凝視著他看罷了。

雖然鄭泰義並沒有印象自己有做錯什麼事，但在看到伊萊的眼神後，他還是緩慢地躲開了對方的視線。與此同時，他不忘小聲地抱怨道：「你不想說的話就拉倒。」

霎時，伊萊低聲嘟囔起：「鄭在一嗎……」

「……？」

「或許那方面更棘手也說不定。」

鄭泰義微微地皺起了眉頭。他能感覺到兩人的話題正微妙地被帶開，而他在快找到頭緒的同時，卻又迷失了方向。

深深嘆了口氣後，鄭泰義有些不耐煩地抓起了自己的頭髮。

「所以你的意思是因為有個不知名的人物跟我結仇，你怕對方會搶先你一步殺了我，所以才執意要把我帶去香港？還是你只是單純想讓我每天都活在厭惡的情緒裡？」

縱使鄭泰義也很想直接表達出自己的憤怒，但一切並不像他想像中的那麼容易。更何況伊萊不但不是個會因為對方的態度就自我檢討的人，而且就算鄭泰義現在再怎麼不滿，他也還不到真的動怒的程度。

鄭泰義一邊用無力的嗓音嘟噥，一邊思考著原來不小心闖禍再逃跑，一旦被抓到就會落得這種下場啊。想必這就是所謂的業報了。

而自從進到這間房間後就一直像陷入沉思般凝視著鄭泰義的伊萊猛地將手伸進口袋裡，並且掏出了一隻手機丟給鄭泰義。下意識接過手機的鄭泰義狐疑地盯著自己手中的物品看。

「隨便你要怎麼想都可以，反正我們要去香港的計畫不會改變。三十分鐘後出發，你趕快打給我哥跟他說我們要走了。這隻手機不用經過很多不必要的步驟，它可以直接打給我哥。」

「啊，是的是的。」

鄭泰義不爽地回答完後，接著打開了手中的折疊手機。下一秒，他倏地皺起了眉頭。

三十分鐘後就要出發嗎？為什麼要那麼趕？

鄭泰義一邊輸入已經記在腦海裡的手機號碼，一邊朝準備走出房門的伊萊問道：「你不是搭專機來的？那我們應該沒有固定的搭機時間吧。你為什麼一定要趕在三十分鐘後出發？」

仔細一想，就算他們等到凱爾下班後回家，大家最後再一起吃頓晚餐，好好地道別過再搭專機去香港也綽綽有餘。

「……」

伊萊停下腳步，緩慢地轉過頭看向鄭泰義。

眼看對方那張面無表情的臉龐上漸漸流露出一絲啼笑皆非的表情，鄭泰義連忙將視線再次移到手機螢幕上。

也對，被強行帶來這個地方的機師怎麼可能會乖乖等一名教官慢慢處理完他想做的事再起飛。況且那也不是伊萊的個人專機，而是UNHRDO的專機，照理來說很多的飛行行程都早就被安排好了。被伊萊奪機後，想必那些行程都就此開了天窗。

「不過真的好趕……也不知道他到底訂好機票了沒。」

在聽見鄭泰義的自言自語後，正準備踏出房門外的伊萊開口答道：「當然，護照號碼為JR0203314的金英秀先生。」

「……我看你最會的就是挖苦別人了……」

鄭泰義厭倦地咕噥完後，伊萊先是大笑兩聲，接著在間隔了一段時間後，他又轉過頭看向房內的鄭泰義。

下一秒，他用著不是很樂意，可是卻異常爽快地說道：「我勸你最好是閉上嘴乖乖跟我走。畢竟我也沒有打算阻止你去找鄭在一。」

「嗯？」

鄭泰義一邊聽著耳邊傳來撥通電話時的信號音，一邊以有些茫然的視線看向伊萊。由於對方說出了令他相當意外的話語，使他不禁懷疑起是不是自己聽錯了。

然而還沒等鄭泰義開口詢問，伊萊就直接轉過頭走出了房間。

一直等到耳邊的信號音消失，在凱爾簡短反問著：「怎麼了？」之前，鄭泰義茫然的視線都停留在伊萊離開的那個位置上。

＊＊＊

凱爾是個相當繁忙的人。

像他現在也用右邊的側臉夾著電話聽筒，一邊聽著從海洋另一端打來的電話，一邊用右手拿筆，左手拿著五分鐘前詹姆斯剛遞給他看的傳真文件。

實際上，詹姆斯會幫他解決大部分的工作。如果硬要算的話，公司裡大概有九成以上的工作都是由詹姆斯代替凱爾完成的。

由此可知，詹姆斯真的是一位能力非常好的秘書。雖然很愛嘮叨，但一想到詹姆斯過去曾經一度因為工作壓力太大而接受心理諮商，甚至還萌生了辭職的念頭，凱爾便決定要乖乖忍受對方的碎念。

很晚才在家裡吃完早餐，並抵達公司的凱爾一看見書桌上那疊成堆的資料，立刻就嘆了口氣抱怨說：「工作未免也太多了吧！」

然而凌晨五點就起床，七點就已經到公司處理完一輪工作並且在九點多抵達上司家中載對方來公司上班的詹姆斯見狀隨即惡狠狠地瞪了凱爾一眼。而凱爾一看見詹姆斯那凶狠的眼神馬上就嚇得閉上了嘴。

其實詹姆斯已經半放棄了自己的上司。

縱使凱爾在某些人的眼裡被視為難得一見的奇才，但實在不是一名勤勞的人。如果不是因為凱爾的腦袋特別出眾的話，這間公司可能早就已經倒閉了。

正因為詹姆斯比誰都還要清楚凱爾那反覆無常的脾氣與懶惰的一面，所以只要不是什麼重要的事，他都會想辦法自己解決。而凱爾也相當樂見——並且是以非常愉悅的心情——看到對方這麼做。

然而詹姆斯也不是在做白工。他負責的工作量有多大，他便會主動要求凱爾支付多少的薪水來當作報酬。

所以說，那些拿到凱爾面前的文件全都是「一定得過目」的資料。

「其實這樣反倒更麻煩。被他這樣過濾下來，每個拿到我手上的文件都是不能隨便看看就好的資料。唉，真的一個都沒有！該死，那猶如工作狂般的傢伙。」

等到幫忙拿傳真文件過來的詹姆斯走出辦公室後，凱爾開始大講起對方的壞話。而話筒裡位於海洋另一端的朋友見狀便笑了起來。

「你有種就叫詹姆斯幫你減少工作量啊。」

一聽見這句話凱爾立刻就像那位朋友所預料的一樣暴跳如雷地喊道：「不要開玩笑了！再這樣搞下去，他這次說不定會真的辭職。要是他離開的話，我就完蛋了。」

「哈哈，看來你也滿清楚自己的處境的嘛。如果詹姆斯真的打算辭職不幹的話，記得告訴我一聲。畢竟我得趕快把這位超能幹的人才搶過來才行。我相信除了我之外，應該還有一堆人覬覦著他吧？」

「不行！不准！如果你執意要帶走詹姆斯的話，那你也得把我一起帶走！」

一想到那位比自己還要能幹好幾倍的秘書可能會離開自己，凱爾就像打冷顫般地抖動起了肩膀。然而與此同時，他那雙掃視著文件並且不忘用手中的筆畫重點的眼眸卻是異常地冷靜，完全不能與嘴上那沒出息的語氣相互比擬。

霎時，放在凱爾西裝暗袋裡的手機響了起來。

凱爾先將紙張與筆放在同一隻手上，接著再用另外一隻空著的手拿出了手機。然而當他看見螢幕上顯示的號碼後，他微微地挑起了眉頭。

「這傢伙怎麼會打給我啊。」

「有人打給你嗎？那我要不要等一下再重新打給你？」

「不用啦，是伊萊打給我的。反正他講完重點就會掛電話了，不用這麼麻煩。可是兩個小時前才見過面的傢伙怎麼會突然打給我啊？」

「啊哈，原來是里格。我想他應該是打來跟你說再見的吧？畢竟他得趕在明天之前回到亞洲分部才行。」

「是嗎？那看來他今天就得出發了啊。不過那個傢伙不是個會特地打來跟我說再見的人。你等我一下——怎麼了？」

在把朋友的電話轉為等候模式後，凱爾接起了電話。

他的弟弟非但不會沒事就打電話過來，況且若不是什麼非常重要的大事，對方也不會特地打來。因此專門打過來跟他說再見的這種事，他根本連想都不敢想。凱爾相信他的朋友也清楚知道這件事，只不過對方還是故意拿這微乎其微的可能性來開玩笑罷了。

話筒另一端的人在聽到凱爾生硬的語氣後，先是猶豫了一下，接著才用溫順的嗓音開口道：「請問是凱爾嗎？我是泰義。」

「泰一？啊，原來。」

凱爾在將手機從耳邊拿到眼前再次確認過螢幕上的號碼後，有些意外地答道。明明螢幕上顯示的是弟弟的手機號碼沒錯啊。

縱使腦中依舊充滿著疑問，頭也疑惑地歪向了一旁，但凱爾還是用著不自覺就溫柔下來的語氣發問：「你怎麼會用伊萊的手機打給我？是那個傢伙叫你打給我的嗎？」

話筒另一端的鄭泰義在聽見凱爾那半開玩笑說出口的話語後，再次猶豫了一會兒，隨後才又開口：「那個……我跟伊萊馬上就要出發去香港了。如果可以早點知道這件事的話，我早上就會趁機好好跟你道別了，沒想到事情卻突然就變成了這樣……真的很不好意思。除此之外，我也想跟你說聲謝謝。這段時間，非常感謝你的照顧。」

「嗯？你要走了嗎？那你們什麼時候出發？」

「三十分鐘後。」

凱爾一邊聽著鄭泰義那彷彿相當愧疚的語氣，一邊陷入了沉默。

「你們怎麼不等到晚上再走？未免也太突然了。」

「啊，雖然我也想待到晚上再走，但伊萊好像在趕時間。聽說他得趕在明天之前回到香港才行。」

「但這也是那傢伙的事啊。你就叫他先回去，你再多待個幾天再走吧。」

「哎唷，這不是我能決定的事啦！」

「你就跟他說，你死都不走就好了。」

「……那我可能真的會死在他的手下。」

倏地，話筒另一端的嗓音變得異常憂鬱。而凱爾見狀也跟著憂鬱了起來。因為他比誰都還要了解對方那句話的真實性有多高。

凱爾原本還以為自己是世界上最不幸的人，畢竟很少有人的弟弟個性可以如此「特別」。然而他現在卻突然湧上了或許這個世界上真的有人比自己還要更不幸也說不定的念頭。

「好吧，那你自己要小心一點。不過還真是可惜，若你下次有機會來德國的話，記得要來找我！」

「好的，這些日子真的很感謝你的照顧。」

無論是凱爾，抑或是話筒另一端的青年都不是個會對已經決定好的事多加碎嘴的人。青年最後再補上了幾句道別的話語後，便十分乾脆地掛斷了電話。而凱爾見狀先是輕輕嘆了口氣，接著把手機收進西裝的暗袋裡。在凝視了天花板好一會兒後，他才解除電話機的等候模式，並再次拿起電話聽筒。

「抱歉，你是不是等了很久啊？」

「沒事，我也才等了兩分多鐘而已。反正我剛好趁這段時間整理了一下工作上的事。不過里格打來跟你說什麼？」

「嗯，他打來跟我道別。他說他現在就要準備出發去香港了。」

「……」

話筒另一端的朋友猛地安靜了下來。想必對方現在一定在思考里格特地打來道別的機率有多高。

「不過轉達這件事的人是你的姪子。我看螢幕上顯示伊萊的號碼，下意識就認為是他打來的，但結果是我猜錯了。」

「啊，是泰義打來的嗎？等一下，他說他要去香港？而不是去坦尚尼亞嗎？……啊，也對，他被里格抓到了。」話筒另一端接著又補了一句：「可憐的傢伙。」

凱爾可以聽出對方不是在開玩笑。而與此同時，他也十分認同朋友的那句見解。

沉默了一陣子後，凱爾像是自言自語般地咕噥道：「不過這還真是稀奇……」

即使朋友肯定也聽見了他的咕噥聲，但對方卻沒有開口詢問他是在講哪件事。畢竟覺得伊萊的行為過於罕見的人肯定不只有他一人。

苦惱了好一會兒，最終還是得不出任何結論的凱爾決定向朋友發問：「泰一當初到底是對伊萊做了什麼事才逃跑的？」

「……這個嗎，他原本好像都還忍得好好的，但某個瞬間因為壓力指數突然爆表，然後就……說到底，這多少也跟我有關啦。」

朋友的嗓音聽上去非常憂鬱。

凱爾狐疑地歪起了頭。雖然他的腦中還沒理出個頭緒，但在看見手中那張傳真過來的資料後，他覺得也是時候可以換話題了。

「話說你的姪子——那位身為我們研究所最大公敵的天才好像真的在誰陵給。」

「你又收到新消息了嗎？」

「嗯，這好像跟拉曼阿維德阿紹德有關。」

「拉曼……啊，你說的是阿費瑟王子身邊的那個男人嗎？」

聽見這番話的凱爾倏地安靜了下來，並挑了挑眉。

縱使這也不是什麼值得大驚小怪的事，不過他偶爾還是會被朋友見多識廣的能力嚇到。就算朋友所處的機構裡也有一個不容小覷的情報部門存在，但無論情報網再怎麼厲害，也很少有人可以追查到拉曼這個人。

「你知道得還真清楚。由於對方不曾嶄露過頭角，所以我是在尋找鄭在一的下落時才第一次聽說這個人的名字。」

「不，我也是在偶然的情況下才得知了拉曼的存在。那應該是好幾年前的事吧，我曾經跟他見過一面。不對，更準確地說，我是見到負責照料費瑟因而跟在對方身邊的他才對。所以我跟他也沒有認真講過幾句話。雖然拉曼是皇族的一員，但因為他的繼承順位非常靠後，所以我對他這個人特別印象深刻。」

「因為繼承順位非常靠後，所以才對他印象深刻？」

「嗯……因為他是個懷才不遇的人才。」

聽見朋友在猶豫了幾秒後才謹慎說出口的評價，凱爾先是嘆了口氣，接著說道：「懷才不遇的人才嗎……你還真會看人。拉曼早早就將自己的目標從王位鬥爭轉移到幫助費瑟壯大公司的重要角色上。雖然這件事並沒有對外公開就是了。」

「啊哈，就像T&R裡的詹姆斯？」朋友笑著說道。

而凱爾聽了不禁苦澀地咂起了嘴，「也可以這麼形容吧，只不過那人實際上才是真正掌握實權的人。總之——就是對方非常恭敬、隱密，多少帶有些許強迫性地帶走了我們的研究員。」

「……但是在我的印象裡，費瑟公司沒有涉獵到軍需品這塊。」

「沒錯，所以這其中肯定還存在著其他變數。而針對這個答案，我還得花時間繼續調查下去才行。」

「嗯，所以拉曼在誰陵給也有自己的豪宅嗎？」

「對，甚至他還把島上地價最貴的那一整片土地都買了下來。除此之外，近一年來拉曼的身體變得非常虛弱，所以他基本上都待在豪宅裡足不出戶。」

「這樣啊……」

聽見朋友的咕噥聲後，凱爾似乎能想像到對方在話筒另一端默默點起頭的模樣。

再次把蓋博傳來的資料掃視過一遍後，凱爾將一些需要確認資料真偽，以及為了消除其他變數而必須繼續追查下去的重點寫在了紙張上。

一想到在把這張紙遞給詹姆斯時，對方一定會因為又被增加了工作量而惡狠狠地瞪著自己，凱爾的心就變得異常沉重。若是給予滿滿的績效工資就可以解決對方的不滿的話，那不知道該有多好。然而事情已經發展到連錢都無法解決的情況了（而且凱爾深怕他再繼續提到加薪，詹姆斯或許會反過來說要給他錢叫他自己工作也說不定）。

「哎唷，昌仁啊，我真的好怕詹姆斯。」

凱爾看著紙張被許多需要追加調查的事項填滿的模樣，膽怯地嘟噥道。而朋友可能是因為想不到要怎麼回答，最終只好以：「好啦好啦。」來作勢安慰他。

「所以你得為在一被帶去那個地方負責才行。」

「啊？啊——好吧，也只能這樣了。雖然我不知道事情能不能順利進展下去就是了。」

「其實不只是詹姆斯，我們研究所的所長也很嚇人。現在只要一提到鄭在一名字首字的J，他馬上就會激動得臉紅脖子粗。他甚至還跟我發誓在他死之前，一定要想辦法解剖那名天才的腦袋。為此，他不久前還真的開始在準備要研究腦解剖學。」

也不知道是哪句話戳中朋友的笑點，對方立刻就放聲大笑了起來。

「我沒有在開玩笑。」凱爾嘆了口氣無力地咕噥道。不過朋友的笑聲卻沒有要停下來的跡象。

「好啦，既然蓋博在調查完還有特地聯絡你的話，那就代表在義應該是真的在那座島上吧。不過問題就在於那麼幸運的一個人，怎麼會被綁架監禁了好幾個月卻還逃不出來……」好不容易冷靜下來的朋友用著依舊帶有些許笑意的嗓音咕噥道。

凱爾見狀馬上就答出了朋友心中多少也有個底的答案，「想必他自己也不想離開那裡吧。」

只要鄭在義那驚人的運氣沒有突然消失的話，那這便是唯一的解答。不過話又說回來，那持續了數十年的運氣怎麼可能會在一夕之間突然消失？

「是嗎……或許是因為他剪斷了那條線才會落得這種下場吧。」

霎時，朋友猛地嘟噥起了這句話。而凱爾在聽見對方那宛若自言自語般的話語後，有些疑惑地挑起了眉頭。

然而他並沒有多說些什麼，只是按下按鈕呼叫詹姆斯，並且拿起下一張擺在桌上的資料，「總之，這就是我今天收到的最新消息。剩下的事就再麻煩你啦！」

「好，雖然我覺得事情肯定不會太順利……唉，我好像也突然恨起莫洛了。」朋友就像想起了什麼般嘆了口氣抱怨道。

隨後，對方在補上兩句道別的話語後便掛斷了電話。

＊＊＊

今天的力寶中心看上去格外不尋常。

猛地湧上這個念頭的鄭泰義隨即又甩了甩頭。不對，不只是今天。可能他這輩子都不會有覺得力寶中心看上去很平凡的一天了。

除非 T&R 搬出力寶中心……

「就算他們真的搬離力寶中心，但這棟大樓也已經在我的腦中留下深刻的外傷了啊！」鄭泰義看著隔著一面透明玻璃，剛好坐落於自己正對面的力寶中心惆悵地碎念道。

或許中國的風水師比想像中的還要更靈驗也說不定。

鄭泰義轉過頭朝著客房裡附設的吧檯走去，從中拿出了一罐啤酒。

他來到香港已經有好幾天了。而他現在正被監禁在力寶中心對面的飯店客房裡。

只不過這場「監禁」與定義上的意思有些不一樣。只要他想的話，他可以隨時跑去飯店裡的賭場暢玩，也可以離開飯店走在香港的街頭上到處亂晃。要不是因為他沒有什麼可以聯絡的對象，不然他也可以想打給誰就打給誰。

就像現在，鄭泰義因為看完了前幾天剛買回來的一堆書，所以閒得發慌地跑去香港街頭繞了兩圈剛剛才回到客房裡。

「可是不管走到哪都會被人監視著，這不是監禁什麼是監禁啊？」鄭泰義小聲地嘟噥道。

或許這間客房裡也被安裝了監視器或竊聽器，但鄭泰義並不在乎。對方要聽就聽吧，反正他說的是事實。

鄭泰義已經被關在這看不見欄杆的牢房裡好幾天了。從他們抵達香港的那一刻起，伊萊就把他丟在這間飯店裡，自己一個人跑回了UNHRDO的亞洲分部。

鄭泰義看著沒有任何說明，只留下一句：「這幾天你先自己乖乖待著。」就離開的伊萊，猛地愣在了原地。

伊萊離開了。

鄭泰義甚至都還來不及思考要怎麼逃跑，伊萊就率先背過身消失了。

縱使他有那麼一刻湧上了「我怎麼會這麼幸運！」的想法，但隨即他那顆想要逃跑的心就又被自己澆熄。仔細一想，在還沒找到絕妙對策的前提下，現在從伊萊面前逃走也只是無濟於事。

唯一一個可以不看護照也不看任何身分證明就逃出國的方法就只有偷渡。然而無論是再怎麼愚蠢的人，都不會笨到在沒有任何計畫的情況下就貿然地偷渡出國。

身分。這是做非法行為時最基本也最重要的條件。

沒有身分的話，可以做的事便會大幅降低。況且在考慮到安全性的問題後，基本上沒有身分就等同於什麼事都不能做。

即使鄭泰義也有想過要不要請人重新幫他偽造一個新身分再伺機逃跑，但他馬上就又打消了這個念頭。伊萊不是個會被同樣的手法騙兩次的人，更何況可以完美幫他人偽造新身分的「技術員」非常少。

鄭泰義非但沒有辦法在不透過他人的前提下與那些技術員搭上線，而且就算他真的與對方搭上線並約好要出來見個面，不知為何他的腦中卻可以清晰描繪出伊萊取代掉原先那名技術員出現在他面前的模樣。

算了，乖乖待著都有可能突然被殺了，我何必自己去找死。

仰躺在床鋪上的鄭泰義倏地坐了起來，並看向窗外的景色。

最先映入他眼簾的是那棟格外醒目的力寶中心。鄭泰義見狀下意識地就皺起了眉頭。他所處的位置可以一覽無遺地看見力寶中心的全貌，而這也使他不禁懷疑伊萊是不是故意選了位於這一側的客房。

一想到這，鄭泰義隨即撇過了頭。

雖然太陽早就下山了，但不夜城的街道卻明亮得跟白天一模一樣。鄭泰義沒料到自己才剛離開香港沒多久，馬上就又回到了這片土地上。或許是很少從這種角度眺望這座城市，他猛地覺得有些陌生。

眼看自己當初煞有介事地逃跑，現在卻如此落魄地重回這個地方，鄭泰義不禁覺得有些心寒……在尷尬地撓了撓頭後，他轉過了身。

這是發生在他第一天回到香港時的事。不管未來還會碰上什麼難關，但既然現在就只剩下他一個人，為了哀悼自己那既黯淡又悲慘的未來，鄭泰義決定要坐在港口邊眺望著九龍半島並喝點啤酒來消愁。

鄭泰義原本還以為當他打開客房房門的瞬間，就會看見有人守在房門口，阻止他出門。然而一直等到他踏出飯店的那一刻，都沒有人上前攔住他。他就這樣十分順利地離開了飯店。

霎時，鄭泰義倏地冒出要不要就這樣逃跑算了的念頭。不過就在他踏出飯店後的第十步，他突然又停下了步伐。

「……」

他抬起頭望向看不見任何一顆星，默默散發著淡紅色光芒的夜空嘆了口氣。

我看看，跟在我身後的傢伙應該有一……二……不對，好像就只有一個而已。

飯店的行李服務員露出狐疑的神情看向才剛踏出飯店大門，馬上就又停下腳步抬頭望向天空發呆的鄭泰義。而除了這道視線之外，在距離行李服務員更遠的地方還有一道視線直勾勾地盯著鄭泰義的一舉一動看。

停留在原地好一陣子的鄭泰義猛地發笑，並且繼續往前走去。他拖著自己那隻還沒完全康復的腳，一拐一拐地踩在香港的土地上。

伊萊肯定也很清楚鄭泰義一定會發現有人跟在自己的身後。而在鄭泰義腳傷還沒康復的情況下，就算伊萊隨便派個人來，鄭泰義也沒有辦法甩掉對方趁機逃跑。

難怪，我就知道他不可能會這樣任由自己的獵物逃出牢籠。

仔細一想，或許伊萊的這個舉動也不是為了要監視鄭泰義。說不定伊萊只是想透過這個方式警告鄭泰義，他還沒有打算要放任鄭泰義到處亂跑。無論鄭泰義逃到哪裡，依舊都身處伊萊所設計，有著無形欄杆的牢房內。

縱使鄭泰義在得知這件事情後的心情說不上有多不悅，但這個行為本身其實非常容易就會讓人的心情變得糟糕……

鄭泰義就像在散步般一邊漫無目的地閒晃，一邊在心底默默盤算。即使他無法打包票，不過他覺得只要下定決心，似乎就能甩掉身後的那個人。

基本上只要不是什麼能力特別高超的對象，他都有信心可以甩掉對方。只要對方只有一個人、只要他的腳沒有受傷，那他只需要像跑百米般奮力地奔跑，他就能順利甩掉對方了。

雖然他的腳現在受了傷，但鄭泰義還是湧上了要不要試一次看看的想法。然而他隨即就又打消了念頭。

一來既然對方沒有打算要傷害他，那他自然沒必要白白浪費體力；二來就算他有辦法甩掉監視著他的人、就算他有辦法逃離香港，但在身分早已被伊萊摸透的情況下，他實在沒有信心可以甩掉伊萊里格勞這個人。

要是再次逃跑又被抓到的話……喔，那我的人生一定會變得非常精彩。到時候說不定四肢真的會被對方砍斷！

鄭泰義只要一想起當時在白樺樹林裡見到伊萊的畫面，他的心臟就會不由自主地瘋狂跳動起來。假如他的意志不夠堅強，那他當時可能早就心臟病發了也說不定。

縱使他很不滿意那道不停跟在自己身後的陌生視線，但他實在也沒有什麼方法可以阻止對方。在進到營業到很晚的書店裡買了幾本書後，鄭泰義一邊在街上閒晃，一邊買了路邊飲料店裡的飲料來喝。在跑去夜市填飽肚子後，他還跑到沒有什麼興趣的相機商家裡逛了一下，接著再去位於偏僻海岸邊的一間破舊酒館裡喝了兩杯啤酒再回去飯店。

在這段期間，雖然那道視線不曾從他的身上移開過，但對方也不會主動干涉他的任何行為。轉念一想，比起讓伊萊跟在身邊，這道若有似無的視線明顯好上好幾百倍。

在那之後的每一天都是如此。

每當鄭泰義出門散步時——更準確地說，是每當鄭泰義踏出房門時——那道視線就會緊緊跟在他的身後。然而對方卻始終不會干涉鄭泰義做的任何一件事。

前天，因為鄭泰義太好奇對方會放任自己到什麼地步，所以他簡單拿了護照與錢包這種重要的物品後，便搭上了要前往機場的公車。鄭泰義暗自心想，要是對方直到最後都不打算出手阻止，那他乾脆就直接跑出國算了。

不過伊萊果然不打算放任他到這種地步。當鄭泰義一抵達機場，他的手機立刻就響了起來。即使螢幕上沒有顯示來電號碼，但鄭泰義老早就猜到打來的人是誰。

就在他一邊想著要用「沒有，我不是真的要出國」、「我又沒有笨成那樣」來解釋，一邊接起電話時，來電者似乎已經猜到他會說什麼了。

伊萊有些不耐煩地用著比想像中還要更冷靜的嗓音低聲說道：「反正你也不能用你的護照——又或者是金英秀的護照——出國。簡單在機場繞個幾圈後就乖乖回去。我現在不方便從機構裡出去，你不要搗亂。」

語畢，伊萊也不等對方答話，立刻就掛斷了電話。徒留站在機場正中央瞪著手中手機發呆的鄭泰義。

哈，鄭泰義忍不住苦笑了起來。禁止出國嗎？也對，依照伊萊的能力，要搞這一齣肯定易如反掌。只不過落得被禁止出國的下場，鄭泰義不禁覺得自己好像變成了什麼極惡不赦的罪犯似的。

那既然都淪落到了這種地步，他乾脆殺掉一直跟在身後的那個傢伙，直接搭偷渡船逃跑算了。

可是鄭泰義最後還是選擇乖乖聽伊萊的話，在機場裡繞個幾圈後，就回到了飯店。

而當天，一抵達飯店的鄭泰義立刻就把客房附設吧檯裡的所有飲品清得一乾二淨。無論是一瓶容量只有五百毫米價錢卻等同於雞尾酒吧裡一杯飲料的瓶裝水，抑或是各種種類的飲料與零食——除了啤酒之外——，他二話不說就把這些東西都倒在了廁所裡，試圖用這種方式來對含著鑽石湯匙長大的伊萊進行微不足道的報復。

可是仔細一想……

「……要是退房時，他叫我自己付房費那不就沒意義了嗎……」鄭泰義惡狠狠地瞪著眼前的力寶中心咕噥道。

今天就快要結束了。而後天就是禮拜五。

假如伊萊的工作行程跟之前一樣的話，那對方應該會在後天晚上離開機構前往香港，並且在週末跑去力寶中心處理公司的事。而鄭泰義這短暫的自由時光很有可能會就此結束。

不過鄭泰義實際上也沒有太擔心。反正只要等到平日，對方就得再次回到機構；那個因為鄭泰義已經退出，所以就算想進去也進不去的UNHRDO裡。

伊萊該不會是打算要一輩子把我困在飯店裡吧？該不會對方打算平日放我自由，而週末就拚命地折磨我吧？搞什麼啊，我是他包的二奶嗎……

一想到這，鄭泰義倏地陷入了沉默。由於連喝啤酒的心情都消失了，他只好一邊發出奇怪的哀嚎聲，一邊躺在床上。

「鄭泰義，你還真的是什麼事都幹遍了啊……唉。」

鄭泰義痛苦地在床上掙扎著，試圖要把腦中那駭人的單字甩出腦海。然而下一秒，他馬上又累得無力地倒在床上。

他出神地看著天花板，霎時，一句曾經聽過的話猛地在他的腦中閃過。

——我勸你最好是閉上嘴乖乖跟我走。畢竟我也沒有打算要阻止你去找鄭在一。

「……」

他沒有聽錯。

在凝視了天花板好一會兒後，鄭泰義突然從床上坐起。他的確有聽到對方說過「畢竟我也沒有打算要阻止你去找鄭在一」這句話。

據鄭泰義所知，伊萊這個人雖然常常令人摸不著頭腦，同時還是個特別難搞的傢伙，但對方並不會開空頭支票。更不用說是在這種話題上開玩笑了。

或許鄭泰義這些日子之所以會乖乖待在飯店裡，就是衝著對方的那句話也說不定。

「難道伊萊要直接把哥哥抓來這裡嗎？」

話才說到一半，鄭泰義隨即又搖了搖頭推翻這個可能性。畢竟他實在是想像不到鄭在義被他人抓來的畫面。

而那句話最有可能的解讀應該是「只要你乖乖待著，我就會讓你去找你哥」才對……不過誰知道，也許伊萊突然改過向善，決定要直接放過他也說不定。

「……看來只要時間一多，人就會開始亂想一些不可能發生的事啊。」

突然改過向善的伊萊，這簡直就跟被他人抓來的鄭在義一樣令人難以想像。

當面前出現了眾多的可能性，而我們又想從中找出最像話的答案時，首先要考慮的便是其中的利害關係。

找到鄭在義對某些人來說或許是種威脅，但對伊萊以及與伊萊有關的機構跟公司來說，這一定是件有利可圖的事。與此同時，若是鄭在義被其他對手搶走的話——雖然鄭泰義不喜歡這種說法，但對組織來說，鄭在義早就不被大家當成人看了——，晚了一步的人肯定會遭受巨大的損失。

換句話說，鄭泰義把鄭在義帶回來的這件事對組織來說，甚至對伊萊里格勞來說都是件好事。

反正鄭泰義再怎麼跑也不可能跑得出伊萊的手掌心，伊萊也許會選擇放下這種無關緊要的仇恨，直接讓鄭泰義出發去找鄭在義也說不定。

「……可是我也不喜歡這個做法。」鄭泰義苦澀地低喃。

他只是想去見哥哥罷了。他既不打算把哥哥帶回來，也不打算去拯救哥哥。他唯一想做的就只有像之前一樣，與哥哥見面聊個幾句一解思念之愁後，留下一句「那我們下次再見吧！」僅此而已。

咂了咂嘴，鄭泰義開始撓起了自己的後頸。

不過要是把哥哥帶回來是伊萊唯一願意放他離開的條件，他也甘願為了自己的人生安全而執行這個計畫。

一想到這，鄭泰義的心情與腦中的想法漸漸變得複雜，他只好用力抓起自己無辜的頭髮來洩憤。其實他能埋怨的也就只有自己那坎坷的命運而已。

下一秒，鄭泰義猛地從床上起身。明明他才剛回到客房而已，他卻已經覺得待在房間裡很悶。

當腦中的想法變得過於複雜時，最好的方法便是活動身體來分散自己的注意力。鄭泰義深知憂鬱的時候若是一直蜷縮在一角，那猶如怪物般的憂鬱情緒便會逐漸擴大並將他整個人吞噬。

而他也明白，那絕對不會是個多愉快的事。

一直等到他踏出飯店的半個小時後，他才發現這件事。

鄭泰義坐在半山區的路邊長椅上，一邊喝著柳橙汁，一邊抬頭仰望著那片昏暗的天空。與此同時，他還不忘思考起伊萊突然把監視他的人增加成兩個人的理由是什麼。

其實鄭泰義一開始也沒有發現。由於他漸漸習慣了對方的跟蹤，所以他後來也就直接無視了這件事。反正他既不會去做些見不得人的事，他也不打算真的跑到港口邊搭偷渡船逃跑，只要對方不干涉他太多，他也不會主動去干擾對方工作。

可是當他漫不經心地走在路上時，卻倏地察覺到了一股異狀。

這股微妙的不協調感到底是從哪裡冒出來的？

就在鄭泰義從容地思考著這個問題時，他才發現跟在自己身後的人不知不覺從一個人增加到兩個人了。

一口氣將手中的柳橙汁喝光後，鄭泰義拿出插在杯子上的吸管叼在嘴上。他就這樣一邊晃動嘴中的吸管，一邊思索著，是因為他前幾天作勢要逃去機場搭飛機出國，所以伊萊才會突然增派人手嗎？

可是無論是鄭泰義，還是伊萊都很清楚他的這個行為只不過是做做樣子罷了。就算伊萊現在多派了一個人又能怎麼樣？

鄭泰義猛地嘆了一口氣。而且新來的那個傢伙看上去也不是個能力有多高超的人。他相信今天換作是誰，都能輕易地甩掉這兩個人。

「就算我現在沒有能力逃跑，但他派這種人來是不是太瞧不起我了啊……雖然我也不希望找個連一絲動靜都無法察覺到的高手來監視我，但這種貨色還真的是……」鄭泰義叼著吸管抱怨道。

隨後，他將吸管再次插回杯子裡。在把杯子丟進長椅旁的垃圾桶後，他便從長椅上起身。

往好處想，或許伊萊派來的這個傢伙也可以當他的玩伴，陪他到處遊玩。

「既然如此……那我當然要好好地跟他們玩一玩啊。」

下一秒，鄭泰義將手插在口袋裡，緩緩地邁開了步伐。他就像在散步般——實際上他也真的是在散步——爬上了一個平緩的上坡路，並且偷偷地打量起四周。

這一帶的人流量很大。只要再往上爬兩個街區，就能看見一整片的古董店家。而往旁邊走一個街區，便能抵達有很多電影都會跑來取景的著名景點。除此之外，往下走一段路馬上就能抵達大馬路。

因此在太陽下山的這個時間點，依舊有一堆人在這附近走動著。

然而這裡雖然有很多人經過與逗留，卻沒有被整頓得很乾淨。不過這也剛好正中了鄭泰義的下懷。

監視他人的人肯定對這附近的地理位置瞭若指掌。可是跟逃跑的人比起來，負責跟在後頭追趕的人絕對會辛苦上好幾倍。

鄭泰義開始加快了步伐。他在走進旁邊的一條小巷子後，接著便在巷子的盡頭拐了個彎，徑直地朝下面的大馬路走去。他就這樣用著既從容，卻快速的步伐朝著車道前進。

只不過他不能去攔計程車。因為這樣就不能被當作只是個簡單小玩笑，而會演變成認真的追逐戰。

越過大馬路繼續往下走，便能抵達只有當地人才會去逛的傳統市場。一直等到穿過再平凡不過的傳統市場後，鄭泰義噗哧一聲地笑了出來。

……啊哈，人變多了。那我也差不多該找個合適的位置了。

鄭泰義愉悅地哼著歌，在簡單環視了周遭一圈後，他再次邁開步伐。

他已經訂定好目的地了。在走向目的地的途中，他經過了一條看上去還不錯的小巷。原本還在猶豫著要不要走進這條小巷中的鄭泰義隨即又打消了念頭。

雖然像現在這樣從容地被身後的人追著跑還不成問題，但要是事態演變成更加嚴重的狀況，那眼前的這個地方就很危險了。只要再往前走一個街區，就能抵達剛被整頓好的區域。要是他途中不小心走錯路，之後要逃跑就會變得非常困難。而且他的腳根本就還沒恢復到可以奔跑的程度。

「嗯……看來看去，果然還是那個地方最好。」

鄭泰義的哼歌聲明顯變得更加輕快。而他的心情也跟著輕鬆了起來。

這麼一看，被他人監視著似乎也不全然只是件壞事。縱使被人監視本身並不是件值得開心的事，但再怎麼說都比伊萊直接跟在身邊還要好上好幾倍。

可是如果此刻跟在鄭泰義身後的人是伊萊的話……

「……我為什麼會一直冒出這種恐怖的想法啊……看來我的心是真的生病了吧？」鄭泰義搓揉著瞬間就失去笑意的嘴角咕噥道。

要是監視他的人是伊萊的話，那他當初根本就不可能會想到要玩這種遊戲。一想到伊萊里格勞跟在後頭，而自己拚了命逃跑的模樣……

「哇……不行，絕對不行。鄭泰義，你幹嘛一直想這些有的沒的啊！」

鄭泰義用力地搓揉起沒有絲毫血色的雙唇。光是稍微想像了一下那個畫面，他就覺得不寒而慄。他堅信這個世界上絕對沒有一部恐怖片會比那個情境還要嚇人。

假如事情真的演變到那種地步，那當伊萊抓住他肩膀的那一刻，他很有可能會直接心臟病發並死去也說不定。

仔細一想，他當初在白樺樹林碰上伊萊時沒有就此暈過去，就已經是非常大膽並勇敢的行為了。

鄭泰義搓揉著明明是大熱天卻馬上就冒出雞皮疙瘩的手臂。與此同時，他也抵達了他的目的地。

那是一座比一層樓還要再高一點的天橋。

或許是因為這座天橋是建造在好幾條猶如蜘蛛網狀般擴散開的小路上，所以比起一般建造在馬路旁的天橋來說，這座天橋的高度並不高。話雖如此，但要直接從這個高度跳下去實在也有些難度。

鄭泰義將手臂靠在天橋的欄杆上，默默地看著橋下的景色。他能感覺到身後的人漸漸放慢了腳步。可能對方也意識到了鄭泰義的舉動與平時不同，雖然他們的態度比平時更加嚴謹，不過卻仍舊不打算靠近鄭泰義。

「要是察覺到些許不對勁的話，就該馬上衝上來抓住我並把我拖回飯店才對啊，這些傢伙也真是的……」鄭泰義看著橋下那昏暗的巷弄咕噥道。

打量周遭一圈後，他發現幾步之外的地板上剛好有顆可以搬動的大石塊。那顆跟手掌一樣大的石塊或許是從磚頭上裂開的，拿起來不但很沉，要拿來擊暈一個人似乎也不成問題。

天橋下那些重疊在一起的屋頂下方剛好有個猶如煙囪管般突出的門鎖。

鄭泰義先是將手中的石塊拋起並接住，接著再用力地將石塊丟往門鎖的方向。碰！伴隨著一道結實的碰撞聲響起，石塊也裂成了兩、三塊並掉到地板上。

而被石塊擊中的門鎖看上去並沒有什麼損傷。

「很好……從這個高度不小心摔下去的話……最多應該只會受點傷，不至於死掉吧？」鄭泰義一邊轉動著自己的手腕，一邊咕噥道：「但要是真的受傷，我應該會嘔到不行。」

在深呼吸兩次後，他朝著不停盯著他看的方向爽朗地笑了起來。與此同時，他不忘朝那兩個人揮了揮手。下一秒，他直接越過欄杆，並從天橋上一躍而下。

鄭泰義覺得自己好像聽見遠方傳來了一道驚呼聲。

建築物的牆壁在他眼前快速地往上攀升，而他距離地面也越來越近了。在牆壁的中間，他看見門鎖倏地出現在他的視線範圍內。鄭泰義立刻伸出雙手準備要抓住門鎖。此外，他也做好了若是沒抓好，很有可能會摔斷一條腿的覺悟。

「——……！」

從高處一躍而下的同時，他不但要抓住那個體積不大的鐵塊，還得將全身的重量都支撐在鐵塊上，這其實是件非常不容易的事。而且從高處跳下來的時候，加速度的衝擊力道還會瞬間集中在他的手臂上。

鄭泰義在簡短地咂了咂嘴後，便皺起了眉頭。霎時，其中一隻抓著門鎖的手突然手滑鬆開。鄭泰義見狀連忙用另外一隻手來支撐住身體。

隨後，他才又重新舉起那隻鬆開的手抓住了門鎖。而身體也隨著他的動作晃動了起來。

「該死……這真的好危險。」

一直等到確定雙手都緊緊抓住了門鎖後，鄭泰義才低聲地咕噥道。猶如鐘擺般不停晃動著的身體也慢慢地停了下來。

抬起頭，他能看見天橋上有兩個人急急忙忙地跑到了欄杆旁。再次垂下頭後，鄭泰義估算了一下自己與地板間的距離大概有兩公尺左右。

在朝著第一次這麼近距離看見對方真面目的監視者們露出微笑後，鄭泰義以不知道兩人能不能聽見的嗓音說了「再見！」，接著鬆開了緊抓著門鎖的手。隨後，他便感覺到腳底碰上地板時那厚實的觸感。

鄭泰義再次皺起了眉頭——而這次皺眉的幅度明顯比剛剛還要更大——他將體重全都集中在那隻沒有受傷的腳上，就這樣垂直跌落到地面。

不過當那隻包著石膏的腳碰到地板時，一股發麻的疼痛感隨即從腳踝處湧上，令鄭泰義一度誤以為自己是不是扭到了腳。而另外一隻腳的情況似乎也不是太好。

縱使他在掉下來的時候有翻滾身體以分散衝擊力道，但他還是痛得不得不將身體蜷縮在一起，痛苦地呻吟了好幾秒。

蜷縮在原地好一陣子的鄭泰義隨後才又緩慢地起身。在確認完自己那隱隱作痛的腳踝還不至於不能移動後，他馬上就奮力地奔跑了起來。畢竟誰也不能打包票那兩個監視他的人不會依照同樣的方法追過來。

鄭泰義看著露出狼狽表情的兩人，倏地湧上了些許同情的情緒。下一秒，他笑著用兩人絕對能聽見的嗓音大喊道：「等一下在飯店見！我散完步就會乖乖回去了。」

背過身後，鄭泰義便拖著自己那隻一拐一拐的腳快步離開。而他的身後，依舊位於天橋上的兩人似乎是朝他吼了些什麼，但他直接裝作沒聽見。

一來他是真的聽不清楚，二來對方講的是中文，他不可能聽得懂那兩人到底在說些什麼。

一直等到離天橋有段距離，他再也感受不到兩人的視線後，鄭泰義才總算停下了腳步。

其實難得可以這麼輕易地——當然前提是那兩個監視著他的人太沒有戒心了——甩掉監視者，鄭泰義大可趁這個機會逃跑。可是在想到自己有極高的機率在幾天後又被伊萊抓回來，他只好打消了念頭。

「我是不是不該甩掉那兩個人啊？再這樣下去，明天監視我的人變成三個要怎麼辦。」

然而鄭泰義的表情卻看不出些許反省的意思，他就這樣悠悠地走在路上。

即使雙腳仍舊刺痛著，但鄭泰義的心情卻是前所未有的爽快。他一邊用還要等好一陣子才能拆掉石膏的腳敲了敲地板，一邊想著：看來我的身體比想像中的還要結實嘛！

不過下一秒，他腦中的想法立刻又變成了：可是這裡是哪裡？

其實他大致上也可以猜到現在的位置。畢竟他數一數二的優點就是那出色的方向感。

而當鄭泰義漫步在這條陌生巷弄的同時，他也不忘欣賞起眼前這從未見過的景色。這一帶是人煙稀少的住宅區。話雖如此，但他時不時也能看見三三兩兩的人群。乍看之下，這裡就跟傍晚時分的一般巷弄無異，甚至周遭時不時還會出現幾間小店。

雖然在有人監視的情況下，鄭泰義照樣會把對方當作透明人般自顧自地走自己想走的路。但是當監視著他的人消失後，獨自散步在路上的感覺頓時就變得不一樣了。

霎時，鄭泰義緩慢地嘆了口氣。

由於沒有什麼特別想去的地方，他原本是打算要直接走去大馬路搭車回飯店。可是心情睽違許久地漸漸舒緩下來，這也使他不自覺地放慢了腳步。

在看見不遠處的一間破舊小餐館後，鄭泰義才倏地意識到現在也差不多是晚餐時間了。於是，他便從容地走進餐館裡吃起了晚餐。縱使這間店的餐點說不上有多好吃，但或許是因為心情格外愉悅的緣故，他這一餐吃得特別滿足。

享受完店家熱情送上的茶與水果後，時間已經很晚了，天色也完全暗了下來。

「那我也差不多該回去了。」

鄭泰義暗自心想，就算等一下回到飯店後會被伊萊痛罵一頓，他今晚似乎也能以相當愉悅的心情入睡。

在簡單伸了個懶腰後，鄭泰義便邁開步伐走進狹窄的巷弄中，準備朝大馬路前進。

可是就在這個瞬間。

鄭泰義先是稍稍放慢了自己的腳步，隨即又回歸平時走路的速度。他沒想到監視者那麼快就找到他了。

「看來他們比想像中的還優秀嘛……」

在感受到有人正從不遠處朝他這個方向靠近的動靜後，鄭泰義輕聲笑了起來。即使行蹤馬上就被對方找到，但他的心情其實並不差。畢竟這就像是剛玩完一場非常盡興的遊戲後，突然被拉回現實世界的感覺。他實在沒有必要為此感到不悅。

而本來就打算要回飯店的鄭泰義也不管那個跟在他身後的人，他就這樣慢慢地走著。這條要通往大馬路的小巷沒有什麼人來往。因此鄭泰義的腳步聲在這條寧靜的小巷中聽上去格外響亮。

鄭泰義能清楚看見月亮剛好出現在自己的正上方。正當他以悠閒的心情一邊欣賞著月亮，一邊漫步在小巷時，他隨即又放慢了步伐。

倏地察覺到一股微妙氛圍的他在放慢步伐後，立刻就確信了自己的猜想。跟在他身後的腳步聲並沒有就此停止。甚至在鄭泰義停了下來後，那道腳步聲反倒還加快速度。

然而除了身後之外，小巷的斜前方也傳出了漸漸朝這裡靠近的腳步聲。

這基本上就是直覺。縱使那兩個人有可能只是剛好經過的路人，但鄭泰義的身體還是下意識地動了起來。

他立刻朝著斜前方，也就是傳出腳步聲的方向跑了過去。跑沒幾步，一看見那名朝他迎面走來的男子後，鄭泰義二話不說就揮拳砸向對方。男子見狀先是詫異地放慢腳步，隨即驚險躲過了鄭泰義的拳頭。只不過下一秒，男子馬上就朝鄭泰義揮拳。

……猜對了。

在為這兩個人並不是剛好路過的路人而感到慶幸的同時，眼看跟在身後的那個傢伙也追了上來，鄭泰義實在是沒有心情為自己準確的直覺沾沾自喜。

「喂，我只不過是開個小玩笑而已，幹嘛馬上就回擊——」

颼，當對方的拳頭差點劃過鼻尖時，一道風聲也跟著響起。嚇得鄭泰義連忙閉上嘴。

「搞什麼啊，你是來真的……要是被你打到，我肯定會死掉。等一下、等等！我已經準備要回去飯店了！大叔們，我現在真的要回去了啦！」

鄭泰義一邊努力躲開對方的攻擊，一邊吼叫著，然而對方卻連聽都不聽。這兩名男子就這樣一言不發地拚命揮拳，試圖要把鄭泰義打昏並帶走。

鄭泰義焦躁地咂起了嘴。

這兩個人不是剛剛在天橋下甩掉的那兩個傢伙。看來伊萊當初不只是把監視的人增加成兩個人，而是直接增加成兩組人馬了啊。

該死，我玩弄的是第一組人馬，為什麼找我報復的卻是第二組人馬啊？

鄭泰義稍稍撇過了頭。就算這條小巷再怎麼人煙稀少，也不至於完全沒有人經過吧……

鄭泰義快速地打量起四周。說時遲，那時快，剛好有個人影從遠處彎進了這條巷弄裡。

鄭泰義在感到慶幸的同時，同樣看見那道身影的兩名男子似乎是打算要加快速度把鄭泰義打昏似的，出拳的力道明顯變得更加凶狠了。霎時，其中一名男子從懷中拿出了某樣物品。

那是一罐什麼標示都沒有的灰色噴罐。

鄭泰義見狀立刻就皺起了眉頭。從他的經驗來看，當對方從懷裡掏出物品時，向來都沒有什麼好下場可言。那罐噴罐裡裝的不是麻醉劑，要不然就是用來麻痺他人的藥品。

既然對方都掏出了殺手鐧，鄭泰義自然沒有多餘的時間可以浪費。

「你們是瘋了嗎……我就說我會乖乖跟你們走了，你們幹嘛還突然發瘋啊！嗯？」鄭泰義低聲吼道。

在咂了咂嘴後，鄭泰義連忙舉起手肘擋住了第一名男子那隻穿著皮鞋朝他踢過來的腳。近乎同一時間，鄭泰義一邊暗自咒罵，一邊將自己打上石膏的腳踢向了第二名男子的脖子。

「啊！」

第二名男子與鄭泰義的口中同時發出了慘叫聲。

在意識到再這樣下去自己的腳踝很有可能一輩子都無法康復後，鄭泰義下意識闔上了痛得差點就要飆出淚水的雙眼。下一秒，他連忙撿起滾到腳邊的噴罐，並且像發狂般地用手中的噴罐不停砸著第一名男子的頭。

媽的，現在到底是怎樣？這些傢伙為什麼會突然攻擊我？

眼看噴罐都被砸到凹進去了，鄭泰義一不做，二不休地憋氣，並且將手中的噴罐對準男子的臉噴下去。而男子先是發出一聲奇怪的喊叫聲，隨即便又安靜了下來。

鄭泰義最後使出全力將噴罐砸向男子的頭部後，立刻就轉過身逃跑了。

伊萊這個傢伙，我只不過是稍稍開個玩笑甩掉監視我的人，還把手機關機罷了，他有必要馬上就搞這一齣嗎？明明他也很清楚我再怎麼逃跑也跑不遠！

鄭泰義一邊在心底痛罵著伊萊，一邊一口氣跑到了大馬路旁。在抵達大馬路後，他稍稍轉過頭看向自己的身後。看樣子應該是沒有人追過來。

或許那兩個人直接倒在小巷裡暈了過去。但鄭泰義完全不想折返回去查看兩人的傷勢。眼看有輛計程車剛好朝自己的方向駛來，鄭泰義連忙搭上了那輛計程車。在說出飯店名稱，並且等到計程車出發了好一段時間後，他才總算深深地吐了一口氣。

陣陣抽痛的腳開始變得滾燙。鄭泰義見狀不禁擔心起要是再這樣下去，他有很高的機率真的會變成殘障人士。

「原來如此……他打算用這種方式來折磨我啊……」鄭泰義將頭靠在椅背上，闔上了雙眼，「我才在想他這幾天怎麼會讓我過得這麼舒爽。」

* * *

假如鄭泰義有那麼一點點賭博成癮的跡象的話，那他或許會被此刻隨時隨地都能進出賭場的生活所吸引也說不定。甚至他的手中（雖然這是別人的錢）還有一大筆可以任意花用的現金。

即使在賭桌上，數量再怎麼龐大的金錢都有可能會在轉眼之間就消失，但值得慶幸又有些遺憾的是鄭泰義對賭博並不感興趣。

鄭泰義賭了幾十塊美金——由於他手中握有的是別人的錢，就算花光也不會心疼，所以他偶爾也會賭上好幾百塊美金——，簡單玩了兩、三個遊戲。雖然在玩的時候的確是很快樂，但當賭桌上的金額越來越大後，他就不敢再繼續玩下去了。除此之外，他也不喜歡眼睜睜看著自己的錢被那些高手們騙走。

在賭場內部那張專為「只是想過過乾癮」的天藍色桌子上玩了幾局的撲克與其他遊戲後，鄭泰義隨即便喪失興致，撓了撓頭離開了賭場。

自從他前天回到飯店後，他就不曾踏出過飯店。

除了上次悠哉散步到一半，突然就被人追上來暴打一頓，使他失去了出去外頭走走的心情之外，最主要還是因為他的腳踝實在是傷得太重了。

這段時間以來，他基本上三不五時就在折磨著那隻早就骨折的腳踝。沒有受傷的腳都禁不起這番折騰了，更何況是骨折後就不曾好起來的腳踝。

那天，當他死命拖著一拐一拐的腳下了計程車，搭上電梯抵達位於客房的樓層後，他的身體不由自主地就開始搖晃了起來。等他好不容易走進客房並關上門的瞬間，立刻就癱坐在地板上。

可能是因為腳踝過於疼痛，外加剛剛朝男子們噴灑不明氣體時，他也不小心吸進了些許藥劑，他能感覺到地板此刻正在他的眼前舞動著。

我該不會就這樣一睡不醒了吧？

這是鄭泰義在暈過去前所冒出的最後一個想法。

等他再次清醒過來時，他發現自己倒在了客房的房門前，而當時已經是隔天的中午了。他不僅睡了十二個小時以上，甚至途中還不曾醒過來過。

我這次沒有頭痛，看來那個藥劑的品質比想像中的好。鄭泰義一邊暗自慶幸，一邊從地板上站了起來。

縱使他已經恢復了精神，但腳踝卻仍舊疼痛不已。肚子很餓的同時，他的口也很渴。即使他可以跛著腳走路，可是他不想踏出飯店外。

最終，鄭泰義那一整天都沒有離開過房間。他在叫了客房服務簡單填飽了肚子後，接著便躺在床上讀完那些還沒來得及看完的書本。看書的途中，他也不忘時不時就晃一下自己的腳來確認腳踝的情況。

在確認完疼痛感隨著時間逐漸緩解後，他便放寬心地待在客房裡度過了那一整天。

鄭泰義原本還在等伊萊因為他甩掉監視者這件事打來念他一頓——他甚至已經準備好要向對方抱怨腳踝因為那兩個人再次受傷的事——然而伊萊卻意外地沒有打來。

可能是在確認完鄭泰義乖乖回到飯店後，伊萊便不打算再追究那件事了吧。

那天在客房裡悠閒度過一整天的鄭泰義似乎是覺得這種生活太過單調，因此他最終還是踏出了房門。雖然他仍舊不打算走出飯店外，但轉念一想，就這樣逛一逛飯店裡的各種設施好像也不錯。

要是對賭博很感興趣的話，那賭場將會是最好打發時間的場所。不過遺憾的是，鄭泰義本身並不是個會對這種事產生興趣的人。於是他在簡單玩個幾局遊戲後便離開了賭場。

其實他並不覺得像現在這樣無事可做，只能想辦法打發時間的行為是件痛苦的事。畢竟他從軍隊退伍後，一直到進到UNHRDO前的那幾個月裡，他都是以非常舒適的心情在家裡享受著這種無所事事的時光。

而當時和現在的差別只在於，他現在無法隨心所欲地與朋友們見面罷了。

他此刻照樣可以想出去就能出去、想看書就能看書、想什麼時候睡覺就能什麼時候睡覺、想吃飯就能直接出門去吃飯，甚至現在還不用擔心「我今後要靠什麼維生啊？」「我現在也差不多該出門去賺錢了吧？」之類的問題。

然而他唯一的煩惱便是，現在這種平靜的生活遲早會被打破。而鄭泰義也因為猜不到那個時間點，每天都只能活得戰戰兢兢，無法盡情地享受此刻這難得悠哉的時光。

只要等伊萊里格勞再次出現在他面前，他這平靜的生活將會立刻被打破。

「該死，如果我可以自己跑去誰陵給打聽哥哥的消息，那不知道該有多好。」鄭泰義下意識地抱怨了起來。

既然他現在剛好無所事事，那他還不如去找點事來做，消遣一下時間。

從賭場裡出來後，鄭泰義便直接踏上樓梯準備回到地上一樓。而當他踩上最後一階的階梯時，他猛地停下了腳步。

一樓大廳對面的宴會廳裡響起了一陣鋼琴聲。對方彈奏的是由輕柔爵士所改編的《月河》。鄭泰義可以透過大廳的落地窗看見外頭的庭園被逐漸暗下來的夜色染黑，其實這首歌曲也非常適合在三、四個小時後的深夜裡演奏。

當鄭泰義還小的時候，他的媽媽時不時就會在寧靜的夜晚裡播放收錄著這首歌曲的唱片。久違地再次聽見這首歌，鄭泰義除了懷念之外，原先那些糾結在一起的情緒也逐漸釋懷了。

隨後，他就這樣坐在位於大廳開放式咖啡廳裡的一角。他打算先在這裡喝杯茶，享受一下這優美的鋼琴聲後再回去客房。

而就在他坐在位置上，朝著服務生點完一杯茶後，他突然發現一張熟悉的面孔出現在眼前。對方坐在不遠處的位置上，那人似乎是約好要跟誰見面似的，先是瞥了手錶一眼確認完時間後，接著便繼續翻看起手中的文件夾。

下一秒，那人可能也注意到鄭泰義的視線，倏地抬起了頭。兩人就這樣四目相交。

我在哪裡見過他？

沒有思考太久，鄭泰義馬上就想起自己上次見到對方剛好就是在這間飯店的這個大廳裡。他們跟當時的唯一差別只在於坐的位置不同罷了。

而那人正是之前非法轉賣武器給鄭泰義的中間人。

「……啊。」

「哦……」

即使兩人的距離說不上有多遠，但這個距離實在是不適合聊天。於是鄭泰義便主動起身走向了對方的位置。

雖然他並沒有特別想見到這個人，但在連續好幾天都沒有跟其他人好好對談過的情況下，光是能見到一個熟悉的面孔就是件很值得開心的事了。而且仔細一想，自從他回到香港後，他就不曾跟認識的人聊過天。他唯一對話過的對象也就只有飯店員工和某些店家的店員而已。

「好久不見，你今天也是因為工作上的事來這裡的嗎？」

「啊，對啊。真的很久沒見了，你是自己來的嗎？」

中間人露出開心的神色回應了鄭泰義的提問。

而鄭泰義見狀簡單回了句「是的」後，便坐在中間人對面的位置上。

縱使兩人才見過兩、三次面，卻十分輕易地就搭上了話。可能是因為兩人之前做的交易是不能明講的事，所以便產生了擁有共同祕密時的默契。

無論是意思意思詢問「對方工作還順利嗎？」的鄭泰義，抑或是認真回答鄭泰義問題的那名男子都露出了微妙的微笑。

「那之前跟你一起來找我的那位很有趣的朋友？他有好好使用那些東西嗎？我可以掛保證，商品的品質一定沒有問題。而從我上次跟他小聊一下的經驗來看，我想他應該是個很懂得要怎麼使用那些物品的人！」

在簡單寒暄了幾句問候的話語後，男子像是突然想起上次的回憶似的開口問道。霎時，鄭泰義微微皺起了眉頭。因為他的腦中馬上就浮現出男子口中那個傢伙的臉。

那該死的傢伙現在應該躲在UNHRDO自己的房間裡，開開心心地被他的小可愛們包圍著吧。

鄭泰義先是在心底咕噥道，接著才笑著回答說：「我前陣子看到他的時候，他好像過得還不錯。」

既然他那麼愛他的小可愛們，那總有一天一定要把藏在他房間裡的所有武器都找出來，並且在上頭潑硫酸洩憤才行。

實際上在伊萊把鄭泰義丟在飯店，準備獨自出發去UNHRDO的那天，鄭泰義為了要對莫洛復仇，曾經攔住伊萊並說：「既然如此，那我也要一起回去亞洲分部。」

而伊萊當時露出了非常微妙的表情。他似乎是相當意外鄭泰義竟然會提出想要一起回去分部的這種要求。在歪著頭凝視了鄭泰義好一會兒後，仍舊找不到頭緒的伊萊只好開口問道：「為什麼？」

「因為我有事要找莫洛。」

在聽到鄭泰義那句既凶狠又認真的回答後，伊萊這時才像總算意會過來似的「啊哈」了一聲，並點了點頭。隨後，他果斷地說：「不行，你現在已經是外人了，我相信你自己也很清楚吧？沒有特殊原因，外人是絕對不能進到UNHRDO裡的。」

「不是，我只是進去見莫洛一下馬上就出來了！我不會做其他事！」

講到一半，由於心底的憤怒又再次被喚醒，鄭泰義著急地抓住了伊萊的衣角。而伊萊見狀先是垂下頭瞥了那隻緊抓著自己衣角的手一眼，接著冷漠地甩開了鄭泰義的手。

「規定就是規定。」

鄭泰義一聽見對方那句跟冰塊一樣冷酷的話語後，立刻就湧上想要大力撕毀對方雙唇的想法。

你這傢伙什麼時候這麼守規矩了？

伊萊一邊感受著鄭泰義那惡狠狠的目光，一邊將被扯到皺起來的衣角用手拍了拍，接著補充道：「況且我可是多虧了那個傢伙，才能掌握到你的下落。」

而這也是鄭泰義之所以會這麼恨莫洛的原因。

鄭泰義恨不得要將莫洛生吞活剝來藉此洩恨的理由，伊萊自然是無法產生共鳴。

由於鄭泰義也無法直接向伊萊抱怨：「要不是因為他，我哪會被你抓到啊！」所以就在他氣喘吁吁地想辦法要讓心中的怒火平息下來的時候，準備要走出客房外的伊萊像是突然想起什麼似的放慢腳步，並且歪起了頭。

在沉思了幾秒後，伊萊就像在自言自語般地咕噥道：「可是……假如沒有那個樣品，就算他知道你在哪裡，他也不會跟我講你的下落。畢竟在你被綁架之前，那個傢伙雖然定期會聯絡亞洲分部，可是卻從來沒有提過你的事。」

鄭泰義不滿地咂起了嘴。沒錯，要是莫洛沒有這麼痴迷於槍枝，對方根本就不可能會把他的位置洩漏給伊萊知道。畢竟不管兩人的關係再怎麼差，莫洛都不是個會為了要整鄭泰義而故意洩密的人。

但從結果來看，事情的確發展成了鄭泰義最不樂見的情況。

「那該死的傢伙。」

在聽見鄭泰義的嘟噥聲後，伊萊轉過頭瞥了對方一眼。他就這樣凝視著鄭泰義那張因為不滿而撇起嘴的臉龐好一會兒，接著倏地伸出自己的手。

而鄭泰義一看到那隻白皙又光滑的手朝自己靠近，立刻就下意識地往後退。這是沒有經過腦袋思考，近乎反射所做出的動作。

可能是因為鄭泰義之前實在是看過太多次伊萊那隻白皙的手瞬間就被鮮血染紅的畫面，所以他真的沒辦法不被對方的動作嚇到。可是在意識到自己不小心就後退了半步後，鄭泰義不禁懊悔起自己的舉動。

就算他不去看伊萊那瞬間停下動作，微微皺起眉頭的表情，他也能意識到自己肯定犯了個大錯。

可是今天換作是你的話，你難道不會嚇到後退嗎？我也不是故意要這樣做的，這只不過是生存本能被激發了而已，你是要我怎麼辦？不對，如果今天真的換作是你碰上這種事，你可能會直接出拳攻擊對方，要不然就是把對方的手砍斷吧？

不停在心中辯解著的鄭泰義尷尬地看向伊萊。

對方緩慢地將那隻停在半空中的手轉了過來。伊萊一邊看著自己的掌心，一邊從小拇指一根一根慢慢地折了起來，直到最後比出了拳頭的形狀。那是個非常適合拿來擊暈一個人的拳頭。

「沒有啦，我也沒有什麼意思，我就只是……哎唷，今天換作是你看見像你這樣的傢伙突然朝自己伸出手，你難道會乖乖把脖子伸過去讓對方掐住嗎！」

本來還想辯解的鄭泰義在感受到伊萊那道冷冰冰的視線後，立刻就委屈地咕噥了起來。伊萊看上去似乎在苦惱著什麼。或許對方現在正在猶豫要不要直接出拳揍他也說不定。

而下一秒，凝視著自己拳頭好一會兒的伊萊總算慢慢鬆開了緊握著的掌心，並且將手掌伸到鄭泰義的面前。

鄭泰義這次雖然還是忍不住抖了一下，但他並沒有後退。他就只是稍微將自己的頭往後伸，接著垂下眼看向伊萊的手掌。

「……幹嘛？」鄭泰義一邊看著那隻就快要碰上自己脖子的手，一邊發問。

而伊萊則是簡短地答道：「伸出你的脖子啊。」

「……」

就算他剛剛不小心說錯話了，但伊萊有必要真的萌生想殺了他的念頭嗎？鄭泰義默默凝視著那隻手。沒想到那隻如此白皙又光滑的手看上去竟然可以如此駭人……縱使鄭泰義也不是第一次湧上這個想法，可是他還是無法減緩對那隻手的恐懼。

眼看沉默也無法使對方收回那隻駭人的手，鄭泰義忍不住咂起了嘴。隨後，他就像自暴自棄般地將自己的身體往前傾，擺出一副任由對方宰割的模樣。

就在那一刻。

那隻可以輕易斷送他人性命的手就這樣抓住了鄭泰義的脖子。隨著伊萊強而有力的手指握住鄭泰義頸動脈下方的位置，鄭泰義立刻就喘不過氣。

正當他下意識地皺起眉頭，試圖要吐出急促的氣息時，伊萊馬上又伸出另外一隻手抓住鄭泰義的下巴並往下拽。鄭泰義可以從對方沒有絲毫遲疑的動作中看出伊萊此刻的心情有多糟。

鄭泰義屏住了呼吸。伊萊那張吻上他雙唇的嘴像是不允許有任何一絲氣息溜走似的，緊緊地堵在那裡。

伊萊不在乎鄭泰義能不能呼吸、會不會就此喘不過氣，他來勢洶洶地將自己的舌頭伸進鄭泰義口中的深處。眼看對方的舌頭下意識地想要逃跑，他立刻大力咬住了鄭泰義的舌頭。

「啊！」

一道短促的慘叫聲從兩人交疊在一起的雙唇中流出。然而下一秒，那道叫聲馬上又被伊萊吞噬。

原先緊抓著鄭泰義下巴的手在不知不覺間順著他的背，一路往下撫摸至鄭泰義的屁股。當伊萊的手以彷彿要將屁股拉扯開的氣勢大力握住時，鄭泰義為了要躲開對方的手，反射性地將身體往前貼去。

隨後，鄭泰義的身體就這樣緊緊地貼在伊萊的身上。而伊萊為了要讓鄭泰義更加靠近自己那漸漸腫脹起來的胯下，他再次用力地抓住了對方的屁股。一直等到伊萊緩慢地用自己的胯下磨蹭了鄭泰義後——等到鄭泰義真的搞懂了伊萊這麼做所代表的含義後——，伊萊猛地鬆開自己的手。

伊萊的雙手就像什麼事都沒發生過似的，直接從鄭泰義的身上離開。

缺氧的鄭泰義先是咳了好一會兒，接著才又後退兩步。他一邊擦著自己的嘴角，一邊平復急促的氣息。與此同時，他也不忘惡狠狠地瞪向伊萊。

然而伊萊並沒有看他，而是在看時鐘。如果要搭最後一班從香港開往UNHRDO亞洲分部的船，那伊萊現在也沒剩多少時間可以浪費了。

立刻打起精神的鄭泰義快速確認了現在的時間。因為他本能地意識到，伊萊那漸漸腫脹起來的胯下與還剩下多少時間有著十分緊密的關聯。

在聽見伊萊像是不滿般地發出了咂嘴聲，以及確認完對方基本上沒有多餘的時間可以繼續待在這裡後，鄭泰義那顆懸著的心頓時就放了下來。他連忙拍了拍自己的胸口。

「……你趕快出門。雖然我也很想跟去，但畢竟規定就是規定嘛。」

對鄭泰義來說，比起莫洛，自己的人生安全才是最重要的。更何況他的個性也沒有偏激到寧願讓自己受傷，也一定要報復的程度。

好險，要是再多個五分鐘的話，那個傢伙肯定會做過一次才離開。

趕快走吧，快點離開！鄭泰義一邊在心底朝對方灑鹽，試圖要驅趕走眼前的邪物，一邊凝視著這名令人摸不透的男人。

即使伊萊這個人充滿著一堆令人無法理解的一面，但其中最令鄭泰義感到莫名其妙的便是有時候——基本上每次都是這種情況——，伊萊會像蛇一樣瞇起那雙冷冰冰的眼眸，並且以一種很想要得到他的眼神盯著看。

而每當這種眼神出現時，大多都與伊萊褲襠漸漸腫脹起來的情況脫不了關係。

其實鄭泰義是真的無法理解對方的這個行為。

雖然他本身就不喜歡為了要復仇，所以故意選擇半強制性交的方式來讓對方感到屈辱的行為——而且說實在的，這種方式還不至於讓鄭泰義感到屈辱——，但轉念一想，實行這個計畫的同時，自己不是也得跟討厭的對象做愛嗎?這樣真的能洩憤?這樣做真的會感到快樂?

縱使鄭泰義非常想問對方這個問題，不過他怕自己問了之後，那個討人厭的傢伙會說出：「啊哈，也對。那我去找其他人來把你給……」這種泯滅人性的話。

鄭泰義用下巴指了指客房的門，故作擔心地說了句：「時間已經很晚了，你趕快出發。」

而伊萊見狀先是微微挑起了眉頭，接著猛地停下慢慢撫摸著自己胯下的動作，「我看你好像很開心嘛。看見我沒有時間可以繼續待在這裡，你就這麼開心嗎？」

那道緩慢嘟噥著的嗓音中參雜著些許的笑意。

該死，我現在只要一看到他的笑容，背脊就會不自覺地發涼！

就在鄭泰義冒出這個想法的瞬間，伊萊突然解開了皮帶頭。啪嗒，金屬的聲響聽上去格外響亮。在聽見拉下拉鍊的聲音後，鄭泰義再次看了一眼時鐘。時間已經從原本快要不夠，漸漸轉變成真的會來不及的程度。

無論鄭泰義怎麼看，伊萊現在都沒有多餘的時間可以滾床單。

「欸，你不是得趕在今天之前回到分部……」

「啊，對啊，我還得回去。我馬上就要走了——你剛剛不是說你有事要找莫洛嗎？那我到時候就幫你解決掉你想找莫洛的那件事。等我下次回來的時候，我再帶份禮物給你。你這幾天就先在這裡好好休息，等我回來。畢竟在那之後，你可能就沒時間可以休息了。」

「好啦，隨便你。可是你不是沒時——」

「含住。」

伊萊輕輕抓住那根半勃起的棒狀物，簡單晃了個幾下。而鄭泰義在聽見對方用著過於平靜的語氣說出那句無理的要求時，立刻就啞口無言。

「沒有時間了，我們速戰速決。趕快張開嘴巴。」

「喂，臭小子！你現在是——」

「時間越來越少，我也會變得越來越焦躁。再這樣下去，我很有可能會下意識地強迫你做這件事。所以我們就趁彼此心情都還很好的時候趕快結束，反正我現在還有時間可以叫你幫我口交。」

眼看伊萊用著彷彿在說「反正我現在還有時間可以慢慢喝杯水」般的語氣朝自己靠近，鄭泰義隨即露出吃驚的表情看向對方。當伊萊伸出手將鄭泰義的肩膀往下壓時，鄭泰義猛地甩開對方的手大吼道：「什麼趁彼此心情都還很好的時候？明明開心的就只有你而已！」

「啊？」

伊萊先是疑惑地挑了挑眉，隨後才像意會過來似的笑了起來，「也對，仔細一想，好像是這樣沒錯。好吧，那我下次會連本帶利一併還給你的。因為現在沒有多餘的時間了，你就稍微體諒一下。把嘴張開……要是你敢作勢咬下去的話，小心我打碎你的下巴。」

「等一下，我才不需要什麼利息。我只要、喂、等等，等一——！」

鄭泰義忘不了自己當初發出了什麼聲音。

那是一道充滿著慌張，由哭聲與髒話混雜在一起的嘟噥聲。而他自然也沒有忘記那道嘟噥聲最終竟然還演變成了呻吟聲。

「那種東西本來就是要常常觸碰、時常愛護，才會變成專屬於自己的東西。就算一開始會覺得好像跟自己不是很合，但隨著相處的時間變長，你越來越熟悉對方後，它便會成為專為你而生的模樣。」

「什麼專為我而生的模樣啊，我的喉嚨差點就要被撐破了！」

下意識地吼出這句話，在看見眼前的中間人露出訝異的神情靜靜盯著自己看的模樣後，鄭泰義才猛地驚覺自己說錯話了。

「那個，不好意思……我剛剛不小心想起了其他的事。其實我最近……剛好碰上了一些不是很好的事啦。」鄭泰義支支吾吾地替自己的行為辯解。

當他不經意地伸出手撓了撓後頸後，他才發現自己已經尷尬到全身發燙，就連耳垂也變得十分滾燙。他只好在心底默默地痛罵著自己。

記憶這種東西就是越想趕快忘掉，就越容易喚起其他的相關記憶。鄭泰義一邊遮住自己的嘴角，一邊垂下了頭。不用照鏡子，他也能猜到自己的表情肯定相當可觀。無論是漲紅的臉，抑或是哭喪著的表情，看上去絕對都格外丟人。

鄭泰義覺得自己的嘴角好像在隱隱作痛著。即使這有可能只是他的錯覺，但他還是伸出手揉了揉下巴。

該死。

當那根巨大的棒狀物一口氣捅進喉頭的剎那，鄭泰義差點就要窒息了。這不是比喻，他是真的無法呼吸。每當棒狀物的頂端撞擊著他的小舌的時候，身體就下意識地想嘔吐。然而他卻連嘔吐的動作都做不出來，只能不停發出嘔吐聲，死命地掙扎。

如果可以，鄭泰義真的很想一口咬下去。不對，他是真的有湧上過不管後果會怎麼樣，直接咬下去再說的念頭。

可是也不知道伊萊是怎麼猜到鄭泰義的想法——又或許對方打從一開始就打算這麼做——，那隻撐開鄭泰義嘴巴的手頓時加重了力道。鄭泰義只能用著連聲音都發不出來的嘴巴，痛苦地高喊著沒有人聽得見的喊叫聲。

甚至他還一度誤以為自己的上顎與下顎在對方那粗魯的動作中分離開來了。

只要一想起當時的那段記憶，鄭泰義就氣得牙癢癢的。

該死，我好不容易才忘掉那件事，沒想到現在竟然又回想起來了。

鄭泰義深怕再這樣下去，他會連當時殘留在口中的味道、氣味以及溫度都一併想起來。要是他真的把當時的所有細節都回想起來，極有可能會氣到直接昏過去。於是，他只好連忙甩了甩頭，試圖將那些畫面甩出腦中。

下一秒，他倏地以炯炯的目光看向了中間人。

而原先一直神情詫異地盯著鄭泰義看的中間人一發現彼此四目相交，忍不住就抖了一下，「你的氣色看上去不是很好……你還好嗎？」

「沒有啦，我沒事。比起這個，你最近工作得還順利嗎？聽說最近盤查得特別嚴重，你一定很辛苦吧？」

鄭泰義轉移了話題。比起在這裡胡思亂想，他還不如把精力放在要開啟什麼新話題上。

「哎唷，盤查只會抓到一些沒用的小角色啦！像我這種程度的，就算公安現在出現在這裡，我也能裝得若無其事。」中間人沒有多想，直接就加入了鄭泰義的新話題。

鄭泰義看中間人自信滿滿擺手說著這番話的模樣，默默點了點頭。雖然對方多少有些愛吹噓，他自然不能全然相信對方的話，但從中間人每次都會約在同個地點進行交易來看，想必對方應該是真的很有把握自己絕對不會被抓到吧。

仔細一想，若沒有什麼把握，要貿然踏進這個業界實在也不是件容易的事。

服務生將茶端了出來。眼看對方要跑去自己剛剛坐的位置上，鄭泰義連忙揮了揮手示意服務生將茶端來這裡。

鄭泰義先是看了一眼已經擺在中間人面前的杯子，接著才拿起自己的茶杯喝了起來。只不過是稍微沉默了一會兒，剛剛好不容易想到的話題便立刻四散開來盤旋在半空中。如果雙方不是熟到不管聊什麼都不會覺得尷尬的關係，那獨處只會使兩人感到坐立難安而已。然而值得慶幸的是，鄭泰義不是個會特別在意這種事的人，他像是沒事般地默默喝起了茶。

反倒是中間人率先按捺不住這陣沉默。對方一邊垂下眼看著手錶，一邊咕噥道：「他也差不多該來了……」

「……啊，那我還是先離開好了。」

鄭泰義放下手中的茶杯。由於剛剛都處在魂不守舍的狀態，這也導致他忘記了對方出現在這裡的目的。只要這不是個眾所皆知的交易，那局外人自然是沒有理由繼續待在這裡。況且交易者肯定也不希望有個外人一直坐在旁邊看著他進行交易。

不過就在鄭泰義準備要起身時，中間人連忙擺了擺手說：「不用，因為我比預定的時間還要更早抵達，我想對方應該不會那麼快到。你就先把杯中的茶喝完再走吧。」

「啊，好的……」

起身到一半的鄭泰義在猶豫了一會兒後，又再次坐了下來。既然對方都這麼說了，若他還是執意要換位置的話，感覺也有點奇怪。他還不如繼續坐下來喝茶，等到察覺到交易者抵達後，再識相地起身離開就好了。

「那麼……最近有什麼好東西嗎？」

鄭泰義像是習慣般地將放在盤子上的茶杯稍微轉動了一下，接著瞥了中間人一眼。

由於不能直接問對方今天是來交易什麼物品，所以鄭泰義特地換了個方式試探。然而他實際上根本就不好奇對方的答案，他也不在乎中間人到底要賣什麼東西給什麼人。

自從上次目擊過非法出售大規模武器的現場後，像現在這種個人對個人的武器交易對他來說就像現在於飯店裡喝茶般再尋常不過。

一想到自己竟然會對眼下的這種情況感到見怪不怪，鄭泰義不禁擔心起自己在人性方面是不是出了什麼問題。苦澀地咂了咂嘴後，鄭泰義才總算理解為什麼有人會說這個社會老是在灌酒給別人喝。

畢竟沒有人甘願自甘墮落。

然而中間人好像是曲解了鄭泰義那句隨口說說的話所代表的含義。可能是平時有太多的人會好奇他賣了什麼東西給別人，中間人立刻就把鄭泰義的話往那方面做聯想。

在擺了擺手後，中間人滿不在乎地說：「沒有啦，我今天要交易的不是什麼厲害的東西。對方只是要我幫他搞一個護照而已。」

「護照？」

把玩著茶杯的鄭泰義猛地停下了手中的動作。下一秒，他回想起了一段有些苦澀又難過的記憶。

就算你有好幾百張再完美不過的身分證，只要運氣一差的話，你照樣會被逮到。

若是可以的話，鄭泰義真的很想語重心長地對那位陌生的交易者說出這番話。然而若是他真的做出了這種事，想必眼前的中間人一定會氣得直跳腳。

「……」

鄭泰義現在連想要再弄個新身分逃跑的念頭都沒有了。比起這種早就試過的方法，他還不如找個全新的手段想辦法逃跑。畢竟同樣方法有很高的機率會面臨到同樣的下場。

可是……

「護照的話……這會有用嗎？」鄭泰義將身體往前伸，低聲朝對方問道。

「嗯？」中間人先是疑惑了一會兒，隨即便瞪大雙眼自信滿滿地說：「這還用說，當然！」

下一秒，中間人一邊念叨著：「我把東西放到哪裡去了？」一邊翻找起自己的懷中。對方似乎是打算要直接把成品拿給鄭泰義看。

那名交易者肯定是因為有什麼不得已的理由才會委託你做這本假護照。真的可以隨便拿給我看嗎……？

鄭泰義嚥下心中的疑問，就這樣接過了中間人遞來的紅色護照。

叔叔上次幫他捏造的新身分非常完美。話雖如此，但鄭泰義實際上並沒有可以分辨出假鈔與假身分證的能力。基本上只要物品沒有什麼太過明顯的破綻，鄭泰義就看不出來哪個是精美的假護照、哪個是糟糕的假護照。

因此鄭泰義也無法確認手中的這本護照是否真的有像中間人說得這麼完美。

可是乍看之下，這的確跟真的一樣……也不知道那些專家是靠什麼來分辨好壞的。

翻看著護照的鄭泰義猛地陷入了沉思之中。假身分證對那些講著特定語言的小國家國民來說特別不利。像鄭泰義這種因為小的時候常常跟哥哥一起出國，所以可以用英文——實際上是非常流利的英文——來與他人對話的人，都有可能聊天聊到一半就在發音與腔調上露餡了，更不用說是那些人。

「看來這的確不是個可以常常拿來用的方法……」鄭泰義搖了搖頭，接著像自言自語般地咕噥道。

……可是知道多一點的資訊總沒有什麼壞處嘛。

「那這種程度的成品大該要花多少……」

鄭泰義的話還沒來得及講完，一隻戴著藏青色手套的手突然就從他的身後伸出，優雅地將他手中的護照拿走。

「王黎明？如果你的中文講得不夠流暢的話，那我勸你最好還是放棄要偽照他國國籍的想法。」

唰唰，鄭泰義可以聽見背後傳來翻閱護照時的聲響。

而當他一聽見對方那道既緩慢又平靜的嗓音時，他立刻就僵在原地一動也不能動。

「更何況在你進到登機門之前，公安還會先檢查過這本護照。如果你想找一本新護照的話，自然就得找最好的，不是嗎？我也可以介紹不錯的中間人給你哦，泰一？」

「……那之後就再麻煩你了，反正我現在『完全』不需要這種東西。我只不過是很好奇做一本要多少錢而已。多了解一點，總沒有什麼壞處嘛？」

在強調完那句「完全」後，鄭泰義才轉過頭看向了對方。

明明他也不是在說謊，但在眼下的這種情況講出那種內容，就連他自己也覺得這聽上去就像個蹩腳的謊言。

看吧，我就說只要運氣一差，什麼爛事都會發生。就算找到了一個完美的假身分證，只要衰運一來，馬上就又會落得這種下場。

鄭泰義抬起頭看著那名不知不覺走到他身後的男人，苦澀地咂起了嘴。不知為何，對方手上那雙乾淨的藏青色手套看上去格外的不尋常。想必那雙手套在不久後又會被他人的鮮血浸溼。

而鄭泰義只希望那個他人不要是自己就好了。

伊萊身穿不管鄭泰義看過幾次，都還是覺得很陌生的西裝。對方心不在焉地翻看了手中的護照好幾遍後，接著看向坐在鄭泰義正對面的中間人。

中間人見狀先是抖了一下，隨後以不安的表情來回看著鄭泰義與伊萊。

「這、這邊的這位難道是……」

中間人結結巴巴地講到一半，又突然安靜了下來。從對方的反應來看，想必中間人應該是認出了伊萊。然而伊萊看上去卻像完全不知道眼前的這號人物是誰似的。

「啊，他是之前跟我一起待在UNHRDO的伊萊……里格勞。」

講到一半，鄭泰義先是打量了一下伊萊的臉色，接著才把對方的全名講出來。縱使他平時很少講出對方的姓氏，但這畢竟也不是什麼祕密。

「啊，這位果然是T&R的里格勞嗎！之、之前我曾經與您的哥哥……」

「你是打算拿這本假護照給他嗎？」

中間人興沖沖地開啟了新話題，然而伊萊卻連理都不理，直接打斷了對方的話。他就像在閒聊著枯燥乏味的天氣話題般，緩慢地咕噥完後，便將手中的護照隨意丟到了中間人的膝蓋上。

隨後，他看向鄭泰義問道：「該不會上次幫你製作假護照的人就是他吧？」

「嗯？應該不是吧。」

其實鄭泰義也沒有見過那名幫他製作假護照的人的真面目。雖然他透過叔叔告知他的方式拿到了新的證件，但那名不會輕易與他人見面的「匠人」怎麼看都不可能是眼前的這名中間人。

「也對，鄭昌仁介紹的人怎麼可能會淪落到賣這種垃圾。要不是因為我前陣子忙到不行，現在總算閒了下來，心情正好處在非常愉悅的狀態，不然你今天可別想活著走出去。快滾。」

伊萊的語氣聽上去依舊十分平靜與淡然。

可能是因為伊萊連視線都沒有放在他的身上，所以中間人完全沒意識到伊萊剛剛的那番話是講給他聽的。他就只是愣在原地，默默眨著眼而已。

然而之前每天都跟伊萊待在一起的鄭泰義自然是立刻就聽懂了對方的意思，下意識地皺起眉頭。

或許中間人就只有聽聞過這名里格勞的存在，但還不是很懂眼前這個人的行事作風，他馬上又張開嘴作勢要說些什麼。而伊萊見狀則是若無其事地開始撫摸起了自己的手套。

「……那我就先告辭了！」

一口氣把茶飲盡的鄭泰義就像要把杯子摔破般用力放到了盤子上，接著從位置上起身，故意擋在了伊萊的面前。

在用著快要抽筋的臉拚命擺出笑容後，鄭泰義握住中間人的手，「剛好我在等的人也抵達了，那我們就先離開了。祝你今天的交易能夠一切順利，若下次還有機會的話，我們就再見吧！」

「嗯？啊、啊，好的。不過——」

下意識回答完的中間人像是很惋惜似的又瞥了里格勞一眼。

對啦，難得可以看見「大人物」的弟弟出現在眼前，你一定有很多的話想跟他聊。況且這個傢伙也算是有些——在某些地方，他甚至比他哥還要更——知名。我能充分理解你想好好跟他暢聊的心情——但你至少也該知道人家為什麼會這麼出名的理由吧？該死——

鄭泰義那顆善良的心正不停地告訴著自己，一定得幫中間人脫困。

默默抓住伊萊那隻撫摸著手套的手後，鄭泰義裝出開朗的笑容說：「我們回客房吧。剛好我也有話想對你說。」

「……」

伊萊瞇起了雙眼。他像是早就猜到鄭泰義的腦中在想些什麼般，不過一會兒便輕笑了起來，「好啊。不過雖然我非常好奇你想跟我說些什麼，但因為有個很礙眼的東西出現，所以我等一下才會上樓。」

語畢，伊萊便輕輕拍了拍鄭泰義那緊抓住自己手的手背。

而鄭泰義見狀隨即皺起了眉頭，「喂，再怎麼說這裡也不是UNHRDO。這裡不屬於治外法權的地帶！要是你在飯店裡殺人——」

「……」

伊萊的嘴角若有似無地上揚了起來，他垂眼看向鄭泰義。那個表情就像在無聲地告訴對方「你再繼續說下去啊」似的。

鄭泰義可以感覺到伊萊笑容中那滿滿的嘲諷意味，於是他馬上就閉上了嘴。殊不知對方見狀反倒笑得更開心了。

「泰一，我知道你現在在想什麼。除非他手上的那本假護照偽造得很像樣，要不然我可沒有慘無人道到對這種專賣垃圾的小角色動手。」

咂了咂嘴後，鄭泰義直勾勾地盯著伊萊看。縱使對方的話漏洞百出，但遺憾的是此刻的鄭泰義實在是沒有辦法反駁對方。

一旁的中間人在聽見伊萊那句「這種專賣垃圾的小角色」後，表情立刻就像被摺皺的紙張似的皺成了一團。對方似乎還沒意識到這其實是轉禍為福的象徵。

要是他今天是個專賣好貨的偽造犯，那他只要再倒霉一點，或許就真的會慘死在伊萊的手下了。

而那名中間人似乎真的與近來運氣異常糟糕的鄭泰義不同，是個非常幸運的人。對方的交易者剛好在這個時候抵達了飯店大廳。在惋惜地來回看了鄭泰義與伊萊一眼後，他便一邊與兩人道別，一邊離開了咖啡廳。

一直等到中間人與一名陌生的中年男子走向遠處，完全消失在自己的視野裡後，與伊萊僵持不下的鄭泰義這時才像鬆了一口氣般地跌坐在椅子上。

他似乎能感覺到一股不知名的疲勞感猛地湧上。

把玩著空杯子的鄭泰義就這樣默默地看著一屁股坐在中間人位置上的伊萊。

「……你為什麼會出現在這裡？」

拖到這一刻，鄭泰義才總算向這段時間不但連個人影都看不見，甚至連電話都愛打不打的伊萊詢問突然出現在自己面前的理由。

而伊萊見狀則是露出一副「你在問什麼廢話？」的表情反問道：「因為今天是禮拜五，你那麼快就忘了？」

明明前天之前，鄭泰義的腦中都還在想著這件事，沒想到一轉眼就又忘記了。仔細回想，之前每到週末，眼前的這個男人就會離開島上跑到香港來處理公司上的事。

隨後，伊萊把服務生叫了過來，準備要點飲品。而對方那隻輕敲著菜單的動作看上去異常輕快，看來伊萊今天的心情是真的很好。甚至當伊萊與服務生對視的時候，他還露出了禮貌性的微笑。

而本來想喝水的鄭泰義就這樣愣在原地，直直地看著伊萊。

或許是察覺到了鄭泰義的視線，伊萊先是看向對方，接著露出了「你為什麼要盯著我看？」的表情。

鄭泰義見狀有些不情願地咕噥道：「沒有啦，我只是覺得你今天的心情好像很好。」

「嗯……？」伊萊模稜兩可地聳了聳肩。

看吧！我就說他的心情很好。他的眼睛現在竟然還笑到彎了起來？

因為深怕自己多嘴會不小心說錯話，打壞對方難得的好心情。於是鄭泰義只好識相地閉上了嘴。

這其實也挺好的。跟心情很差的時候比起來，心情好的伊萊肯定更好對付。況且時隔這麼多天見面，要是對方心情很差，我絕對不會有什麼好下場。

可是有件事卻讓鄭泰義耿耿於懷。

「那個——你可以脫掉你的手套嗎？」

畢竟看上去實在是太嚇人了。不敢講出後面那句話的鄭泰義只好把話再次吞回了肚子裡。

伊萊先是稍稍挑起了眉頭，接著意外地乖乖脫下了手套。而藏在駭人手套下的是一雙令人難以想像的白皙動人的手。

「也對，你很喜歡這雙手……不對，好像又不是。若是像這樣——」

出神地盯著對方的手看的鄭泰義眼看那隻手猛地朝自己的臉靠近，他不由自主地抖了一下。近乎下意識將身體往後退的鄭泰義就這樣直勾勾地看著伊萊。

等到他想到要隱藏出自本能所散發出來的戒心時，早已晚了一步。

而凝視著鄭泰義的伊萊輕笑了一聲後，便收回自己的手。他舒適地靠在沙發上問道：「好，那就讓我來聽聽看你是為了什麼事，才特地坐在這裡等我的吧。」

「什麼？」

鄭泰義露出一副「你這傢伙在說什麼啊？」的臉，狐疑地看著對方。沉默了好一會兒，他才想起自己不久前曾對中間人說過「剛好我在等的人也抵達了」這句話。

「啊，那是……」鄭泰義撓了撓頭。

眼看對方絞盡腦汁在思考著要怎麼圓這個謊，伊萊高興地再補上了一句：「我也很好奇回到客房後，你要對我說些什麼。」

「呃……」

鄭泰義支支吾吾地看著伊萊。

他其實有很多話想說。要不是因為這些內容不適合在大庭廣眾下談，不然他現在就可以直接把積累了許久的心裡話說出來。

尤其是在眼下這種已經被對方半監禁了好幾天的狀況下。

他很想問對方自己到底還要被困在這裡多久，也想質問對方既然要派人來監視自己，為什麼不乾脆派個讓人完全察覺不到的高手來負責。「啊，對了，我相信你也很清楚吧？我當時之所以會甩掉那些監視者，根本就不是為了要逃跑！」鄭泰義皺起眉頭，不情願地補上了一句：「雖然更準確地說，是我逃不了才對。」

一想到那段往事，鄭泰義立刻就回想起了當時自己的腳究竟有多痛。

而伊萊見狀就只是默默地挑著眉，並且擺了擺頭示意鄭泰義繼續講下去。

「因為我太無聊，才想說要甩掉監視著我的人，自己去散步一下。結果，嗯？你怎麼可以叫他們使出全力打一個連腳踝的傷都還沒痊癒的患者，甚至還掏出麻醉噴霧只為了把我強行帶走？你知道我好不容易快要好起來的腳踝有多痛嗎？」

伊萊沒有移開視線，他就這樣靜靜地聽著鄭泰義的咕噥，並陷入了沉思。那雙冰冷的眼眸先是凝視了半空中好一會兒，接著淡然地開口道：「身為一名腳踝還沒完全痊癒的患者，你竟然敢從好幾公尺高的天橋上跳下去，我看你也是滿有勇氣的嘛。當時聽他們在報告這件事的時候，我還以為你的腳傷都好了。」

「那是……我以為那個高度跳下去不會怎麼樣，所以才跳的啊。誰知道你後來竟然會使盡全力來抓我。」

「好吧，不過……」伊萊像是在自言自語般地嘟噥道。

鄭泰義安靜了下來。對方那雙朝著他方向看的視線並沒有真的在看他，伊萊似乎正在思考著什麼似的。

隨後，伊萊猛地笑了起來，「當時聽他們說你竟然乖乖回到飯店的時候就覺得有點意外，果然……」

伊萊愉快地笑了好一陣子。而服務生也在這個時候把剛煮好的茶送了上來，茶杯上仍舊飄散著滾燙的蒸氣。

鄭泰義稍微撇起了嘴，狐疑地盯著伊萊看。他試圖要思考出對方突然發笑的理由，然而他所擁有的線索實在是太少了。這也導致他一度懷疑自己的臉上是不是沾到了什麼，甚至還伸出手摸了摸臉。

沒過一會兒，伊萊總算平靜了下來。不過他的眼角卻仍舊夾帶著些許的笑意。

「看來我這次得好好稱讚一下你的逃跑能力。」

「嗯？」

「我的意思是，你從天橋上跳下去後所發生的每一件事，實際上都與我無關。」

鄭泰義直勾勾地凝視著伊萊。而伊萊在愉快地吐了一口氣後，再次戴上了手套。鄭泰義一看見對方那過於不尋常的動作，立刻就歪起了頭。

「你為什麼又戴上了手套？」

「從剛剛開始，我就覺得有個很礙眼的東西在這附近徘徊。現在總算明白那是什麼了。你先在這裡等我，我會在茶冷掉之前回來的。」

「什麼——」

鄭泰義還來不及答話，伊萊就從位置上起身，接著用既輕快又快速的步伐朝著某個地方大步走去。而被遺留在原地的鄭泰義就只能看著對方那兩三下就遠去的背影發呆。

就在這個時候，大廳對面，坐在櫃檯正前方沙發區翻看著報紙的一名男子突然起身朝著飯店的反方向跑了過去。對方與伊萊間隔著一定的距離。

而伊萊見狀先是輕笑一下，隨後稍稍加快了腳步。沒過多久，兩人的身影便消失在鄭泰義的視野裡。

依舊搞不清楚狀況的鄭泰義只能啞然地看著兩人離去的方向，默默眨著眼睛。

「哦……？」用力撓了撓無辜的頭髮後，鄭泰義歪起了頭。

倏地，一股不祥的預感緩慢地從他的心底湧上。那是有著一定根據，預告著他眼前可能有很高的機率會出現駭人的畫面。

鄭泰義瞪著眼前那杯不停冒著白煙的熱茶。

他還不如趁現在趕快逃回客房裡。就算真的得看見一些駭人的畫面，在眾人面前目睹一切與待在私人空間裡目睹的感受可說是天差地遠。

當然，依照情況的不同——例如駭人畫面的主角變成了自己——，有些時候待在人多的地方反倒會更加安全。但現在並不屬於這種情況。

鄭泰義在怒瞪著茶杯好一會兒後，便瞥了兩人消失的方向一眼。他感覺不到伊萊會再次從那裡出現的跡象。畢竟當時那名男子與伊萊間的距離相隔得非常遙遠，依照伊萊原本那種悠哉的步伐不但很難追上，就算今天全力追了上去，伊萊可能也無法順利抓住那名男子。

除非伊萊開槍攻擊了男子的雙腿，使對方再也沒辦法逃脫後，接著把那人抓回來……

一想到這，鄭泰義連忙甩了甩頭。

看來我還是趕快躲回客房裡比較好。伊萊戴上手套追上去的模樣怎麼看都很不尋常。

鄭泰義實在是不想讓太多人知道自己與那名殺人魔，抑或快要等同於殺人魔的傢伙是認識的關係。在整理完思緒後，鄭泰義連忙將錢包及外套拿在手上。反正伊萊也知道他住在哪間客房，等對方回來發現他不在位置上後，應該就會自己上樓了吧。

「那個，這是我的帳單……」

在叫住剛好從身旁經過的服務生後，對方露出和善的笑容簡單寒暄了幾句，接著便指了櫃檯的方向。

就在鄭泰義試圖要拖著一拐一拐的腳離開座位時，他卻失敗了。

他才剛走沒幾步，飯店的另一端便傳出了幾道簡短的慘叫聲，以及人們騷動的聲響。隨後，一陣猶如被潑了冷水般的寂靜就這樣在大廳裡擴散開來。

站在鄭泰義身旁的服務生出神地看著發出聲音的方向。而鄭泰義一看見對方那瞪大雙眼盯著自己身後看的神情，立刻就在心底皺起了眉頭。他的直覺告訴他，已經晚了一步。

鄭泰義不想轉過頭。他只想像現在這樣，裝作什麼事都沒發生，趕快結完帳回到客房裡。然而當他察覺到周遭的人們都露出了茫然、膽怯的表情後，他只能一邊嘆氣，一邊垂下了頭。

等到寂靜的源頭停在距離自己身後幾步遠的位置時，鄭泰義聽見了一道在跟自己搭話的嗓音。

「茶那麼快就冷掉了嗎？不可能吧。」那道泰然的嗓音就像什麼事都沒發生似的，詫異地咕噥道。

鄭泰義能聽見嗓音的主人打破了大廳裡的寂靜，從盤子上拿起了茶杯，並且還喝了一口茶。

「明明就還沒冷掉。泰一，我記得我有叫你等我。」

「……」

你以為你是關羽嗎？鄭泰義忍不住在心底抱怨道。與此同時，他也不忘以非常不情願的表情慢慢、慢慢地轉過了頭。

映入眼簾的是他早就預料到的景象。縱使這個景象並不是他所樂見的，卻跟他預想中的一模一樣。

伊萊若無其事地將手中抓著的物體丟到了旁邊的空位上。而那個猶如被水浸溼的棉花般，癱倒在椅子上的物體是一個人。不對，更準確地說，那應該像是一團被血水浸溼的棉花才對。

被暴打一頓的臉雖然早就不成人形，但鄭泰義很確定的是伊萊絕對只有出拳過一次。要是被伊萊的拳頭猛揍兩拳的話，對方的臉絕對不可能像現在這樣如此「完好」。而對方的手臂和大腿也都「稍微」被打斷了。

光是看到眼前的這副慘況，鄭泰義就能多少猜到當時的情形。伊萊在抓到那名拚了命逃跑的男子後，第一步一定是打斷對方的腳。隨後，讓那人沒辦法亂動——又或者是屏除了對方想要亂動的想法——後，伊萊便一路把男子拖來了這裡。

明明男子肯定不是以慢跑的速度在逃跑，也不知道伊萊到底是怎麼追上對方的。在鄭泰義看來，伊萊根本就不是個人，也不可能是人。鄭泰義決定等到下次見到凱爾時，要認真詢問對方公司裡的研究所是不是真的只有在研究武器。

伊萊脫下了好幾處都被深色血跡沾溼的手套丟到男子的身上，接著坐了下來。下一秒，他拿起依舊還在冒著白煙的茶杯，輕嚐了一口。

「……」

鄭泰義呆站在原地。若是可以的話，他真的很想馬上離開這個地方。而好不容易壓抑下想要逃離的欲望後，他便直勾勾地盯著伊萊看。

伊萊見狀先是瞥了鄭泰義一眼，接著開口道：「你不是說你的腳不舒服嗎，那幹嘛還站在那裡。」

「……因為我不想跟看上去命在旦夕，每分每秒都在和死神拔河的人坐在一起。」鄭泰義一邊在心底發出了反胃的聲音，一邊答道。

那名男子的椅子上漸漸滲出了血漬。

「哈哈。」伊萊輕笑了幾聲，「沒什麼，他只是因為頭部受傷，所以看上去才會流那麼多血，他其實沒有傷得很重。等我向他問完一個問題後，就會送他去醫院。」

鄭泰義凝視著椅子上的那灘血跡。無論他怎麼看，他都不覺得眼前的這個人單純只是出血過多而已……

不過他清楚知道什麼才是眼下最明智的方法。咂了咂嘴後，他走向桌子的方向並坐在原本的位置上。

「你要問就趕快問。我想快點回客房。」鄭泰義不滿地咕噥道。

他一邊忍受周遭那火辣辣的視線，一邊擔心著眼前的這名男子是否能順利地回答出問題。而且公安應該隨時就會衝進這間飯店裡了吧。

然而伊萊看上去卻十分從容。他稍微轉過了身，朝著站在遠處柱子旁的一名男子簡單擺了擺手。隨後，那名男子先是點了個頭，接著便打起了電話。

在意識到那個人正是其中一名監視著自己的監視者後，鄭泰義猛地轉過頭看向身旁那名全身是血癱坐在椅子上的男子。

由於男子被打到面目全非，鄭泰義花了好長一段時間才總算確定眼前的這個人是前天追著他跑的其中一名男子。同時也是掏出噴罐的那個人。

「喔……」

聽見鄭泰義的嘟噥聲後，坐在對面的伊萊一邊喝著茶，一邊從容地說：「我剛剛才在想到底是誰這麼狂熱地盯著你看。你到底是從哪裡吸引到這種傢伙的？」

「他不是你派來的嗎？」

比起正面回答鄭泰義的提問，伊萊只是指了指站在柱子旁的男子來當作答覆。而鄭泰義見狀隨即露出狐疑的表情看向全身是血的男子。

「那這個人是誰？」

「對，我現在就是要問他這個問題。我不會花太長的時間，等我問完後，就回去客房吧。」伊萊放下手中的茶杯。

下一秒，他朝著那名就像昏過去般癱倒在椅子上的男子淡然地問道：「是誰派你來的？」

然而那名男子並沒有答話。或許對方真的失去意識了也說不定。

鄭泰義不安地咕噥著：「他是不是昏過去了啊？還是他已經死——」

「他不但沒死，也沒有昏過去。因為我知道讓他昏過去事情會變得很麻煩，所以早在把他的腳打斷時，就把興奮劑灌下去了。雖然興奮劑的成分有點問題，所以無法販賣，但它的藥效是真的很強。我想這個人應該有好一陣子都無法入睡了吧……唉，那他手術的時候一定會很痛苦。我剛剛竟然忘記了這一點。」伊萊不動聲色地碎念著：「怎麼辦，一想到你得在神智清晰的狀態下接受骨折手術，我就很愧疚啊。」

而鄭泰義見狀立刻嚇得臉色發青，有些不自然地看著伊萊。

伊萊一發現那名男子的肩膀下意識地開始顫抖，便不帶任何情緒地笑了起來。鄭泰義緊咬著沒有血色的雙唇，陷入了沉默。他實在無法置身事外。

我怎麼偏偏就惹到了這種傢伙啊？明知道這個傢伙是個可以把活生生的人生吞活剝的怪物，我怎麼還敢惹他？鄭泰義一邊搓揉著冒出雞皮疙瘩的手臂，一邊在心底埋怨道。

與此同時，伊萊咂起了嘴，輕輕拍打著男子的肩膀，「我在問你，是誰派你來的？不對，更準確地說，到底是誰指使你不管用什麼手段都要把他綁走的？」

「……」

「……唉，這個世界上的白痴還真多。」伊萊看著一句話都不願意說的男子，再次咂了咂嘴。

語畢，在不安的騷動聲之中，男子那淒厲的尖叫聲劃破了寧靜。當人們被嚇到不自覺地抖了一下時，男子細微的慘叫聲又接連出現了兩、三次。

而不遠處也出現了好幾名似乎是飯店派來的人正朝著這個方向前進著。

伊萊像是沒注意到周遭的騷動似的，就這樣將男子骨折的手往另一個方向折去，接著再伸出手拍了拍對方的臉頰，「一次，我只會再問一次而已。如果你這次也不回答的話，那你等一下要去的就不是醫院，而是客房了。我們到時候會在客房裡進行一段既愉快又漫長的對話。你也可以趁那個時候知道人的身體裡究竟有幾根骨頭，而你體內的器官又是長什麼樣子。嗯？你覺得如何？」

伊萊那道淡然笑著，語氣異常平靜的低語聲也傳進了鄭泰義的耳中。

鄭泰義不停地啃咬著自己的雙唇，並以非常複雜的表情看著眼前的男子。或許他剛剛根本就不該提起被監視的話題。若他裝作什麼事都沒發生，就這樣帶過的話，也許事情也不會發展到這個地步。

可是他怎麼可能猜得到那些監視著他的人竟然是不同的人派來的。

不過與此同時，鄭泰義也不禁在想這個世界上竟然還會有另一名好事者這麼好奇他的下落。

「伊萊，你會不會是抓錯人了……」

雖然鄭泰義很想說出「如果你抓錯人的話，那你真的會遭天譴——然而就算對方沒有抓錯人，把一個好好的人打成這副模樣，實際上也一定會遭到天譴就是了——」可是伊萊隨即便以充滿著嘲諷的冷漠視線來堵住鄭泰義那句沒說出口的話。

伊萊在無視了鄭泰義後，輕輕抓住了男子的下巴。由於鄭泰義深知伊萊那雙白皙又動人的手握力有多強，因此當他看見男子的臉因為疼痛而扭曲起來時，他便默默移開了視線。

「我再問一次，是誰派你來的？」伊萊低聲問道。

若伊萊沒有抓著眼前那名滿身是血的男子，那麼單憑對方那平穩的嗓音以及冷靜的表情，或許真的會讓人誤以為他只是個再平凡不過的溫柔青年。

縱使有很多人會被伊萊的長相欺騙，但並不包括那名滿身是血的男子。男子看著從容不迫的伊萊，那張喪失血色的雙唇不由自主地輕輕顫抖了起來。

也許對方並不是不想說，而是因為過於膽怯才會說不出話。

伊萊不打算花太多的時間慢慢等男子開口。他只給男子眨一、兩次眼的時間而已。

當伊萊毫不猶豫地起身時，一名身穿正裝，似乎是飯店經理的男子總算來到了他們的身旁。除此之外，正裝男子的身後還跟著四名身材健壯的壯漢。

「客人，不好意思，可以請您先……」

「我記得——」

還沒等正裝男子把話說完，伊萊就打斷了對方的話。

而那名用著既恭敬又斬釘截鐵的語氣說著話的男子在聽見伊萊的話語後，立刻就狐疑地歪起了頭。

「我記得有打給你們的主管，難道指示還沒下來嗎？好吧，那我就再重複一次。你現在看到的只是『朋友間的小打小鬧』而已，你們既不需要擔心，也不用管。啊，對了，因為我想跟我的朋友和好，麻煩請給我一間客房。」

伊萊先是停頓了一下，接著轉過頭看向鄭泰義，「你應該不想看到你的房間裡出現血腥味吧？」

「當然不想啊。」

伊萊語音剛落，鄭泰義馬上就回答了對方的問題。明知伊萊準備在客房裡製造出一些慘不忍睹的景象，他怎麼可能還會乖乖把房間讓給對方恣意妄為。

而正裝男子在看見伊萊那泰然自若的態度後，先是遲疑了一會兒，接著微微地皺起眉頭。對方的眼神就像在看一名故意在飯店裡耍流氓的搗亂分子似的。

「不好意思，依照本飯店的處事方針，我們不方便執行您所提出的要求。在此之前，針對您在公共場所裡所引起的……」

正裝男子就像在念課文般，用著生硬的語氣強調著他的立場。而原先站在他身後的幾名壯漢立刻繞到伊萊的兩旁以及身後待命著。明明這是一個威脅意味非常濃厚的情況，但伊萊見狀卻連眼睛都不眨一下，只是不耐煩地撇起了嘴，「泰一，你有多的手套嗎？」

一聽見對方那突兀的提問，鄭泰義不禁伸出大拇指按壓起隱隱作痛的太陽穴，「當然沒有啊……我現在又不是你的校尉，怎麼可能會隨身帶著多的手套？」

從對方的提問中可以看出，伊萊今天似乎是不打算就此收手。光是剛剛的那場鬧劇，公安就有可能隨時衝進來逮人了，也不知道伊萊今天到底打算要對幾個人出手。

在感受到以正裝男子為首的其他陌生人的冰冷視線後，鄭泰義只覺得非常委屈。如果可以，他真的很想在這裡大喊他跟眼前的瘋子沒有任何的關係。

霎時，遠處傳來了一陣刺耳的警報聲。鄭泰義分不清那究竟是公安的警笛聲，還是救護車的鳴笛聲。而癱倒在伊萊面前的男子瞬間露出了微微的喜色。想必對方應該是認為自己獲救了吧。

然而他的希望也就僅此於那一刻而已。

當正裝男子懷中的手機響起後，他的希望立刻被打破。

「是的，我現在人在大廳。因為發生了點騷動，我會趕快處理完並上樓去向您報告一切的經過。」話說到一半，正裝男子先是愣了一下，接著以有些微妙的表情看向伊萊，「是的，是……」

朝著話筒另一端答話的正裝男子神情變得越來越狼狽。隨後，他焦躁地朝著那些圍繞在伊萊身旁的壯漢們擺了擺手，示意他們離開。

「那我可以先回房間嗎？」

鄭泰義明知對方不可能會答應自己的請求，卻還是忍不住嘟噥出了這句話。雖然早在他當上伊萊校尉的時候，他就已經習慣了人們火辣辣的視線，不過那些視線卻遠遠不及一般大眾冷漠的眼神所帶給他的衝擊。

「我馬上就結束了。畢竟把骨頭一根一根地打斷，並不會花上太久的時間——力宇，如果來的是公安，你就把他們送走。如果來的是救護車，那你就叫他們先在那裡等。反正我上樓一下，馬上就會下來了。」

伊萊並沒有特地朝著哪個方向講出這句話。然而坐在隔壁、隔壁沙發上的一名男子卻猛地起身。當鄭泰義將視線移到對方身上的時候，他才發現那人正是另外一名監視著他的男子。男子簡短回答完後，便轉身離開。

正裝男子露出苦澀的表情，苦澀地咕噥道：「那我會幫您準備一間新的客房……希望您與您的朋友可以慢慢地暢聊。若是您方便，我們飯店也有形象得顧，所以……」

正裝男子的語氣聽上去雖然非常卑微，但臉上卻立刻擺出了客套的微笑。

鄭泰義見狀一邊在心底念叨著：這個男人也很嚇人。一邊拍了拍突然胸悶的胸口。

可能是接到了指令，一名服務生倏地從大廳的方向跑了過來，並將一把鑰匙遞給了伊萊。接過鑰匙後，伊萊簡單朝對方點了個頭，接著轉身看向臉色再次變得鐵青的男子。

「好，那我們上去安靜地小聊一下吧，我的朋友。」

一把抓起對方的衣領，將癱坐在椅子上的男子拉起來後，伊萊突然笑了。

而那名被伊萊拉著走的男子一邊拖著自己骨折的雙腳，一邊止不住地顫抖了起來。男子原本只有嘴唇、雙手、雙腳在顫抖著，可是到最後，對方的全身就像在搖晃似的大力抖動了起來。

男子用著被打到沒剩幾顆牙的嘴吐出了鮮血，並且發出猶如野獸臨死之前的吼叫聲說出：「凌……」

對方好像在拚命嘟囔著什麼。不過因為每當男子張開嘴巴的時候，他的嘴中就會不停地流出鮮血，旁人很難聽清他到底在講什麼。

伊萊見狀先是有些難堪地笑了幾聲，接著輕輕地打了——與此同時，還伴隨著皮開肉綻的聲音——男子一巴掌。

「我聽不懂。」

伊萊語畢，男子這次用盡全力一字一字說出了：「是……凌……老爺……」

縱使對方緩慢的語氣令人聽得有點吃力，但這次總算能聽清男子究竟在講些什麼了。可是聽得懂的資訊也就僅此而已。

鄭泰義出神地凝視著男子，默默眨起了眼睛，「凌老爺……？他是誰啊？」

鄭泰義撓了撓頭，輕聲咕噥道。他從來不曾聽過這號人物。當他一開始得知除了伊萊之外還有人在監視著自己的時候，他還以為會是叔叔或者是跟哥哥有關的人派來的。

就在鄭泰義思考著到時候要不要去問叔叔時，站在鄭泰義面前的男子努力地繼續講了下去：「是凌、凌家的……小少爺……叫我……帶走……那個男人的……」

「……？」

男子伸出被鮮血浸溼的手指向了鄭泰義。

而鄭泰義見狀下意識地後退了一步，接著狐疑地歪起了頭，「我嗎？等一下，對，當然是我。畢竟你當時一直在追著我跑。不過你說的那個人是誰啊？」

會是想要得知哥哥下落的人嗎？鄭泰義維持著歪頭的動作，懷疑地反問對方。隨後，他猛地看向旁邊的伊萊。

伊萊笑了起來。對方的嘴角微微上揚，愉悅地笑著。

鄭泰義突然意識到了，或許早在男子開口之前，伊萊就已經知道答案了也說不定。

「伊……」

然而還沒等鄭泰義喊出伊萊的名字，對方就一邊嘟噥著：「果然。」一邊在男子另一側的臉上賞了個巴掌。隨後，男子口中再次吐出了鮮血，並且發出慘叫聲。

「你剛剛為什麼不早點回答？已經來不及了……雖然我也想這麼說，但因為我今天的心情很好，外加旁邊還有一個不停吵著要趕快回去客房的傢伙——沏，把這個男人帶走。」

伊萊沒有轉身，就這樣簡短地喊道。而站在柱子旁觀察著這一切的男子立刻走了過來。下一秒，他將就算是現在就算家人來看，說不定也認不出來的男子扛在身上，接著朝伊萊鞠了個躬後，便轉身離開。

伊萊的四周充滿著微妙的寂靜，而不遠處則是一片騷動。然而他卻十分泰然地——不對，是多少有些不滿地甩掉沾在手上的鮮血。隨後，他突然看向了站在幾步之外，看上去既慌張又困擾的正裝男子。

正裝男子一察覺到伊萊那道鮮明的視線，先是愣了一下，隨即便立正站好。

正裝男子就像站在蛇面前的青蛙似的，一動也不能動地看著伊萊從容地走到他的面前，並且抽出那條放在他胸前的口袋巾。伊萊緩慢地將手中的血漬抹在口袋巾上。不過一會兒，那條口袋巾立刻被染得鮮紅。

「你可以幫我取消那間客房了。」

伊萊笑著將髒掉的口袋巾再次塞回男子的胸前。下一秒，他背過鐵青著臉的正裝男子，朝著呆站在原地的鄭泰義走去。

「既然已經得知那個礙眼東西的身分了，那我們上樓吧。」

「……」

縱使鄭泰義再怎麼不願意與眼前的這個男人一起離開，讓周遭的人產生「原來那兩個人是認識的關係啊」的想法，但他也深知現在已經沒有什麼比趕快離開這個地方還要更好的手段了。

鄭泰義草草點了個頭後，馬上轉身大步朝著電梯的方向走去。而途中，他還與坐在好幾張桌子外的中間人四目相交。他可以從中間人那出神盯著伊萊的表情中看出，對方應該已經意識到自己剛剛有多走運了。

你真的很幸福。你看，只要你現在消失在那傢伙的眼前，你們之間就再也沒有任何瓜葛了。不像我，連還要被關在這間飯店裡多久都不知道。

鄭泰義故意選了離大廳最遠，必須走上好一段路才能抵達的電梯。縱使那些黏在他背後的視線都消失了，但他的鼻尖卻好像還能依稀聞到不久前的那股血腥味。

「反正搭上電梯後，你就可以跟那個空間說再見了。何必大老遠跑來這裡？」跟在鄭泰義身後的伊萊用著從容的嗓音開口道。

一直等到按下電梯按鈕，確認完那臺停在十幾層樓的電梯開始下樓後，鄭泰義才嚥下心中的嘆息，並轉過頭看向對方，「好，所以說——那個人是誰？」

「哪個？」

「對方剛剛不是說是什麼老爺嗎？」鄭泰義皺起眉頭再次問道。

眼前的這個男人不可能不知情。假如伊萊真的不知情的話，他不可能會直接放對方走（雖然剛剛的那個情景怎麼看都不像「直接放對方走」就是了）。

那人提到了凌老爺。除此之外，對方還提到是凌家小少爺下令要將他帶走的。其實鄭泰義也不確定自己到底有沒有聽錯。由於對方的口中全是傷口，嘴裡也含著鮮血，因此發音不是很標準。不過聽在鄭泰義的耳裡，對方的確就是這麼說的。

可是……

「我不認識那個人。」鄭泰義一邊咂嘴，一邊歪起了頭。

而一旁的伊萊就只是默默地垂眼凝視著鄭泰義。就這樣過了好一會兒後，他才猛地發笑，「凌家的話，應該是指財經界的那個凌家吧。凌家現在的首領是一名名叫凌霍龍的七十幾歲老先生，而他最為人熟知的便是那極佳的手腕以及既殘暴又貪婪的欲望。你難道沒聽說過這號人物嗎？」

「我沒聽過。」

「是嗎？那想必你也不知道那個人在快要五十歲的年紀，因為看上了一名連二十歲都不到的少女，直接強迫對方成為自己的第七任妻子，並且還十分疼愛那名少女的事吧？這件事很有名。」

眼看伊萊開始講起了莫名其妙的故事，鄭泰義忍不住露出狐疑的眼神看向對方。

這種乍聽之下很像會被刊登在女性雜誌上的故事，甚至還是至少二十年以上的古老軼事，鄭泰義怎麼可能會聽過。

鄭泰義試圖要找出這個故事，以及那名凌老爺想要把自己抓走間的關聯。在思索了好一陣子後，他才開口道：「該不會那名第七任妻子的出軌對象是我哥吧？」

實際上，鄭泰義也深知鄭在義不可能會做出這種事。縱使對方是一名天才，可是鄭在義卻不懂得要怎麼運用自己的才智來勾引女人。撇除掉鄭在義哪天突然下定決心要認真勾引人的這種可能性，在鄭泰義的認知範圍內，他的哥哥向來都不是個會對這方面產生興趣的人。

更不用說對方是一名有夫之婦，甚至還比鄭在義大上了十幾歲。

即使鄭泰義也只是隨口說說的而已，但光是想像了一下那個畫面，他馬上就嚇得趕緊甩了甩頭，試圖要把畫面甩出腦海。

而一直盯著鄭泰義看的伊萊就像聽見了完全沒有想像過的假設似的，大笑了起來，「啊哈哈，鄭在一跟那個女人嗎？哎唷，那女人已經把她所有的心力都花在她兒子身上了。而她兒子同時也是凌霍龍疼到不能再疼的小兒子。凌霍龍的行事作風狠毒到其他家人們都會在私底下臭罵他的程度，可是他卻十分疼惜那對母子。這也導致小兒子的頭上明明就有快要十名的哥哥們在，他卻還是被眾人稱呼為小少爺。」

「……」

鄭泰義直直地盯著伊萊。倏地，他湧上了一股奇怪的感覺。那個原先只是輕撓著他心底的疑惑，在某個瞬間開始攻擊起了他的胸口。

「他的兒子——」

就在鄭泰義開口的瞬間，電梯抵達了一樓，並且打開了電梯門。

伊萊背對著從電梯裡散發出來的亮光，看向鄭泰義。那雙微微瞇起的雙眼就像在舔拭著鄭泰義臉上的每個角落般，不停凝視著鄭泰義。

「看來你已經忘記那個小鬼的全名了？要是被對方得知，他一定會哭著說你太無情。不對，他說不定還會動怒。」

「凌——心路……」

鄭泰義出神地嘟噥道。此刻的他就像靈魂出竅般，無法好好打起精神。

——你別看那個傢伙現在這樣，他的血統可是超好的呢！他出生在中國財經界數一數二知名的名門望族裡。

——也對，反正他家本來就是個特別有野心的家族。不過還真的沒有想到他竟然會為了要得到吉祥天而主動出擊。

——更何況他家那麼有錢，他的父母說不定會為了他而開一間新的公司交給他管理。我幹嘛去擔心一個一定會過得比我還要好的傢伙啊。

叔叔、伊萊，以及莫洛曾經說過的話一一浮現在他的腦海裡。

心路，凌心路。那個既惹人憐愛又可愛的孩子。鄭泰義沒想到自己竟然會忘記對方的存在。自從再次見到伊萊後，他就沒有餘力再去想心路的事，甚至還徹底忘記了對方。

鄭泰義啞然地看著伊萊。他就這樣愣在原地。

我怎麼會忘記他？我怎麼會遺忘那麼可愛的人？

「……！」

鄭泰義倏地轉過身，並且朝著剛剛來的方向走去。他有好一陣子沒有見到心路了。自從他離開那座島上後，聽說心路也馬上辭去了UNHRDO的工作。而在那之後，他理所當然地就與心路斷了聯繫。

鄭泰義不知道心路會不會埋怨他，畢竟他一句話也沒說就直接從分部裡離開了。說不定對方就是因為太過憤恨不平，才會派人要把他綁走。

其實那名男子只要說出：「心路現在正在找你。」鄭泰義就會乖乖跟他走了。

就在鄭泰義快步朝著大廳的方向走去時，突然有隻手從他的身後伸出，用力地抓住了他的肩膀。無法動彈的鄭泰義不得已停下了腳步。他焦躁地轉過頭看向伊萊，而伊萊則是用著淡然的表情看著他。

「那個傢伙不是已經去醫院，要不然就是被送走了。就算對方現在還在那裡，以他現在的狀態也沒辦法帶你去凌家。」

「那個地方在哪？」鄭泰義馬上反問道。

然而回應他的就只有一陣沉默，以及一道冷冰冰的視線而已。

在間隔了一段時間後，伊萊才緩慢地開口道：「你要去找他？」

「……」

鄭泰義沒有答話。在對方那道冰冷的視線中，他慢慢地回想起了自己現在的處境。那些猛地湧上他腦中的激動情緒也逐漸沉澱了下來。

就算他真的去找心路、就算他再次見到了心路，他又能改變什麼？

不，他什麼都改變不了。心路依舊是他所認識的那個心路，而他也依舊是原本的那個他。只要這個前提沒變，那結果就不會發生任何的變化。

話雖如此，但他還是有話想向對方說。他總覺得還有一些話還沒跟心路說開。

那我究竟想跟他說些什麼？

鄭泰義一邊思考著這個問題，一邊默默地與伊萊對視著。倏地，伊萊咂起了嘴。

「真是的……只要一提到他的名字，你就搞不清楚狀況了嗎？鄭泰一，我可以跟你保證，只要你一進到凌家，你就再也無法踏出他家的家門。除非你變成了一具屍體。」

那隻緊抓著鄭泰義肩膀的手稍微鬆了開來。隨後，伊萊的手指開始緩慢地敲打起了鄭泰義的肩膀。那個動作乍看之下就像在開導著不聽話的孩子般。

「但我還是不能不去見他。」

再怎麼說，他都得去見心路一面，並且得向對方說點什麼才行。要是再這樣下去，他和心路只會一直處在這種不上不下的狀態裡。

人和人的關係就是這樣，就算過去了數十年，只要彼此沒有明確地劃下一個句點，那麼當時的狀態便會持續到永遠。

霎時，那隻輕敲著鄭泰義肩膀的手停下了動作。而伊萊也收起視線，「好吧……」

下一秒，伊萊的手從鄭泰義的肩膀上移開。在輕輕嘆了口氣後，伊萊稍微後退了一步。他聳了聳肩，那個動作看上去就像在說著「那我也沒辦法了」似的。

「可能是因為我這幾天忙到暈頭轉向，才變得這麼大意，竟然連這種不必要的話都說出口了。」

伊萊先是嘖了一聲，接著用著非常惋惜的表情——搭配上異常冰冷的語氣——開口道：

「從結論來說，你不能去。」

而「你不能去」這四個字就成為了鄭泰義聽見的最後一句話。

伊萊在那之後好像還有說些什麼，但鄭泰義卻無法理解他到底說了什麼。

等到腹部傳來一陣劇烈無比的疼痛，並且在間隔了好幾秒後，鄭泰義才意識到自己的肚子被伊萊猛揍一拳的事實。

「……——」

鄭泰義說不出話。由於胃裡的嘔吐物瞬間就湧了上來，他只能下意識地伸出手擋住自己的嘴，並跌坐在地板上。而伊萊見狀輕輕鬆鬆地用一隻手臂扛起了鄭泰義。

鄭泰義的眼前開始發黑。耳邊在傳出「嗡嗡——」耳鳴聲的同時，背脊冒出的冷汗也浸溼了他的背。肚子裡的器官似乎全都裂了開來，要是他現在昏過去的話，很有可能會再也無法醒來。

徘徊在昏迷邊緣的鄭泰義就像透過遮光布中間那被人戳破的小洞，在看著投影畫面似的。他只能傻傻地看著眼前那不停晃動著的地板。

鄭泰義一動也不能動地被扛在伊萊的肩膀上。一直等到對方再次踏進電梯之前，他都維持著動彈不得的姿勢。

他是真的很痛。不對，這已經跳脫了痛覺的臨界點。這是足以讓人體會到死亡是什麼滋味的感覺。

當電梯開始朝著客房的樓層移動時，鄭泰義的雙唇才總算有餘力可以說話，「剛才的那個傢伙……他真的好可憐……」

雖然剛剛才被伊萊猛揍一拳的他講這種話好像很可笑，但鄭泰義最先湧上的便是這個念頭。其實他還寧願剛剛直接被伊萊一拳打死。

鄭泰義就這樣放鬆著身體，無力地靠在伊萊的肩膀上。這股疼痛甚至比用腳踝骨折的腳跑步還要痛上好幾倍。若是可以馬上昏過去的話，那說不定會好一點，但昏倒畢竟不是想做就能做到的事。

鄭泰義癱在伊萊的肩膀上，跟著對方的動作晃來晃去。與此同時，他也不忘在心底臭罵著「這個傢伙是怪物啊，怪物……」。

等到鄭泰義總算稍微打起了精神，身體也可以慢慢移動後，伊萊剛好抵達了他的房門口。伊萊若無其事地將手伸進依舊抱著肚子的鄭泰義的懷中，從中掏出房間鑰匙，自顧自地開門走了進去。

鄭泰義見狀只能一邊用手按壓著只要一動就會開始刺痛的肚子，一邊跟在對方的身後走進了房內。隨後，他先是徑直地朝著床鋪的方向走去，接著一頭栽進棉被裡。

伊萊像是不在乎鄭泰義打算做出什麼舉動似的，獨自走到窗邊，並脫下西裝外套與領帶放到一旁的椅背上。下一秒，他經過了癱倒在床上的鄭泰義，走向附設吧檯並拿出了一罐啤酒。

「……」

雖然身體只要一動，肚子就會像肌肉痠痛般不停地刺痛著，但躺到床上後，原先的痛感便緩解了許多。於是，鄭泰義決定要先維持著這個動作一陣子再說。

然而一旁的伊萊卻反常地一句話都沒說。縱使對方平時也不是個多話的人，不過在這種狀況下，對方向來會簡單地拋個幾句話。也不知道伊萊是不是又在沉思著什麼，所以才會變得這麼安靜。

眼球不斷轉來轉去的鄭泰義緩慢地抬起了頭，並且輕輕搓揉起自己的腹部。

該死，他未免也下手得太狠了！

可能伊萊是怕直接用講的，鄭泰義會聽不懂他想表達的意思，所以才會「親自」動手要他乖乖待在這裡吧。

鄭泰義惡狠狠地瞪著拿著啤酒罐再次走到窗邊，俯視著窗外景色的伊萊的後腦杓。與此同時，他也不忘提前做好準備，以防對方會突然轉身。

看著這樣的自己，鄭泰義不禁覺得自己實在是很可憐。

霎時，就在鄭泰義以為一口氣將啤酒喝光的伊萊會把啤酒罐放到窗邊時，對方猛地大力踹了一旁的椅子。

哐！伴隨著一道駭人的聲響，那張厚重的原木椅就這樣從空中飛過，並撞上了旁邊的桌子。而剛好位於桌子後方的鏡子也被撞得四分五裂，鋒利的碎片全都掉到了地板上。

躺在床上搓揉著肚子的鄭泰義瞬間瞪大雙眼，並停下了手中的動作。從窗邊轉過來的伊萊看上去就跟平時沒有兩樣。伊萊的表情看起來既冷漠，又帶著些許慵懶的氛圍。

而對方在朝著打破鏡子後就掉落在地板上的椅子走了過去之後，用力踩了椅子的椅架。倏地，厚實的原木立刻就像枯萎的樹枝般被折斷。而散落在地板上的鏡子碎片也因為他的動作而發出了碰撞聲。

鄭泰義見狀微微地挑起了眉頭。

他已經見慣了伊萊不正常的一面，畢竟伊萊平時就是一個相當違反常理的人。要不然對方剛剛也不會像個屠夫般把好好的人打成那副模樣。

照理來說，伊萊連人都敢這麼粗暴對待了，將物品摔爛其實也沒有什麼好大驚小怪的。然而，鄭泰義從沒看過對方在沒有特殊目的——例如，將桌腳打斷只為了要打人、抬起桌子只為了要壓制拿著凶器朝他衝過來的人——的情況下，像剛剛那樣猶如遷怒般地朝著物品使用暴力。

其實對方平時要是會對物品遷怒的話，那這或許還更像個正常人一點。但遺憾的是，伊萊不是這種類型的人。伊萊是個只要一生氣，就會去找出那個惹他生氣的對象，並且當場殺掉對方的人。

「……」

明明他剛剛看上去心情還很好，怎麼突然就朝著無辜的椅子發火啊？

鄭泰義露出微妙的表情瞪著發出駭人噪音，但表情看上去就和平時一模一樣的伊萊，默默嘆了口氣，「你幹嘛拿家具當出氣筒啊？這也太不像你了。」

下意識嘟噥出聲的鄭泰義猛地意識到自己說錯話。這一不小心，對方很有可能會曲解他的意思。於是他只好連忙再補上一句：「等一下，我那句話的意思不是叫你把我當成出氣筒。」

不過轉念一想，剛剛有發生什麼值得伊萊遷怒的事嗎？

鄭泰義又沒有真的逃出去找心路。就算不久前伊萊沒有動手揍他，而是好好用講的——反正鄭泰義也很清楚自己絕對無法逃離對方的手下——，他也會乖乖聽伊萊的話。

無論鄭泰義怎麼想，對方之所以會突然不爽，好像都跟他說要去見心路的那句話有關。換句話說，伊萊不爽的是他去見心路的這件事。既然如此，那就代表伊萊很有可能是喜歡上了心路或者是他……

凝視著半空中陷入沉思的鄭泰義頓時湧上了一個最簡單的假設。然而那個假設一出現在腦海，他馬上就大力地甩起了頭。

不，不可能。絕對不可能。伊萊不可能擁有這麼人性化的情感。況且喜歡上其他人的情感還是人類眾多情感中，與伊萊本性距離最遙遠的一種。

將「伊萊」與「喜歡」這兩個字擺在一起，說不定還不及「鯛魚」跟「開發太空梭」這兩個字之間的關聯性高。

或許伊萊只是因為有著什麼不能讓鄭泰義與心路見到面的理由，才會這麼生氣。但如果這些都不是的話，那麼……

「……啊。」

不停思索著的鄭泰義總算得出了一個既簡單又容易理解的結論：說不定對方只是單純不想看到鄭泰義向他頂嘴而已。

因為當伊萊說出要回客房時，鄭泰義執意要跑去大廳，才會惹怒對方。沒錯，這的確是最沒有破綻的解釋。

唉，這個傢伙的脾氣喔。鄭泰義暗自在心底咕噥道。

而踩在玻璃碎片上的伊萊就這樣直勾勾地垂眼看著他。看了好一會兒後，伊萊才猛地開口道：「不像我嗎……？哈哈哈，做出這種事很不像我？那我要做出什麼樣的行為，才會比較像我？」

伊萊似笑非笑地低聲說完後，便慢慢朝著坐在床上的鄭泰義一步、兩步走了過來。

鄭泰義見狀忍不住在心底咂起了嘴。他只能怪自己不小心說錯話，才會讓對方有機會抓到語病。

「剛好，我有件事要問你。我最近分不清到底什麼才是真正像我的行為。明明在此之前，我從來不曾出現過這種疑問，但最近這裡想的……跟這裡想的……卻完全搭不上。」伊萊先是指了自己的腦袋，接著又指向了心臟的位置。

將手停留在胸口上好一陣子的伊萊倏地露出了有些狼狽的笑容。看上去好像真的很受這個問題困擾似的。

然而對方臉上那個微妙的笑容在抵達鄭泰義的面前後，就立刻消失了。伊萊用著面無表情，看上去就跟娃娃一樣冷漠的臉垂眼凝視著鄭泰義。

「泰一，雖然你偶爾會做出莫名其妙的蠢事，但你實際上並不笨。所以我想問問看你的意見，你覺得腦袋的忠告跟心臟的忠告，哪個才是對的？」

「……」

伊萊的臉瞬間貼到了鄭泰義的面前。伊萊彎下腰，靜靜地嘟噥完問題後，他輕撫起了鄭泰義的後頸。那隻直到不久前都還沾滿著鮮血的手異常光滑。

而鄭泰義隨即就皺起了眉頭。因為他不知道伊萊這段話到底想表達什麼。但與此同時，他可以隱約察覺到這很有可能成為一個非常致命的問題。不過重點就在於，他並不知道這個問題會牽涉到哪個層面。

鄭泰義陷入了沉思。而伊萊就在距離鄭泰義頭頂稍高的位置，垂下眼默默地盯著他看。

「這些日子裡，每次當你粗暴對待他人的時候。再講得更仔細一點的話——沒錯，就像剛才你將那名男子打倒在地的時候。」

「嗯……？」

聽見鄭泰義謹慎說出口的話語後，伊萊先是挑起了眉頭，接著又擺了擺頭，示意對方繼續說下去。

「你當時是選擇了腦袋的忠告，還是心臟的忠告？」

鄭泰義努力把對方將他人打到半死不活的行為委婉地形容成了「打倒在地」。然而同一時間，他也不禁在想，會把一個好好的人打到血肉模糊，其實無論對方聽從的是腦袋還是心臟的忠告，這好像都好不到哪裡去。

畢竟這兩者的差別只在於，對方是跟隨著自己的理性，還是只是單純情緒用事在傷害他人而已。一想到這，鄭泰義再次思考起了自己到時候究竟該怎麼回覆伊萊所選出的答案。

不過伊萊的回答卻使他的苦惱瞬間失去了意義。

「我的腦袋跟心臟並沒有這麼二律背反。在大部分的情況下，它們之間的關係都很好。無論是要把刀插進別人的脖子，還是要挖出對方的心臟，它們都不會反對對方所提出的意見。」

聽完伊萊的回答後，鄭泰義再次陷入了沉默。

雖然早就知道了，但他還真的是個不懂愧疚為何物的傢伙。唉，我的人生怎麼偏偏就遇見了這樣的人……

鄭泰義用力地撓起了頭。既然對方無法對自己的行為產生自責的情緒，那無論伊萊聽從的是腦袋還是心臟的忠告，實際上都沒有什麼區別。

話雖如此，但要是說出「你就隨便選一個吧。反正在我看來，不管你選哪一個都差不多」這種回答，他肯定會落得非常淒慘的下場。

鄭泰義皺起眉頭沉思了一會兒後，他選了一個對伊萊來說雖然沒有什麼幫助，但卻適用於大多數正常情況下的答案：「腦袋應該會好一點吧。再怎麼說，比起一時的情緒用事，將選擇交給理性判斷，之後會後悔的可能性應該能大幅降低。」

雖然這個道理並不適用於連理性都沒有的對象就是了。鄭泰義忍不住在心底補上了這一句。

而伊萊見狀先是垂下眼凝視了鄭泰義好一會兒，接著才緩慢地咕噥道：「腦袋嗎？比起情感，我應該要聽從理性的意見嗎……？」

「嗯，這應該會好一點。」

縱使對方在人際關係上存在著很嚴重的問題，不過在鄭泰義看來，伊萊里格勞這個男人有些時候又聰明到令人膽怯。

伊萊與鄭泰義不同，伊萊不但可以一眼看穿他人的意圖，甚至還能從他人的意圖和平時的行為模式中精準預測出對方的未來。正因如此，鄭泰義認為伊萊的理性應該可以為對方選出一條不會後悔的路。

「聽從理性的意見嗎。」伊萊就像在自言自語般地輕聲說道。

他用著不知道究竟在想些什麼的視線不停凝視著鄭泰義。隨後，他猛地滑動起自己的手。那隻從鄭泰義後頸往上輕撫的手在包裹住鄭泰義的臉頰後，再次往下滑動並握住了鄭泰義的脖子。

他的大拇指位於鄭泰義脖子的正中央，輕輕按壓住了咽喉處的位置。

鄭泰義見狀忍不住皺起眉頭。他突然想起自己之前曾經看過的一個影片。影片裡，他能看見那隻緊緊掐住他人脖子的白皙大手，以及劃破皮膚刺進肌肉深處的手指。

現在，只要伊萊有那個想法的話，對方隨時都能在轉眼間就奪走他的性命。

兩人的視線交錯在一起。鄭泰義一動也不動地默默看著伊萊。他甚至沒有眨眼，就這樣直勾勾地與伊萊對視著。

他就這樣凝視著那名只要手指一動，就能輕易奪走他性命的男人。

下一秒，按壓在脖子上的手指突然加重了力道。鄭泰義見狀下意識地抓住了被單。隨著那根壓在咽喉處的手指慢慢出力，鄭泰義也漸漸變得喘不過氣。然而比起無法呼吸的痛苦，按壓在脖子上的劇痛更是早一步向他襲來，使他臉部的肌肉忍不住蜷縮了起來。

就在這個時候。

視線不曾離開過鄭泰義身上，正在緩慢奪走鄭泰義性命的伊萊倏地鬆開了手。隨後，伊萊露出有些微妙的表情垂眼看著自己的手。或許對方正在為剛剛沒有狠下心來的行為而感到惋惜也說不定。

鄭泰義拚命嚥下反射性想要咳嗽的衝動，接著握住了自己的脖子。他一邊搓揉依舊刺痛著的咽喉處，一邊抬頭瞥了對方一眼。伊萊的視線仍然停留在他的身上。

「如果我真的聽從了理性的意見，」伊萊開口道。

鄭泰義看著對方那雙慢慢解開袖扣與襯衫鈕扣的白皙雙手，再次意識到了，原來那雙手是真的可以隨時奪去他人的性命。

而話講到一半突然安靜下來的伊萊一直等到解開了最後一顆鈕扣並脫下身上的襯衫，他才又接著說道：「泰一，你已經死好幾次了。」

「你的理性叫你殺了我嗎？」鄭泰義搓揉著自己的脖子，不滿地咕噥：「那你的理性還真是恐怖又無聊。」

「是嗎？但至少我的理性不會讓一個曾經把我綁起來，甚至還用氯仿迷昏我的人活到現在。」

「……」

身為有錯在先的人，鄭泰義實在是沒有臉再繼續反駁下去。苦澀地咂了咂嘴後，鄭泰義便默默撇開了視線。然而在脫掉襯衫之後，對方又接著解開皮帶頭的手卻使他不得不再次把視線移到對方身上。

「伊萊，你現在脫衣服的理由是——」

「鄭泰一。你之前是不是曾經看過我跟那個小鬼做過？」

伊萊打斷了鄭泰義的話。而鄭泰義一聽見對方的提問，立刻就安靜了下來。

他並沒有笨到去反問對方：「你是指做哪件事？」畢竟早在對方提及這件事的瞬間，他的腦中就反射性地出現了心路與伊萊那猶如野獸般交纏在一起的身影。而與此同時，他當時所感受到的混亂與不快也跟著一起回想起來了。

「……你要幹嘛。」

「我現在突然意識到，我當時實在是太過愚蠢了。」伊萊淡然地說道。

伴隨著幾聲金屬的碰撞聲，伊萊腰上的皮帶被解開了。隨後，緊接著出現的是拉下拉鍊的聲響。

「你現在是在後悔你睡了心路的這件事嗎……？」

霎時，鄭泰義湧上了想要狠狠賞伊萊一拳的衝動。若他真的可以打下去的話，那不知道該有多痛快。

伊萊明知當時的他有多喜歡心路，可是卻只為了要跟心路交易，而不分青紅皂白地就睡了心路。甚至伊萊明明發現鄭泰義正在看著他們，卻還是大刺刺地在鄭泰義的面前與心路翻雲覆雨。

然而伊萊現在卻說他很後悔做了那件事？

……要是我現在賞伊萊一拳，他這次應該就真的會聽從自己理性的意見了吧。

鄭泰義不情願地鬆開了緊握著的拳頭，並將不滿的情緒全都寫在臉上。同一時間，伊萊已經脫下了褲子。現在對方身上就只剩一條內褲而已。不過內褲輕薄的布料卻遮擋不住那根早已挺立起來的棒狀物，使得內褲的功用頓時黯然失色。

「你錯了。我後悔的是，我當時應該要反過來才對。」伊萊邊說邊走到了鄭泰義的面前。

眼看半裸著身子，站在離自己只有幾步之外的伊萊，鄭泰義緩慢地以坐著的姿勢默默往後退。然而當他的背靠到牆壁時，他又不禁後悔起自己的舉動。

他現在的行為就像在為伊萊準備一個可以讓對方爬上床的空間似的。

「喂，等一下，那個──」

還沒等急著開口的鄭泰義講完想說的話，伊萊就已經爬上了床，並且將自己的手放在鄭泰義的褲子上。

「我當時不該讓你看見我跟他做愛，而是該讓他看見我跟你做愛才對。」

「……！」

鄭泰義可以感覺到自己腰部以下的皮膚暴露在空氣中。除此之外，他還感受到床單與棉被滑過肌膚時的觸感。不過跟這些既冰冷又突兀的觸覺比起來，伊萊那道直搗進耳中的低語聲反倒更令他感到背脊發涼。

「我當時要是這麼做的話，現在說不定就能輕鬆一點了。」

「什麼輕鬆不輕鬆的啊……不對，比起那個，現在——」

「不要去想，你就直接忘掉吧。你既沒有理由，也沒有必要再次去見他。你之後不准再想起那個傢伙了。」

脫到一半的褲腳就這樣纏住了鄭泰義的雙腿，而礙手礙腳的衣物也妨礙了鄭泰義的動作。當伊萊的手脫下鄭泰義身上的襯衫時，對方那道輕搔著鄭泰義耳中的低語聲也使鄭泰義的身體開始發熱了起來。

遺憾的是，鄭泰義現在真的就像伊萊剛剛說的那樣，沒有絲毫的餘力可以去想心路。而隨著身上的衣物被一件件地脫下，鄭泰義的思緒就像頓時暴露在冰冷空氣中的肌膚般，轉眼間就被凍結了。

「伊萊，等一下，我們不是還沒把話講完嗎？你幹嘛突然……該死！你為什麼會突然硬起來啊！」

眼看自己最後拚命死守著的內褲也被伊萊輕易地脫下後，鄭泰義猛地激動了起來。而他激動的原因自然不乏跟伊萊那根挺立到龜頭直接跑到內褲外，甚至還碰到了鄭泰義大腿的性器有關。

鄭泰義現在完全沒有想跟伊萊做愛的心情。除了因為剛剛提到了心路，而使他的心情頓時沉了下來之外，他現在的身心也異常疲憊。甚至談事情談到一半，突然就談到床上來的這個行為也同樣令他喪失了想做這檔事的想法。

然而一切的情況卻與鄭泰義的意志無關，自顧自地繼續發展了下去。而這也是令鄭泰義現在之所以會這麼想破口大罵的主因。

不過伊萊卻絲毫不在意鄭泰義打算要說些什麼。他先是將鄭泰義推倒在床鋪上，接著趴在對方的身上並用力抓住對方的腰。

「泰一，看來連十天都不到，你就已經忘記了啊？你想不起來我上次對你說了些什麼嗎？」

「你說過什——」

「你的身體是屬於我的，你也是屬於我的。我記得我上次有讓你認知到這件事吧？虧我在你的體內射了那麼多次，說不定你的身體到現在都還留有我上次所留下的痕跡，結果你竟然已經忘了？這不可能吧。」

「……」

鄭泰義頓時不知道該怎麼接話。不對，比起不知道該怎麼接話，他其實是因為舌根瞬間僵在了原地，而導致他說不出想說的話。

他怎麼可能忘得了那件事。時至今日，他時不時還是會想起那道緊緊貼在他的耳邊，不停低喃著「你是屬於我的」的嗓音。甚至他的身上現在還能找到對方當時用雙手、用舌頭，以及用牙齒在他肌膚各處所留下的模糊痕跡。

像鄭泰義今天早上洗澡的時候，還因為又發現了一道依舊留在身上的若有似無的痕跡，使他頓時僵在了原地。

該死。

鄭泰義無聲嘟噥了一會兒後，接著結結巴巴地用著論誰來聽都聽得出來是謊言的語氣說：「沒有啊，我、我不知道。你到底在講什麼啊。」

「……啊哈，你不知道嗎……？」

伊萊噗哧笑了一聲，他就這樣看著躺在自己身下，微微撇過頭的鄭泰義。而鄭泰義此時才猛地意識到自己好像講了不該講的話。

「你後頸上的牙印甚至都還沒有消失，你怎麼可以這麼快就忘記了我當時說過的話？泰一，我上次說過了吧，從現在開始的每一天，你只屬於我一個人的。如果你非得要我每天都讓你認知到這件事，你才會好好記住的話，那我願意每一天都這麼做。就算得每天在你的體內射進滿滿的精液才能讓你認知到這件事，我也甘願每天奉陪。」

伊萊溫熱的舌頭舔上了鄭泰義的後頸。而當伊萊的低語聲順著後頸的皮膚傳進鄭泰義的耳朵深處時，鄭泰義猛地冒起了雞皮疙瘩。

「你……你上次不是說要認知這件事的人是你嗎！你幹嘛出爾反爾啊！」

「哈哈哈，你現在總算回想起來了？」

伊萊頓時笑了起來。那隻從鄭泰義的脖子一路滑至胸前的手正在緩慢地按壓著鄭泰義的肌膚。

「喂，不要碰我！你要認知什麼是你家的事，我可是從來都沒有答應過！不准碰我！而且我為什麼是你的！憑什麼我是你的啊！」

「其實我也想過這個問題，但當時就只有得出『你是我的』的這個結論而已。雖然我大致上可以猜到理由，但我不確定是不是真的就是這樣。畢竟我之前從來沒有碰過這種事，實在是找不到任何根據來推斷這個猜測是不是正確的……」

伊萊咂了咂嘴。那個輕咬了鄭泰義耳垂後再咂嘴的細微動作令鄭泰義下意識地覺得心癢癢的。下一秒，鄭泰義倏地抓住對方的肩膀，並且大力推開對方。

而原先還有些被推動的肩膀在轉眼間立刻就像沉重的大岩石般，一動也不動地停留在原地。

哈。鄭泰義聽見了伊萊那皮笑肉不笑的笑聲。隨後，伊萊先是瞥了一眼鄭泰義那雙拚命想要推開自己的手，接著再將視線移到鄭泰義的臉上。而他的眼神就像在看一名不聽話的小屁孩似的。

「鄭泰一，放手。」

鄭泰義惡狠狠地瞪向低語著這句話的伊萊。躺在床上的他就像在支撐著伊萊般，雙手抵在對方的肩膀上——然而更準確地說，他應該是在推開對方才對——，不過他並沒有因為伊萊剛剛的那句話而移開自己的手。

「放手。你不要讓我同樣的話重複兩遍。」

伊萊的嗓音明顯變得更加低沉了。鄭泰義見狀忍不住猶豫了起來，縱使乖乖說出「好的！」便收手才是上策，但他要是真的這麼做的話，看上去未免也太悲慘了吧？

雖然他再怎麼悲慘，也已經悲慘不到哪裡去就是了。

伊萊眼看鄭泰義在猶豫了一會兒後，只是眉頭皺得更深，並沒有打算要移開雙手的模樣。伊萊簡短地嘆了口氣，「我不是說過你偶爾會做些蠢事嗎？而現在就是那個時候……好吧，反正我也沒差。畢竟粉碎掉你想做蠢事的念頭也很有趣。」

當伊萊緩慢嘟噥完這句話的剎那，那隻外表看上去異常美麗，實際上卻十分有力的手一把抓住了鄭泰義的胯下。伊萊只憑單手就握住了鄭泰義的睪丸以及性器根部。

然而那隻手卻沒有絲毫要小心翼翼的想法，而是粗魯地一把抓了下去。

「啊！……！」

鄭泰義猛地倒抽一口氣，他的眼前就像有星星在打轉似的。他先是看到一片漆黑，接著眼前又突然冒出了一堆火光朝著各處飛去並消失。

他也搞不清楚自己的手是什麼時候離開伊萊的肩膀。等他再次回過神來時，他已經慘白著一張臉，緊抓著對方的手臂，並且將自己的指尖狠狠刺進對方的皮膚裡了。

「放、放手……快點……拜託，我求你趕快放手……」

對，是我錯了！你這該死的傢伙、你這卑鄙無恥的混帳，趕快給我放手！

值得慶幸的是，至少鄭泰義現在還分得清什麼話可以說出口，什麼話不能說出口。鄭泰義撐著快要昏過去的意識在心底痛罵伊萊，眼前的星星也始終不曾散去。

然而眼前那名令鄭泰義痛恨到想要把對方連骨帶肉全都一起吞下肚的傢伙似乎是真的打算要讓鄭泰義一輩子都不能再勃起似的。伊萊完全不管鄭泰義剛剛到底吼了些什麼，他就像要把鄭泰義的性器拔起來般用力地來回搓揉了兩次。

鄭泰義就這樣昏了過去。雖然可能只有短短三、四秒的時間而已，但鄭泰義是真的痛到瞬間昏了過去。而他之所以會再次醒來，也是因為對方那依舊緊抓著性器晃動的動作過於粗暴的緣故。

「放手……我不是，已經、已經放手了嗎！你這傢伙！你也快點，放手——！」

鄭泰義在斷斷續續咕噥著的同時，他也不忘在逐漸模糊的意識中擔心起自己之後是不是真的不能勃起了。

霎時，原先一直裝作沒有聽到鄭泰義在說些什麼的伊萊稍微鬆開了手。話雖如此，但這個差別也只是從原本是整棟房子壓在上頭的重量減輕為一顆大石頭壓在上面而已。不過這些微的差異還是讓鄭泰義總算有餘力能好好喘口氣了。

鄭泰義的眼角早已被淚水浸溼。當他睜開淚水汪汪的雙眼時，伊萊正在由上往下地看著他。

「泰一，手。」伊萊簡短地說道。

意識模糊的鄭泰義見狀出神地看向自己的手。而他這時才發現他依舊緊抓著伊萊的手臂，甚至他的手還不由自主地顫抖了起來。下一秒，他連忙鬆開那雙死命抓著伊萊的手。

「好，我已經放手了。那現在就換你……」

「抱緊我的脖子。」

「什麼？」

「用你的手，緊緊抱住，我的脖子。」

鄭泰義頓時有些無法理解對方的意思。不對，他雖然是理解了，但他一度誤以為是因為自己的下體太過疼痛，所以大腦才會曲解對方的意思。

脖子？難道他是想要我狠狠地掐住他的脖子……不，應該不是。所以他剛剛是真的要我抱住他的脖子嗎？

鄭泰義的身體拚命冒著冷汗，他就這樣以有些出神的表情望向對方。而此刻的伊萊正用著淡然的表情垂眼看著他。就在他眨了幾次眼，疑惑地歪起頭的時候，那隻握住他下體的手猛地加重了力道。

方的脖子。

那個瞬間，鄭泰義是真的差點就要痛得魂飛魄散。馬上冒出雞皮疙瘩的他連忙環抱住對方的脖子。

媽的，好，我就照你說的做。既然你那麼想要，那我就「緊緊地」抱住你！

下一秒，鄭泰義以要把對方勒斃的氣勢緊緊抱住了伊萊。他能從兩人觸碰在一起的皮膚感受到對方身上那滾燙的溫度。他的雙臂就這樣環抱住了伊萊那厚實的脖子與肩膀。隨後，他朝著剛好在自己雙唇正前方的伊萊脖子低語道：「這樣可以了吧，快點放手……我真的快痛死了。你自己也是男人，你不可能不知道那有多痛吧？」

鄭泰義花了好大的力氣才把差點就罵出口的「媽的，你這該死的傢伙！」再次吞回肚子裡。然而，若伊萊會乖乖聽話，也不會被他人稱作瘋子。

沉默了好一會兒的伊萊突然又加重手中的力道。

「啊！呃……媽媽……」

鄭泰義最終還是忍不住發出了慘叫聲，而他的眼睛也流出了生理上的淚水。與此同時，鄭泰義的憤怒值也達到了臨界點。

「欸，你這該死的傢伙！你到底在不爽什麼啊？你說啊？我不是乖乖照你說的做了嗎！靠，你是故意要把我廢掉吧？你真的很卑鄙！快放手，快點！拜託……算我求你了，快點放手吧。」

鄭泰義像是發瘋般咒罵了一堆粗話後，最後又恢復成哀求的語氣。不過在這段期間，鄭泰義仍舊不忘要緊緊環抱住對方的脖子。而實際上，他早就沒有多餘的精力去在乎自己要不要鬆開手了。

霎時，一道低沉的笑聲出現在鄭泰義的耳邊，「鄭泰一，原來你真的會痛啊。那你剛剛怎麼還敢這麼大膽？」

「如果今天換作是你被這樣捏，你難道不會痛嗎？靠，瘋子……」

「乖乖抱好，不要鬆開你的手……好，再做一件事就好。你親口用你的嘴說出來。」

「要、要說什麼？」

不管眼前這猶如惡魔般的男人此刻要叫他說些什麼，語帶哭腔的鄭泰義都願意乖乖照對方說的做。無論對方是要逼他說出「主人，求求您饒過我吧！」還是說出「對，我就是這個世界上最笨的大笨蛋！」他都願意拋下自己的自尊心將這些話說出口。

然而伊萊卻說出了他想都沒有想過的話。

「說你不會再去見他了。」

「什麼……？」

「那個小鬼，凌心路。快說你不會再去見他，也不打算再去見他了。」

鄭泰義瞬間不知道該怎麼回答。一來他從沒想過對方會提出這樣的要求，二來他也無法說出這種違心之論。

其實會不會去見心路的這件事與鄭泰義的意志無關。撇除掉想見、不想見的問題，他總有一天都得去見對方一面才行。就算他沒有什麼話想向對方說，他也有義務去見心路一面。

眼看鄭泰義猶豫著不打算回答，伊萊的手又再次加重了力道。

而鄭泰義的背脊和額頭立刻疼得冒出冷汗，「啊！呃、呃——！好痛、好痛，真的好痛——！」

「如果你這麼執意要見他的話，那我就讓你就算見到他了，也無法好好使用這根肉棒吧。」

「用什麼用啊——拜託，算我求你……我、我不會主動去找他——只要我不主動去找他，這樣不就好了嗎！」

「就算他來找你，你也不准去見他。」

「……這怎麼可能啊！」鄭泰義猛地大吼道。

由於過於委屈及憤怒，他的眼淚就像斷了線的珍珠般不停落下。除此之外，一想到得想辦法讓眼前的這個怪物理解普通人的心情，他就被這無解的難題折磨到忍不住哭了起來。

「同樣身而為人，嗯？你也先試想一下吧！無論如何，對方是因為我才這麼難受、是因為我才辭掉了原本很喜歡的工作，我怎麼可能視若無睹啊？身為一個正常人，我怎麼可能做得出這種事啊！」

語畢，鄭泰義以一種「你乾脆被勒死算了！」的心情緊緊環抱住伊萊的脖子。他在朝著對方脖子大吼的同時，內心其實早已流出了血淚。

我還不如對牆壁講話。跟一個連人都不是的傢伙講這些，他怎麼可能聽得懂我在說什麼啊！

「……」

因為胯下過於疼痛而有些出神的鄭泰義在抽泣的途中，甚至還哭到開始打起了嗝。正因如此，他完全沒發現那隻使勁捏著他性器的手早在很早之前就已經鬆手了。

「好，你剛剛已經親口說出你不會主動去找他了，對吧？泰一，你應該不會忘記你自己說過什麼吧？」

在聽見耳邊傳來一道既溫柔又低沉的低語聲後，鄭泰義不管三七二十一地連忙點起了頭。由於打嗝停不下來，他總覺得自己好像快要喘不過氣，彷彿下一秒就會死去似的。即使他發現了胯下早已沒有折騰著自己的痛感，但性器就像已經麻痺般，那股火辣辣的感覺還是停留在那。

鄭泰義在嚴肅地思考著自己的性器會不會真的再也無法勃起的同時，他依舊以想要勒死對方的姿勢緊緊環抱住伊萊的脖子並打著嗝。

「好吧，那現在就先這樣吧。」

鄭泰義好像隱約聽見了伊萊的自言自語聲。不知為何，伊萊那輕撫著鄭泰義後背的動作似乎比平時還要更加溫柔。

媽的，他現在是打了一巴掌再給我糖吃嗎？

「……你就這麼喜歡那個小鬼？」

霎時，默默不語撫摸著鄭泰義後背的伊萊低聲問道。而鄭泰義見狀則像是偷吃東西被抓包似的，先是突然打了一個很大聲的嗝，接著又陷入了沉默。

「那你喜歡他哪一點？」

伊萊再次問道。然而鄭泰義這次依舊選擇沉默。

不過與此同時，他也在心底默默思考起了這個問題的答案。他喜歡心路那猶如小鹿般的大眼睛，也喜歡心路溫柔笑著時的櫻桃小嘴。除此之外，他也很喜歡對方害羞時的表情，呼喊著「泰一哥！」時的嗓音。他這輩子可能再也見不到像心路這麼可愛的男孩了。

頓時，鄭泰義好像能理解那位凌家老爺如此疼愛心路的心情。可是……

鄭泰義一邊打著嗝，一邊垂眼凝視著伊萊的背。

就算他講出來了，伊萊肯定也無法理解，那到底為什麼還要問這個問題？

正當鄭泰義在心底臭罵著伊萊的同時，沉默了好一陣子的伊萊似乎也不是真的想聽到那個答案，「鄭泰義，你是我的。你知道了吧？你是屬於我的。」

伊萊緩慢地用著正確的發音，將自己的想法傳進鄭泰義的耳中。

而伊萊這次好像也不是一定要聽到鄭泰義的回答，那隻撫摸著鄭泰義後背的手漸漸地往腰部滑去，接著抵達了屁股。

鄭泰義見狀忍不住抖了一下。雖然那個動作非常細微，但被鄭泰義緊緊環抱住的伊萊不可能沒有察覺到。倏地，那隻撫摸著鄭泰義屁股的手稍稍加重了力道。

「沒事的，我們之前不就做過了嗎？幹嘛這麼緊張，放鬆。」

「……你一定要插進去嗎……？」

鄭泰義現在已經不奢求對方會直接不做這檔事，又或者是簡單用手發洩完就結束。他現在只求對方不要插進去就好。況且他的性器現在還停留在——大概未來還會持續好一段時間——火辣辣的狀態下，知覺都還沒完全恢復正常，他並不覺得此刻的他有辦法硬得起來。

仔細回想了這一切，他在感到火大的同時，心底的疑問也跟著冒出。

為什麼是我？

不，他其實多少能理解對方為什麼想刁難自己。畢竟伊萊活到這麼大，應該是第一次被人賞了一巴掌後，還直接讓對方溜走。依照伊萊原本的個性，沒有直接殺掉他就已經是件很值得慶幸的事了。可是問題就在於，為什麼伊萊偏偏選了做愛這種行為來折磨鄭泰義？

從常理來看，做愛這件事就是得跟美女——而且從伊萊那含著鑽石湯匙長大的背景來看，就算對方要跟出現在大銀幕上的知名女星做愛，肯定也不成問題——一起享受才對。而面對憎恨的對象時，不是狠狠揍對方一頓，要不然就是每天使喚對方直到那人受不了，並且把對方關在一個又黑又暗的小房間裡才對吧？

但為什麼——

霎時，鄭泰義的腦中浮現出了一段很久以前的記憶。

——鄭泰一……你的身體可說是一流的名器。你都不知道你的下面吸得有多緊，我還以為你要把我的肉棒吃掉了。沒想到你哭著說快要痛死就已經是這種程度了，要是等你習慣的話，不知道又會變得有多厲害。光是想到我就硬了……

「……」

難道我的身體做起來就真的這麼爽嗎？

鄭泰義嚴肅地思考起了他絕對不可能問出口的疑問。由於他無法跟自己做愛，不可能會知道這個問題的答案。

下一秒，鄭泰義露出狐疑的眼神瞥了伊萊一眼。因為他仍然維持著環抱住伊萊的姿勢，所以他看不見對方的表情。不過同一時間，伊萊的一根手指已經掀開鄭泰義後穴的皺摺朝著裡頭探去，並試圖要擴張裡面的空間。

「呃。」鄭泰義下意識地發出了呻吟聲。

該死，看來他今天是真的打算要插進去。

鄭泰義的臉色開始變得慘白。就算他不是第一次做這件事、就算他明知這還不至於死人，但本能的恐懼還是不停地冒出。

不，或許正是因為他有經驗，所以才會這麼膽怯也說不定。

「喂……你真的要插進去嗎……？我們用手來解決！我來幫你，我會讓你很舒服的。」

鄭泰義焦躁地開口道。然而回應他的就只有冷笑聲而已。

「你當這是玩笑嗎？你還是趕快想辦法讓你的屁股放鬆吧。你要怪就怪你的後穴，分明才過幾天就已經變得這麼緊實了。雖然你的身體嚐起來很爽，但這麼緊實的洞並不是我的取向。我更喜歡有些鬆弛感，卻又不失彈性的小穴……好吧，反正我接下來就要放長假了，我就好好花時間把你的後穴改造成專屬我肉棒的洞吧。」

正當鄭泰義準備要罵出「媽的，什麼專屬於你肉棒的洞——」時，他突然注意到對方話語中的某個關鍵字。

「你剛剛說什麼？」

「嗯？我說我要改造你的洞。我要讓你變成不是我的肉棒，就無法射精的體質。」

「什麼不是你的肉棒就無法射精！……不對，該死，我要問的不是這件事，你剛剛是說了『長假』這兩個字？」

鄭泰義先是氣到大吼，接著才又甩了甩頭再次問道。而伊萊見狀則是一邊挑眉，一邊點起了頭。

「啊，對啊。為了要挪出這個假期，我是真的花了很大的心力。因為要處理那些比較趕的工作，我這一整個禮拜加起來甚至還睡不到二十個小時，所以我現在很累。你也不用露出這種表情，反正我簡單做一下就會結束了。」

「喔，好吧，太好了……不對不對，等一下，那個假期是什麼意思？」

伊萊不但在上班時間擅自離開崗位，甚至還搶走了分部的專機。在這種情況下，就算伊萊被罰要寫一堆檢討報告，被關在地牢裡好幾個月也算正常。

可是伊萊卻說出了「長假」這個本該跟他八竿子打不著的詞。

鄭泰義直勾勾地凝視著伊萊，「你怎麼有辦法放……」

「因為我請了病假。由於我的身體最近變得異常虛弱，所以我直接請了五個禮拜的假。」

在聽見對方那若無其事說出口的回答後，鄭泰義這次是真的說不出話了，「身體……變得……虛弱……」

他不停地重複著那些無法理解的單字。下一秒，他稍微鬆開了那雙環抱著伊萊脖子的手，將身體往後傾，開始打量起對方的臉。在打量完伊萊那據說身體變得異常虛弱的臉龐後，他的視線往下移到了對方的身上。伊萊的身體看上去就跟之前看到的一模一樣，看起來既健康又結實。而更下面的那根已經挺立起來的駭人棒狀物也和他印象中的一樣，沒有什麼區別。

「你該不會得了什麼病了吧……？」

在聽見鄭泰義的問句後，伊萊先是挑起了眉頭，接著噗哧笑了起來。而對方的笑容正是答案。

這該死的騙子！你憑什麼請病假啊！但最大的問題還是出在竟然會乖乖聽信這個藉口的亞洲分部。要是聽到徒手都能打倒牛的傢伙竟然會病到請病假，我想就算只是經過的魚也會被這拙劣的謊言逗到笑出來吧。

就在鄭泰義露出無話可說的表情看向伊萊時，又有一根手指插進了他的後穴裡。呃，鄭泰義反射性地咕噥了起來，他的身體也不由自主地顫抖著。

伊萊見狀便貼在鄭泰義的耳邊低語道：「我記得，我有叫你好好抱住我？」

語畢，伊萊再次伸手按壓住了鄭泰義的性器。而鄭泰義也嚇得連忙緊緊環抱住對方的脖子。霎時，一道低沉的笑聲傳進鄭泰義的耳裡。他好像感覺到了伊萊的嘴唇輕撫過他的耳廓，但他自己也不確定那到底是不是錯覺。

長假、長假嗎？甚至還整整五個禮拜。該不會我這五個禮拜都得幫這個瘋子善後吧？

一想到這，鄭泰義的眼前頓時就一片發黑。況且伊萊剛剛講的那些話也令他耿耿於懷。

「……啊。」

此時，又有一根手指插了進去。那些緩慢蠕動著並闖入他體內的手指就像有了自己的意識般，不停愛撫著他的內壁。而這個動作也使鄭泰義不禁冒起了雞皮疙瘩。

沒事的，雖然這個動作說不上有多舒服，但至少不會痛。若是這個程度的話，那就沒關係。若是這個程度的話……但是。

當那不停發出黏膩聲響，努力想要擴張開緊實後穴的手指總算拔出來的瞬間，比起舒適感，鄭泰義最先感受到的是微微的恐懼。而那雙環抱著伊萊脖子的手也不由自主地加重了力道。

「我不是叫你放鬆了嗎。」

伴隨著伊萊一邊咂嘴一邊說話的嗓音，一根滾燙的棒狀物也抵在了手指剛抽出的洞口外。鄭泰義見狀下意識地蜷縮起了身體。然而就算他想闔起自己的大腿，也因為伊萊的身體擋在雙腿之間，而使他無法順利闔上。

他能感覺到伊萊的雙手抓住了他的屁股。當對方的手將他的屁股往兩側掀開的同時，那根結實的棒狀物也再次抵在了他的洞口處。

「等、等一下！乾脆——乾脆直接用嘴巴解決好了！用嘴就好！」鄭泰義情不自禁地大吼道。

雖然當他吼出這句話的時候，他立刻就回想起了上次那個彷彿要將他的喉頭撕裂開的痛苦回憶，但跟插進後穴比起來，他還寧願犧牲自己的喉嚨。畢竟他再也不想體會因為下體裂開，而不得不步履蹣跚的日常了。

霎時，伊萊停下了動作。對方維持著準備要隨時插進鄭泰義後穴的姿勢，將性器抵在洞口處停了下來。在沉默了幾秒後，伊萊才又開口道：「……看來這對你來說是真的很費力啊。」

「對！這超級費力的！我真的會累到不行！」

在聽見鄭泰義隨即答出的回答後，伊萊再次陷入了沉默。

由於鄭泰義將臉埋在對方的後頸處，所以他看不見伊萊此刻的表情。不過鄭泰義也不禁在想，若他已經把話說到這個地步了，伊萊還執意要做下去的話，那就代表對方今天肯定不會這麼輕易就放過他。

「……那你之後要怎麼辦？這又不是今天逃掉就能解決的問題。」

「之後……」

鄭泰義在聽見那句話的剎那，立刻就下定了決心。無論如何，他都一定要逃離伊萊的身邊。這已經不是結不結怨的問題了，而是生存的問題。

下一秒，伊萊突然拍了拍鄭泰義那雙環抱著自己的手臂。鄭泰義見狀乖乖鬆開了手。伊萊讓鄭泰義倒在床上後，就這樣垂下眼凝視著對方。

而伊萊那道不知道究竟在沉思些什麼的視線令鄭泰義感到異常有壓力。

「真是的……沒想到我這輩子竟然還會做出這種事。」

鄭泰義隱約聽見了伊萊咂著嘴的自言自語聲。然而，跟伊萊那凶狠的語氣比起來，伊萊的表情看上去非但沒有想像中的危險，甚至——可能伊萊自己也沒有意識到——還微微地揚起了嘴角。伊萊似乎是覺得眼下的這個情況相當有趣。

鄭泰義狐疑地挑起了眉頭。不過還沒等他問出「這種事是指哪種事？」伊萊就一把抓住他的膝蓋後側，並且將他的膝蓋往後推。鄭泰義的身體頓時彎了起來，腰部也懸在半空中。

倏地，鄭泰義屏住了氣息。因為有個溼潤的物體突然闖入他的後穴。伊萊將自己的臉埋在鄭泰義的胯下，仔細地舔拭起鄭泰義的內壁。

「伊……喂，等一下，那裡，啊……」

伊萊的舌頭猶如軟體動物般不停蠕動著，並試圖要闖入鄭泰義的體內。這個感覺與手指或性器插進來時完全不同。不但沒有絲毫的壓迫感與負擔，甚至還舒服到令鄭泰義的背脊不由自主地冒起雞皮疙瘩。

鄭泰義下意識地扭動起身體。然而就算他想逃脫這過於刺激的感受，伊萊那一邊壓住他的膝蓋後側，一邊緊抓他屁股的手也不允許他逃跑。

「我的意思，不是叫你，用嘴巴，幫，我用——」

雖然鄭泰義掙扎著大吼道，但回應他的卻是一陣沉默。

不可能誤會鄭泰義意思的伊萊在將舌頭伸進後穴後，又再次放進自己的手指。下一秒，伊萊瞥了鄭泰義一眼。而他的眼底盡是笑意。

「我之後再讓你幫我口交。因為我今天無論如何都一定要插進你的洞裡，也要射在你的身體裡才行。看你怕成這樣，我多少也覺得有點可憐。因此我會在好好擴張後再插進去的，你在感謝我的同時，別忘記要放鬆。」

伊萊將嘴唇貼在洞口處所說出的話就這樣一清二楚地傳進了鄭泰義的耳中。隨後，跟著出現的是一道既黏膩又黏糊的聲響。

而鄭泰義只覺得自己快昏過去了。不對，他是真的想就此昏過去。

你乾脆直接插進來算了。我還寧願你直接插進來。你就趕快插進來、趕快射精，趕快結束這一切吧。

鄭泰義一邊在心底流著血淚，一邊暗自下定了決心。比起忍受這種羞恥到不行的事，他之後還是閉上嘴乖乖讓對方上算了。

＊＊＊

鄭泰義木然地眨著眼。

他用著有些模糊的意識開始思考起自己的全身上下究竟有哪一處是不會痛的。下一秒，他先是微微地把身體往左轉了個半圈，接著又往右轉了個半圈。最終，他得出了結論。

他的全身上下沒有一處是不會痛的。

「呃嗚嗚嗚……再這樣下去，我絕對會死……」

鄭泰義發出了痛苦的呻吟。而他的嘴巴也下意識地嘆了口氣。

他能聽見從浴室裡傳出的淋浴聲。那名連門都沒關就直接沖澡的傢伙似乎是心情很好似的，甚至還開始哼起了歌來。鄭泰義聽著對方的哼歌聲，眉頭也皺得越來越深。

雖然他的身體一動就會發出喀喀聲，但他還是想要側躺。霎時，一股火辣辣又刺痛的感覺立刻傳遍了身體各處。

「哎呀。」鄭泰義忍不住再次發出了低沉的呻吟聲。

若是可以的話，他也很想就這樣一動也不動地躺在床上。可是頭髮上殘留著不是很舒服的溼氣，他只好先轉過頭，接著再緩慢地翻身來改變躺著的位置。

順利翻過身後，他不免再次嘆了口氣。與此同時，他也聞到了一股淡淡的洗髮精香味。那是從他的頭頂散發出來的香味。

鄭泰義見狀又嘆了口氣。

有些事是直到他死之前，不管去到哪裡都無法說出口的。

對於想要直接挖個洞躲進去算了的鄭泰義來說，時間也是非常公平地不斷流逝。當伊萊不知道到底是第幾次在鄭泰義的體內射精後，對方先是趴在鄭泰義的身上好一會兒，接著才起身。

「呃。」鄭泰義的口中頓時發出了一道簡短的呻吟。

那根彷彿要將他的身體撕裂成兩半，不停撞擊著他體內最深處的性器並沒有想像中的容易拔出。伊萊就像仍在抽插般，先是將腰部往前推，接著再緩慢地一點一點拔出那根仍舊十分結實的肉棒。

而同一時間，鄭泰義只能拚命忍住想要發出呻吟聲的衝動。

「我看你這麼累，之後乾脆每天都讓你插著一根假陽具算了。這樣以後要做愛也不用為了要擴張而搞得這麼累。」

下一秒，鄭泰義感覺到對方正在用大拇指仔細觸碰著他的後穴。那個動作就好像伊萊在確認他的洞口有沒有受傷似的。

鄭泰義一動也不動地躺在床上聽著伊萊的那段話。與此同時，他也不忘在心底吐槽道「他的玩笑話未免也太嚇人了吧」。隨後，他努力撐開了沉重的眼皮。伊萊此刻正在仔細打量著他的胯下。

當兩人視線相交的剎那，伊萊淡然地冒出了一句：「那我到時候就先從中等大小開始試。」

霎時，鄭泰義才意識到對方不是在開玩笑。

縱使他已經累到連開口的力氣都沒了，但雙手還是不由自主地握拳。而伊萊一看見他那緊握著的拳頭，立刻笑了出來。不過在那之後，伊萊便不再提起這個話題。

「好，那麼。」

明明在經歷過這一番激戰後，就算累了也是合情合理。但伊萊不但沒有露出絲毫疲憊的神情，甚至還一把抱起猶如屍體般癱倒在床上的鄭泰義，走向浴室。

伊萊輕輕鬆鬆地將就算想要揍死他，也已經沒有多餘的力氣可以移動的鄭泰義裡裡外外都清洗乾淨後，先是用浴巾將鄭泰義身上的水氣都擦乾，接著把鄭泰義再次抱回床鋪上。

在那之後，伊萊才又重新回到浴室裡清洗起自己的身體。

鄭泰義聽著浴室傳來的淋浴聲，不禁嘆了口氣。伊萊那個怪物總是會在奇怪的地方表現出很有風度的一面。

鄭泰義猛地抬起自己的其中一隻手臂。他的手臂早已恢復成既乾爽，也沒有一絲水氣的模樣。雖然下半身因為過於痠痛而沒有任何知覺，但他可以確定的是裡頭沒有殘留下絲毫不快的感覺。

「他唯一有人性的地方就在於這一面吧……」鄭泰義像是自言自語般地咕噥道。然而由於他的嗓音早已變得沙啞，所以他實際上並沒有真的發出聲音。

「……」

撇除掉兩人的恩怨糾葛，從客觀層面來看，伊萊在做愛這方面並沒有想像中的這麼粗暴。即使伊萊之前曾經強上過鄭泰義，不過這個行為其實與對方缺乏道德比較有關，這並不等同於伊萊在做愛這件事情上就是個不注重禮貌的人。

伊萊在宣洩完他的性欲後，不但不會把鄭泰義當空氣，甚至還會主動替鄭泰義善後。而且伊萊基本上也不會在沒有擴張的情況下就直接插進去……雖然伊萊最大的問題就在於他完全聽不進去其他人的話就是了。

假如伊萊的下面沒有這麼駭人，那鄭泰義說不定還真的願意時不時就和對方發生關係。既然事情已經發展成這個局面，比起一味地逃避，他還不如想辦法去適應對方的大小。反正伊萊不但技術很好，甚至精力也比一般人更加旺盛……

不行，我真的做不到。我真的無法承受那怪物般的大小。

霎時，鄭泰義開始把腦筋動到要怎麼逃跑的問題上，「我乾脆乖乖被心路派來的人抓走算了……」

下意識地咕噥出這句話後，鄭泰義馬上被自己脫口而出的話嚇到，並安靜了下來。他連忙瞥了浴室的方向一眼。值得慶幸的是，因為流水聲，伊萊好像沒有聽見鄭泰義的這句嘟噥。

要是被對方聽見，鄭泰義今天就真的別想睡了。畢竟伊萊光是聽到鄭泰義那句想去見心路的話，就氣到差點讓鄭泰義成為了太監。

「……真是的……我還真的搞不懂他。」鄭泰義不悅地咂了咂嘴。

由於胸口突然鬱悶了起來，鄭泰義伸手拿了伊萊剛剛將他抱回床上時，順手放到床邊的啤酒罐。鄭泰義在改成趴姿並抬起上半身的同時，口中不停地發出：「哎唷，我真的快要痛死了。」

在拉開易拉環，喝了四、五口的啤酒後，鄭泰義才總算有種活過來的感覺。同一時間，鄭泰義也試圖要理出伊萊的腦中究竟在想些什麼。

——如果我真的聽從了理性的意見。泰一，你已經死好幾次了。

倏地，鄭泰義想起了對方那道低沉的嗓音。

——不要去想，你就直接忘掉吧。你既沒有理由，也沒有必要再次去見他。你之後不准再想起那個傢伙了。

——其實我也有想過這個問題，但我當時就只有得出「你是我的」的這個結論而已。雖然我大致上可以猜到理由，但我不確定是不是真的就是這樣。畢竟我之前從來沒有碰過這種事，實在是找不到任何根據來推斷這個猜測是不是正確的……

——那個小鬼，凌心路。你快點說你不會再去見他，也不打算再去見他了。

——你就這麼喜歡那個小鬼？那你喜歡他哪一點？

——鄭泰義，你是我的。你知道了吧？你是屬於我的。

那些不斷浮現在腦海中的話語、那個不停輕撫著他後背的動作。還有當鄭泰義環抱住伊萊脖子時，對方低聲發笑並親吻著他耳廓的舉動。以及做完愛後，那道檢查著鄭泰義的身體有沒有受傷的視線。

「……」

鄭泰義皺起了眉頭。含在他口中的啤酒早在他思考著這個問題的時候，已經從原本沁涼的口感變得溫熱了。

「真是的，這樣看下來，所有的證據都指向同一個結論……」

咕嚕咕嚕，鄭泰義一邊喝著啤酒，眉頭皺得更緊了。就算今天隨便抓一個陌生人來問，對方也肯定會給出相同的答案。

他甚至不用點出伊萊里格勞平時究竟有多不近人情，會講出這種話、做出這種行為的伊萊有多反常，那名陌生人也一定會得出同樣的結論。

「……該不會那個傢伙是真的喜……」

鄭泰義凝視著床頭的壁紙花色，下意識地咕噥道。然而話才講到一半，他立刻就又安靜了下來。即使他不久前也曾經浮現過這個念頭，但無論他怎麼想，他都覺得這個念頭實在是過於不切實際。

「不可能。」鄭泰義搖了搖頭，「不，絕對不可能。再怎麼說，都不會是這個結論。他怎麼可能會擁有如此人性的情感……那話又說回來，答案到底是什麼？」

鄭泰義嘆了口氣後，再次搖起了頭，「其他的事就算了，可是我看人的眼光真的很準。雖然我之前甚至還懷疑過那該死的金少尉是不是真的……過我，但這傢伙絕對不可能。我賭上我的人生，這傢伙不可能會擁有這麼人性的一面。」

「你的人生又不是屬於你的，誰准你隨便賭上。」

也不知道伊萊是什麼時候走出浴室的，當對方的嗓音猛地在身後響起時，鄭泰義嚇到差點就要從床上跳起來了。而被他握在手中的啤酒也跟著晃了一下。

轉過頭後，伊萊似乎是剛剛才從浴室裡走出來般，一邊用毛巾擦乾頭髮，一邊朝著鄭泰義的方向走了過來。

「我看你剛剛好像在自言自語著什麼很有趣的內容。你要往哪裡賭上你的人生？」

「什麼？啊……嗯……大概是我的直覺和觀察力吧。」鄭泰義含糊地結束了這個話題。

而伊萊從冰箱裡拿出一罐啤酒後，便走到床邊坐了下來。鄭泰義就這樣躺在床上，直勾勾地凝視著對方喝著啤酒的模樣。

伊萊的外表與他的本性相差了十萬八千里。究竟有誰能想像得到那依舊留有些許水氣，看上去既端正又結實的肉體下竟然藏著一個如此駭人的內心世界。

在喝下一口啤酒後，鄭泰義苦澀地咂起了嘴。

他很早就發現自己比起女生，其實更喜歡男生的事實。話雖如此，但只要他下定決心，他應該也有辦法和女生做愛。畢竟他喜歡的類型剛好就是那種看上去既漂亮又惹人愛的少年。

沒錯，不管他再怎麼喜歡男生，眼前的這個男人都不是鄭泰義的菜。

無論是對方那整齊又帥氣的外貌，抑或是那糟糕的個性都與鄭泰義喜歡的類型相差甚遠。更何況鄭泰義也不喜歡被人上。

然而世事難料，他們倆現在卻發展成了這種關係。

就算再怎麼難以置信，但無論從哪個角度來看，鄭泰義得出的結論都是伊萊已經喜歡上了……

「……不可能……雖然我也曾經冒出過這個念頭，但想想看他的精神世界啊……這個推測怎麼看都不像話。」鄭泰義搓揉著自己的眉間咕噥道。

明明他已經講得很小聲了，但好像還是被伊萊聽見了。坐在床鋪尾端的伊萊見狀便轉過了頭，「精神世界嗎？你在指誰啊？」

「啊——因為我實在是搞不懂分部的那些人究竟在想些什麼，竟然會准許一個體力超好，健康也沒問題的男人請病假。」鄭泰義將視線移向窗邊嘟噥道。

即使離天亮還有好一段時間，但窗外卻散發著微微的白光。這是一個每棟摩天大樓都會被燈光照亮，不會有黑夜找上門的城市。然而此刻確實跟白天的氛圍不太一樣，籠罩著一絲只有夜晚才會出現的寧靜感。

鄭泰義在隨便找個藉口糊弄過去後，他才猛地想起對方獲得了一個長達五個禮拜的病假假期。

其實這個假期的長度非常不合理。如果是真的病假的話，除非對方已經嚴重到必須住院療養的程度，要不然普通的病假根本就不可能會放到五個禮拜。

「你到底是講了什麼，才能請到五個禮拜的假啊？」

鄭泰義轉過身，側躺在床上咕噥問道。而每當他移動身體時，口中就會下意識地發出「哎唷！」的哀嚎聲。

在垂下眼凝視了鄭泰義好一會兒後，伊萊率先喝光了啤酒，「你已經忘記你上次說要去見鄭在一的事了嗎？還是你現在已經不想去找他了？」

在聽見伊萊那漫不經心說出口的話語後，鄭泰義先是狐疑地問了句：「什麼？」接著一邊看著對方，一邊陷入了沉默之中。

他沒有忘記，他記得一清二楚。而與此同時，他自然也還是很想去找鄭在義。可是問題就在於，他從沒想過會從伊萊的口中聽見這句話。

「沒有啊……我還是想去見他。不過你也要去？」鄭泰義有些木然地發問。

伊萊簡短答道：「五個禮拜。若你沒能在這段時間內見到他，那你就放棄吧。」

鄭泰義再次露出迷惘的表情看向了伊萊。

看來對方應該是真的打算要讓他去找鄭在義。不對，更準確地說，是伊萊打算要跟他一起去找鄭在義才對。鄭泰義總算獲得了可以去找鄭在義的機會。即使他認為自己總有一天還是能見到對方，但他沒想到那一天這麼快就來臨了。

「啊，好吧。」鄭泰義點了點頭。

看來彼此的利害關係是一致的。無論是UNHRDO想要找到鄭在義的立場，還是隸屬於UNHRDO的伊萊、五個禮拜，這長到不可思議的假期、想要見到鄭在義的鄭泰義，以及沒有什麼根據，但就是有一堆人相信只要是鄭泰義就一定能輕易見到鄭在義的期待。

鄭泰義此刻才總算意會過來，是這種種的原因參雜在一起，才有了今天的這個結果。

下一秒，鄭泰義從床上坐了起來。雖然因為身體無法好好使力，所以會不停地搖晃著，但只要他想移動的話，他還是有辦法可以移動身體。然而由於全身的重量都壓在下半身，以至於那股過於難受的刺痛感使他無法好好坐直，只能傾斜著身子坐。

緊皺眉頭的鄭泰義一直等到從腰部四散開來的刺痛感稍微消退後，才總算有餘力嘆了口氣。

「你看上去比想像中的還體弱多病。」不停凝視著鄭泰義的伊萊猛地開口道。

而鄭泰義一聽見這句話，立刻就露出惡狠狠的表情瞪向對方，「我哪裡體弱多病了！這還不都是因為你……！」

「因為我？」

「……看來那些曾經跟你做過的人，在跟你做完愛後身體都像沒事一樣啊。」

「這個嗎……」伊萊先是沉思了一會兒，接著又像不知情似的聳了聳肩，「因為他們怎樣都跟我無關，所以我也不知道。」

等一下，這傢伙在做愛方面不是個很有風度的人嗎？

鄭泰義無話可說地怒瞪了對方好一陣子後，便嘆了口氣擺了擺手。再繼續思考下去，謎團只會越變越複雜而已。況且這也不是眼下最重要的問題。

「所以我們要去誰陵給了嗎？」

霎時，鄭泰義突然變得非常興奮。

他總算能擺脫這看不見欄杆的牢房，出發去誰陵給了（雖然得跟那名把他關進這間牢房裡的人一起去誰陵給本身就是個問題）。

鄭泰義不由自主地露出充滿著期待的眼神，並將身體往前靠向伊萊的方向。

而伊萊見狀則是一邊用食指輕敲著空啤酒罐，一邊默默地與鄭泰義對視著，「我看你的心情好像很好嘛。」

「畢竟……我也沒有理由心情不好啊。」鄭泰義歪起頭，聳了聳肩答道。

一語不發，靜靜凝視著鄭泰義並沉思好一陣子的伊萊猛地點起了頭，「你想什麼時候出發都可以。不過我們得在從昨天算起的五個禮拜內回到香港。不管你到底有沒有見到鄭在一，我們都得趕回來。」

五個禮拜。其實鄭泰義也不確定這個時間到底夠不夠。在已經得知鄭在義下落的前提下，現在最重要的就只有運氣了。只要他運氣夠好，他就一定能見到鄭在義；反之，他可能怎麼樣都見不到對方。

而從沒有人真的見到過鄭在義來看，要遇見鄭在義應該不是件容易的事。或許不要說是五個禮拜了，就算花上五年的時間也不一定能見到對方。

鄭泰義垂下眼看向自己的手。他的小拇指上原本綁著一根看不見的線，然而那根線卻被鄭在義一刀剪斷了。或許鄭泰義的運氣在那個時候也跟著被一起剪斷了也說不定。

但是，即使如此。

「那就今天！我們等天一亮就出發吧！」鄭泰義想都沒想直接答道。

他現在只想搭上最早的班機，趕快出發去見鄭在義。

而伊萊似乎早就猜到鄭泰義會這麼回答，他笑著搖了搖頭，「如果你拖著現在的這副身體搭上六個小時後，至少得坐十三個小時的飛機，你說不定搭到一半就得送醫了。你今天就先好好睡一覺吧，你的氣色看上去就跟鬼一樣糟糕。」

「什麼？」

鄭泰義悄悄地伸出手揉了揉自己的臉。仔細一想，他也覺得此刻的他看上去一定十分憔悴。實際上，要是現在有人將他推倒的話，他極有可能會直接昏睡過去。畢竟他剛剛光是要從床上坐起，身體就不由自主地搖晃了起來。

「嗯……好吧，我現在好像真的有點危險。」

鄭泰義不但消耗了過多的體力，甚至還睡眠不足，外加累積了大量的疲勞。

「那要什麼時候出發啊。」

眼看鄭泰義發出苦惱的咕噥聲，伊萊見狀猛地推了鄭泰義的肩膀一下。而隨之倒在床上的鄭泰義馬上就發出了猶如年長者般的哀嚎聲。

「我們訂明天的機票，你今天就先好好地補眠。你的身體都這樣了，是還想跑去哪裡。」伊萊一邊露出心寒的眼神看著不停發出痛苦哀嚎聲的鄭泰義，一邊咕噥道。

而鄭泰義一聽見這句話，立刻撐開無力的眼皮瞪向對方，「要是你剛剛沒有碰我的話，我也不至於搞成這副模樣啊！」

「你的意思是，只要跟我做完愛，你隔天就會變成這副模樣？」

「對啊！我不是每次都這樣嗎……！」

這傢伙幹嘛裝不知情啊。他是沒看到我都快累死了嗎。

伊萊就像沒看見鄭泰義那凶狠的視線般，默默搓揉著自己的下巴陷入了沉思。

「既然如此，那不管是明天搭飛機還是後天搭飛機都沒差。要不然我們就今天出發？」

鄭泰義自認非常了解眼前的這個男人。畢竟在當對方校尉的那幾個月裡，他也不只是都在鬼混而已。因此，他立刻就察覺到了伊萊的話裡有一半是在開玩笑，而另一半則是真心的。

只不過鄭泰義希望是玩笑話的部分，可能剛好與對方的意思完全相反就是了。

「饒……過……我……吧……」鄭泰義將臉埋進被單裡哀嚎道。

雖然向伊萊里格勞哭訴是件非常愚蠢的事，但他還是盡力裝出了最可憐的模樣。他只希望這招可以喚起對方那近乎消失的同情心。

而從結論來說，即使鄭泰義還是不知道在伊萊眼中自己看上去夠不夠可憐，不過這招多少起到了作用。伊萊笑著說：「好吧，在抵達誰陵給之前，我都不會讓你的這裡太過負擔的。」

伊萊伸出白皙的手，從趴在床上的鄭泰義的大腿一路往上輕撫至屁股。鄭泰義見狀微微地抖了一下，然而那原先徘徊在屁股與腰際附近的手馬上就離開了。

不過還沒等鄭泰義鬆一口氣，那隻手立刻從背脊一路撫摸至後頸，並且一把抓住鄭泰義的下巴。

「……？」

由於對方稍微出力抬起了鄭泰義的下巴，於是兩人的視線便交織在一起。當鄭泰義露出疑惑神情的同時，伊萊的大拇指也開始緩慢地搓揉起鄭泰義的雙唇。

下一秒，伊萊將自己的指尖伸進鄭泰義微張的雙唇之間，並且輕輕地按壓起對方的舌頭。

鄭泰義猛地瞪大了雙眼。隨著伊萊的指尖在口中進進出出，他能清楚感覺到對方的手指撫過自己的舌頭與牙齒。那隻被唾液沾溼的手就像在描繪圖案似的，在他的嘴唇上搓揉著。

「……！」

鄭泰義露出惡狠狠的眼神瞪向對方。難道用嘴就不會有負擔了嗎！

伊萊好像讀懂了鄭泰義視線所想傳達的涵義。而鄭泰義的反應似乎也在他的預料之中，他再次笑了起來。雙眼也溫柔地彎成了月牙型。

他一邊用大拇指搓揉著鄭泰義的嘴唇，一邊用其他根手指輕撫起鄭泰義的臉龐。咚咚，那輕敲著鄭泰義臉龐的動作似乎非常愉悅，接著又揉捏起了對方的臉。

鄭泰義就這樣狐疑地看著臉上一直掛著笑容的伊萊。

先撇除掉到底喜不喜歡被人挑逗的問題——但若是硬要說的話，他並不討厭被伊萊輕撫著臉頰、雙唇以及後頸的行為——，現在的這個動作該怎麼說，這就像是……

……不對，這不可能！那個傢伙怎麼可能會擁有這麼人性化的情感！不可能、不可能！這絕對不可能！

鄭泰義陷入了苦惱之中。從剛剛開始就一直有個既奇怪又令人發癢的疑問在啃咬著他的心底。他不知道這個感覺該怎麼形容，他只知道他很害怕得知答案，也認為自己好像不能知道答案究竟是什麼似的。

「……算了。」

最終，他用著一道就連他自己也聽不見的嗓音嘆氣咕噥著。而那根撫摸鄭泰義嘴唇的手指似乎是察覺到了那股動靜，有些疑惑地點了點鄭泰義的舌頭。鄭泰義見狀馬上悄悄地咬了對方的手指一下。

霎時，那根本來打算就此離開的手指再次揉捏起了鄭泰義的舌頭。

好啦，隨便你。你想怎樣就怎樣。

鄭泰義側躺在床上，閉上了雙眼。過了一會兒，那隻覆蓋在他臉上的手離開了。

他好像有感覺到對方的視線一直停留在他的臉上，但他實在不敢打包票。畢竟在那之後，他就失去了意識，並且睡了整整十二個小時。

17

誰陵給

他對那名男子的第一印象是，對方是個非常寡言並木訥的人。男子看上去就像剛滿三十歲，然而對方實際上的年齡或許已經快要邁入四十歲了也說不定。

而那張令人無法輕易猜出年紀的臉就這樣混在入境大廳的人群之中。

當男子小心翼翼地稍微揚起嘴角，眼周笑到擠出兩條皺紋時，看起來遠比想像中的還要溫柔與親切。然而遺憾的是，男子並不常笑。對方平時都維持著面無表情，不會輕易開口的模樣。

踏進入境大廳後，圍繞在男子身邊的不是一般旅客，要不然就是等待著家人或朋友的當地人，抑或準備要攬客的業者。而男子在這些人群當中看上去格外顯眼。明明三個半小時前，為了要轉機而抵達的約翰尼斯堡機場裡還看得見一些白人，但在抵達三蘭港機場後，放眼望去就全是黑人了。

因此要在一群皮膚黝黑的人群裡找到身為白人的男子並不是件難事。

雖說這是一座國際機場，但規模看起來卻跟鄉下的客運轉運站一樣小。當男子一看見兩人走進入境大廳後，馬上立正，「好久不見了，里格。」

然而率先伸出手打招呼的男子臉上卻看不見一絲愉快或喜悅的神情。在和伊萊生硬地握完手後，男子便將視線移到鄭泰義的身上。隨後，男子用著那張依舊沒有絲毫笑意的臉伸出手說道：「鄭泰義先生？我已經從老闆那裡聽說過你的事了。很高興認識你，我是尤里蓋博。」

「啊——很高興認識你，我是鄭泰義。」

語畢，鄭泰義也伸出手握住了對方的手。不知為何，在聽到男子正確唸出自己的名字後，鄭泰義總覺得有些不習慣。

其實鄭泰義沒有想過會有人來接機。畢竟他們毫無對策就直接飛來了這裡，他原本甚至還打算要在抵達後，再悠哉地跑去服務臺詢問飯店的資訊。

尤里蓋博。鄭泰義反覆地在心底咕噥著對方的名字。霎時，他突然想起自己之前好像曾經耳聞過這個人的資訊。蓋博是在凱爾手下工作的人，對方為了找尋鄭在義的下落而不停在中東地區徘徊著。

而這個人同時也是第一個找出鄭在義下落的人。

鄭泰義瞥了伊萊一眼。伊萊此刻正以心不在焉的表情在環顧著整座機場，「好小。」

「你們應該是第一次來到非洲吧？其實非洲的所有國際機場基本上都是這種規模，約翰尼斯堡算得上是唯一的例外。」蓋博不帶一絲感情地答完後，便率先轉過頭並邁開了步伐。

眼看對方好像不打算等他們慢慢跟上，鄭泰義只好快步追上對方，「你是不是等了很久？我們剛剛不小心在簽證的地方花了太多的時間。」

由於他們辦的是落地簽，鄭泰義原本還以為馬上就能結束並入境了，孰不知卻花了比想像中還要更久的時間。幾乎等到其他旅客都已經離開了，他們才總算踏進入境大廳。

不過也因為鄭泰義沒有料到會有人來接機，因此才更加從容地等待機場人員處理文件。

「如果提前知道你在等我們，我就會加快速度了。真的很不好意思。」

「沒關係的，鄭泰義先生。」

鄭泰義看向恭敬回應他的蓋博。對方的發音雖然很準確，但他可以聽出蓋博在唸他的名字時，有稍微放慢了速度。蓋博似乎花了很多心思只為了要唸對他的名字。

鄭泰義見狀忍不住笑了起來，「你可以直接叫我泰一沒關係，你不需要這麼拘謹。」

然而蓋博就只有簡單點了個頭，並沒有正面答覆鄭泰義的提議。

鄭泰義已經很久沒有看到話這麼少還如此木訥的歐美人了。即使住在凱爾家的那段時間裡，他也曾經遇到過話少的客人，甚至在他和園丁彼得混熟之前，對方也不太會主動和鄭泰義搭話，但是那些人都沒有像蓋博這麼寡言。

「那鄭在一人呢？」走在鄭泰義身後的伊萊猛地問道。

「他應該在誰陵給。」

「你確定嗎？」

「抱歉，我實在無法把話說得太死。」

「那他在誰陵給的機率有多高？」

「大概有七、八成吧。」

兩人一來一往進行了幾次的對話。最終，伊萊默默點了點頭。

走出機場，馬上就能看見一輛吉普車停在前方等著他們。等到蓋博坐上副駕駛座後，坐在駕駛座的黑人便開始換檔。稍微等了一會兒，車子隨即駛出了機場。

鄭泰義靠在堅硬的椅背上輕輕嘆了口氣。在經歷了快要十七個小時的飛行，他現在總算能踏上陸地。

七、八成。縱使這個可能性不算低，但如果要賭上五週的時間去冒險，這個數字的確也說不上有多高。就算鄭泰義並不認為叔叔跟凱爾會把可能性賭在低機率的事情上，不過要是他們好不容易跑來這裡，最後卻發現哥哥根本就不在誰陵給的話……

那麼一切將會再次回到原點。

而他也只能把這趟長達五個禮拜的旅程當作是跑到了一個遙遠的國家來度假。

「也對，不管如何，這都沒有壞處。」鄭泰義撓了撓頭咕噥道。

而坐在鄭泰義身旁的伊萊見狀緩緩地開了口：「那個男人口中的七、八成，基本上就等同於鄭在一一定在誰陵給的意思。你現在只需要去思考要怎麼樣才能見到鄭在一就夠了。」

在聽完伊萊的話語後，鄭泰義瞥了前座一眼。可能是聽見了他們的對話聲，鄭泰義剛好與看向後視鏡的蓋博四目相交。

而默默凝視著鄭泰義的那名木訥男子不知為何，竟然率先打破了沉默，「你是鄭在義的弟弟對吧？」

「啊，是的。」

語畢，蓋博再次一語不發地打量著鄭泰義。話雖如此，但蓋博實際上也就只能透過後視鏡看見鄭泰義的臉龐。在凝視了好一陣子後，對方簡短地說道：「你們還真像。」

「是嗎？」

蓋博並沒有繼續解釋鄭泰義與鄭在義究竟是像在哪裡，或許對方就只是說句客套話罷了。不過仔細一想，看在歐美人眼裡，他們大多無法分辨出東方人的長相。可能是因為東方人大多輪廓都不深，外加幾乎都是黃種人，髮色又全是黑色的，看在他們眼裡才會異常相像也說不定。

「我們可以直接出發去誰陵給嗎？」

在聽見蓋博的問句後，鄭泰義點了點頭表示同意。他現在才猛地回想起誰陵給是座島，他們必須從三蘭港搭輕型飛機才能抵達那座島。

當車子駛進市區後，他能看見位於鬧區的一排排低矮又老舊的房屋旁，每一條路口都塞滿了人。放眼望去，看到的除了人群之外，還是人群。當車子以龜速試圖要穿過這片人海時，鄭泰義開始出現了輕微的暈車症狀。而輪胎的燒焦味也加重了他的不適感。

實際上，他平時不太會暈車。不過可能是因為才剛搭完長途飛機，馬上又搭上了不是很舒適的車子並駛在凹凸不平的路面上，才會使他突然感到一陣反胃。

「三蘭港……會很大嗎？」鄭泰義喝了一口水後，疑惑問道。

蓋博透過後視鏡瞥了鄭泰義一眼，「三蘭港可以說是坦尚尼亞最大的城市。畢竟光是這座城市的人口就突破了一百多萬。」

「一百多萬……」

看來這跟韓國的廣域市差不多嘛。鄭泰義一邊在心底咕噥，一邊再次喝了口水。為了要壓下胃裡的不適感，他轉過頭看向了窗外的景色。

而坐在鄭泰義身旁稍稍瞥了鄭泰義一眼的伊萊倏地問道：「你是不是有說過輕型飛機的小型機場就在港口旁？那我們距離港口還很遠嗎？」

「大概十五分鐘後就能抵達了。只要在那裡搭上輕型飛機，並飛個四十分鐘，就能夠到達誰陵給了。」

在確認完十五分鐘後就能下車的事實後，鄭泰義默默鬆了一口氣。若是十五分鐘的話，那他還可以再撐一下。下一秒，他連忙又喝了口水。而手中的水瓶也在不知不覺間被他喝光了。

鄭泰義輕輕晃了晃被喝光的水瓶，接著嘆了口氣。隨後，坐在一旁的伊萊猛地拿起一瓶水並丟給鄭泰義。單手接過那瓶水後，鄭泰義看向了對方。

「你的體力這麼糟，到時候要怎麼把鄭在一從那座島上拖出來啊。」

「但打從一開始，我就沒有打算要把他拖出那座島。要是哥哥不想的話，我就算想破了頭，也無法將他帶離那座島。」鄭泰義搖著頭打開了瓶蓋。

沒有多想就喝起水的他倏地停下動作並將水含在口中，皺起了眉頭。隨後，他看向貼在水瓶上的標籤。

「……我都已經反胃了，你還拿氣泡水給我喝。」

鄭泰義一邊露出苦澀的表情，一邊吞下了含在口中的水。而伊萊見狀就像故意將氣泡水遞給鄭泰義似的，馬上笑了起來。

與此同時，他們也總算駛離了人滿為患的鬧區，開到正常的車道上。沒過多久，就像蓋博說的那樣，他們隨即便抵達了蓋在港口旁的小型機場。

就算大家總說比起心靈，肉體上的苦痛相較之下更容易忍受，但這條艱辛的道路實在是太過漫長了。況且鄭泰義在抵達道路的盡頭之前，還被迫得一直走在這條彷彿不會結束的艱辛道路上。

在四人座的老舊輕型飛機上，狹窄座位的後頭是貨艙。不過因為有個宛若是地毯般的巨大卷軸放在貨艙並往前凸了出來，導致在飛往誰陵給的路上，鄭泰義的後頸都不停地被卷軸抵住。

鄭泰義一邊將身體往前貼在前座的椅背上，一邊聽著輕型飛機近乎四十分鐘的吵雜引擎聲，暗自在心底後悔著剛剛怎麼不選擇坐船來誰陵給。縱使坐船得花上好幾倍的時間，但要是知道坐飛機必須得忍受被卷軸抵住後頸，他絕對會二話不說地選擇搭船。

「說不定搭船來反倒比較好。」

伊萊站在基本上是用爬的爬下輕型飛機的鄭泰義身旁，默默咕噥道。鄭泰義無力地瞥了對方一眼。就在他思考著眼前的這個男人怎麼會如此有人性地擔心他時。

「剛剛飛來的時候，我看這片大海的景色還滿漂亮的。若是能搭船慢慢欣賞的話，肯定也是一種享受。」

「……」

期待他會像個正常人一樣擔心人的我根本就是個白痴。

鄭泰義默默在心底責怪起自己的同時，因為深知對方是個不可能有閒情逸致去欣賞大海景色的人，所以伊萊的那句話百分之百只是為了要惹怒他而說出口的藉口罷了。

這傢伙的脾氣怎麼一天比一天還糟啊……越是了解他，就發現越多他糟糕的一面。這應該也算得上是某種意義上的聚寶盆吧。

值得慶幸的是，在踏上島上的土地並吸了一口沁涼的空氣後，他不適的胃立刻就恢復了許多。等到反胃感漸漸平息，鄭泰義便一邊搓揉著自己的胸口，一邊深深吸了一口氣。

「這裡到民宿並不遠，開車只需要十分鐘……若是不方便的話，也可以用走的走小路到民宿。雖然得花上兩、三個小時就是了。」可能是看鄭泰義的臉色太過糟糕，蓋博生硬地說道。

而鄭泰義見狀先是拍了拍自己的胃。在深呼吸好幾次後，他的反胃感基本上已經消失了。依照現在的狀態，就算搭上車程十分鐘的車應該也不成問題。更何況他本來就不是個容易暈車的人。

鄭泰義抬起頭看向了天空。現在差不多是太陽準備要下山的時間點。兩、三個小時後，天色應該就會完全暗下來。

「那你有地圖嗎？」

蓋博可能也猜到了鄭泰義這麼問的含義，他點了點頭說：「我知道路。不過你確定要用走的過去？」

語畢，蓋博垂下了眼。

眼看對方的視線停留在自己那隻打上石膏的腳上，鄭泰義晃起了自己的腳，「嗯，沒問題的，反正我們也不是要用跑的過去。該不會那條路很險峻？」

「雖然不至於到很險峻，但你確定你可以走嗎？」

鄭泰義笑著點了點頭，接著補充道：「對，沒關係。其實只要有地圖的話，我就可以自己找到路了，不用麻煩你特地陪我走這一趟。我真的很會看地圖！」

然而蓋博就只是淡然地搖著頭，隨後直接邁開步伐走了起來。鄭泰義在撓了撓頭後，無奈地聳著肩跟在對方後頭。

明明他也只是晚了幾秒出發而已，但對方卻已經離他十幾步遠了。鄭泰義看著蓋博的身影低聲咕噥：「他的話真的好少。」

「啊，他原本就是個話少的人。」走在身旁的伊萊開口道。

鄭泰義見狀轉過頭瞥了對方一眼，「看來你們之前就認識了？」

「他本來跟詹姆斯一起工作。在我還沒成年之前，他時不時就會跑來我們家。不過在那之後，因為他換了個部門，所以我就不曾見過他了。」

鄭泰義一邊回想著之前住在凱爾家時，曾經撞見過的那名名為詹姆斯的男子，一邊點了點頭。仔細一想，既然蓋博在凱爾的底下工作，那伊萊會認識對方其實也很正常。

鄭泰義跟在維持著適當距離的同時，也不會遠到讓他們完全跟不上的蓋博身後，緩慢地打量起四周的景色。

離開小型機場並在大馬路旁走了一會兒後，他們彎進了一條寬敞的巷子裡。霎時，出現在他們眼前的是一條足以讓兩輛車子會車的柏油路以及種滿了行道樹的靜謐人行道。

雖然這條巷子的路有被整修過，卻很少有車輛經過。隨後，蓋博走到斑馬線旁並停了下來。縱使馬路上看不見任何車輛的蹤跡，不過他還是默默地等著紅燈轉綠燈。

鄭泰義看著露出木訥表情，靜靜凝視著紅綠燈的蓋博發笑。下一秒，他也走到對方的身後停了下來。

倏地，有位騎著腳踏車的小女孩經過，並且流露出了新奇的表情。當鄭泰義看見穿著希賈布，只露出一張猶如拳頭大的臉，以及一對純真雙眼的小女孩後，他不自覺地揚起嘴角。隨後，小女孩露出了驚訝的神情並消失在他們的視野裡。

「我原本以為這裡跟非洲很像，殊不知卻是充滿著伊斯蘭教徒的都市。」

「因為這座島上的島民都是靠阿拉伯人來維持生計的。這座島既不適合發展產業，也無法獲得本土的援助，因此大多數的島民都是靠阿拉伯富豪住在這裡的時候所花的錢來賺取生活費的。正因如此，島上的文化也漸漸變得跟穆斯林世界一樣。你可以把這裡視為位於中東的小都市，但你也要記得不能隨便對女生們笑或者是搭話。」蓋博維持著木訥的表情說道。

「啊，這樣啊？」

鄭泰義撓了撓頭。與此同時，他也不忘在心底咕噥「沒想到我剛剛竟然做出了這麼危險的舉動」。

下一秒，紅綠燈的號誌改變了。

走在這條沒有什麼車輛經過，只有偶爾會遇見悠哉散步著的路人的道路上，鄭泰義猛地覺得心情輕鬆了許多。

也不知道到底走了多久，他們突然繞進了位於高雅清真寺旁的巷子裡。雖然這裡不屬於車道，但巷子的寬度卻足以讓一輛車經過。而這條巷子剛好處於猶如迷宮般，沒有任何條理胡亂蓋起的房屋之中。

巷子旁可以看見好幾棟外觀被漆成灰色的房子矗立在一旁。偶爾還可以看見有小孩從木門裡衝出來，又或者是看見年長者搬張椅子坐在門前，一邊叼著菸斗，一邊享受著陽光的模樣。

而圍牆旁有著好幾棵足以擋住陽光的大樹長出了茂密的樹枝與樹葉。每當微風吹起時，樹葉便會發出清脆的聲響。

「我好像會喜歡這裡。」鄭泰義倏地咕噥道。

其實他也不是故意要講給其他人聽的。只不過這句感嘆自然而然就從口中冒了出來。

下一秒，蓋博轉過頭瞥了他一眼。而鄭泰義此刻才第一次看見對方臉上掛著淡淡笑容的模樣。雖然那個笑容轉眼間就消失了。

「這裡真的很適合居住。不但非常恬靜還很平和。」

霎時，鄭泰義馬上就意識到了眼前的這個男人也很喜歡這個地方。心情毫無理由就變好的鄭泰義隨即開心地笑了起來。

就在這個時候，默默走在一旁的伊萊猛地嘟噥道：「這裡還真適合自由自在地休息好幾個月啊。雖然離陸地有段距離，要買到需要的物品應該有點難度就是了。」

「縱使會花上一段時間，但基本上你要什麼都一定能買到。況且巴赫普——這是座位於誰陵給南方海岸邊的村子，由於浪花很美，很多人都會慕名來這裡衝浪——每個禮拜都有夜市。只要是能在三蘭港買到的東西，大多也能在那個夜市裡買到。」

「夜市？」

「夜市位於巴赫普的中央廣場，每次都從晚上六、七點就開始營業，一直到午夜後才會結束。除了商業性的市集之外，還有像跳蚤市場那種什麼東西都能進行買賣的空間。偶爾也會出現很有趣的商品，所以那裡每次都聚集了一堆人。」

「啊。」鄭泰義點了點頭，「這一定非常有趣。」

在沉默了一會兒後，他才又開口問道：「不過來誰陵給觀光的人多嗎？」

蓋博搖起了頭，「一般的觀光客不太會來這裡，畢竟他們的首選一定是離三蘭港更近的尚吉巴。會來這座島的基本上都是在這裡蓋豪宅的中東皇族或富商。不過在夏天轉秋天的時候，因為有洋流的關係，所以浪花會變得很美，時不時就會有喜歡衝浪的年輕人來這裡衝浪。但這也僅限於那段時間而已，等到那個季節過去後，這座島上就沒有什麼外地人了。」

鄭泰義先是沉思了好幾秒，接著靜靜發問：「那如果有外地人在島上閒晃的話，一定會特別顯眼吧？」

蓋博沒有答話。放慢腳步的他就只是默默不語地瞥了鄭泰義一眼罷了。

蓋博曾經說過，他無法打包票鄭在義就在這座島上。而他之所以會語帶保留的原因就在於，這座島上不曾傳出過有人看見鄭在義的消息。不過像鄭在義這種既不是非洲人也不是阿拉伯人的人走在路上的話，肯定會非常顯眼才對啊。

「就算在這附近打聽消息也沒用。」

沉默了好一陣子的蓋博倏地開口道。而鄭泰義見狀並沒有回答，他就只是默默地等待著對方的下文。

「阿拉伯富豪們住在比巴赫普還要再更內部的區域。由於那個地區跟島上的其他區域分割得很開，所以就算其他地方的消息有辦法傳進去，裡頭的消息也傳不出來。」

「那你怎麼知道哥哥一定會……」

「因為除了那裡之外，這座島上已經沒有其他的藏身之處了。」

語畢，蓋博邁開步伐徑直地往前走，再次與鄭泰義他們間隔出十幾步的距離。

而鄭泰義在咂完嘴後，有些尷尬地看著蓋博的背影低聲嘟囔道：「我該不會惹他生氣了吧。」

「嗯？啊，他本來就有點冷漠。」

「……」

竟然會被伊萊形容成冷漠的人，想必蓋博這個人也不簡單。

「明明他看上去也不像壞人，怎麼會這樣……」鄭泰義一邊小聲地碎念，一邊跟上蓋博的步伐。

然而下一秒，他突然感覺到好像有人在凝視著他。於是，他馬上轉過頭看向對方。

映入他眼簾的是伊萊垂下眼打量著他的模樣。

「……嗯？」

「你說得對。」

「……什麼意思？」鄭泰義微微皺著眉，歪起了頭反問道。

他試圖要回想自己曾經說過什麼，但他卻拿不准對方指的到底是哪句話。

「就像你說的，外地人在這座島上一定很顯眼。更不用說是非常稀少的東方人。若不是把他關在一個怎麼找也找不到的地方，照理來說，我們應該會非常容易——就能打聽到消息才對。」

「啊？嗯，對啊。不過要是哥哥真的待在某間豪宅裡足不出戶的話，那我們要怎麼辦。這樣根本就找不到方法見他一面。」鄭泰義皺起眉頭嘟囔道。

如果知道對方躲在哪間豪宅裡的話，那他至少還可以趁大半夜的時候偷偷翻牆進去。可是在沒有頭緒的情況下，他總不可能潛入每間位於東南方的豪宅一間一間地找吧。

該怎麼辦才好。

鄭泰義嘆了口氣，他現在實在是想不到什麼有效的方法。比起在這裡胡思亂想，他還不如趕快抵達民宿好好睡一覺，等隔天睡醒再來思考會比較好。

「唉，不管怎麼樣，總會找到辦法的吧。」鄭泰義撓了撓頭。

而一旁的伊萊就這樣看著鄭泰義咂起了嘴，「你這傢伙也一樣很顯眼啊……」

「什麼？啊，也對。要是哥哥聽到有個東方人在這座島上閒晃，說不定他會燃起好奇心出來找我……唉，仔細一想，這個假設根本就不可能成立。一來他既不是個會主動去打聽消息的人，二來他也沒有這麼多的好奇心。」鄭泰義自言自語道，「要不然乾脆釋出『有個名為鄭泰義的東方人正在這座島上閒晃』的消息好了。說不定這樣就能馬上見到哥哥了。」

伊萊凝視著鄭泰義，在聽完鄭泰義的話語後，他稍稍挑起了眉頭。伊萊的表情就像在說鄭泰義曲解了他的意思似的，不過伊萊並沒有多說些什麼。

一切就如蓋博當初所說的，在走了兩個小時，不對，是少了十分鐘的一個小時又五十分鐘後，他們抵達了民宿。而天色早已暗了下來。

蓋博站在昏暗的巷子尾端，一邊打開被寬敞石牆環繞著的房屋木門，一邊等著晚了他十幾步腳程的鄭泰義與伊萊。

這段長達快兩個小時的路途既清幽又涼爽，所以鄭泰義的心情也跟著放鬆了下來，使得這段路程不至於這麼痛苦。

鄭泰義之後將會在這裡待上大約一個月的時間。

一想到哥哥說不定就在這座島上的某個地方，一想到哥哥此刻說不定也沉浸在這安穩又清閒的氛圍裡休息著，他就忍不住揚起了嘴角。

隨後，他走進了蓋博打開的那扇木門裡。

* * *

「有種突然從伊斯蘭教國家跑到度假勝地的感覺。」鄭泰義下意識地咕噥道。

他們的民宿是一間雅致的兩層樓背包客棧。雖然民宿本身很小巧，但各種設施都應有盡有。一樓的中間有個宛若客廳般的大廳，而大廳旁有著寬敞的廚房、洗衣間和辦公間。

由於鄭泰義來不及細看，所以他只有隱約瞥見一樓走廊的底端好像還有幾間房間。至於二樓則是有三、四間房間座落在筆直的長廊上。從二樓客房的窗戶往外看的話，還可以看見種植於屋子前那遼闊庭院裡的果樹，以及位於庭院旁的小泳池。

庭院的草地上充斥著從果樹上掉落的水果，而果樹與果樹之間還掛著吊床。

「這真的是間很典型的背包客棧……只不過這裡沒有什麼觀光客，也不知道做住宿業到底做不做得起來。除了我們之外難道就沒有其他的客人了嗎？」

「蓋博一定把整間背包客棧都包下來了。除非他想告訴整座島上的人，我們現在正在找人的事。」

將兩側的窗戶全都敞開，坐在窗邊垂下眼看著庭院的鄭泰義一聽見距離自己幾步之外的說話聲，立刻就轉過頭看向聲音的方向。伊萊此刻正從走廊上走進他的房間裡。

當他們抵達民宿後，迎接他們的是一名名為安娜的年輕女子。那名看上去說不定比鄭泰義還年輕的女子將兩人帶往了二樓，並且將她認為採光最好的兩間並排在一起的房間分配給他們。

或許那名看上去非常稚氣的女子也注意到了鄭泰義所流露出的困惑神情，她馬上笑著說：「我就是這裡的老闆沒錯！」甚至講完後還不忘淘氣地眨了個眼，補充：「至於另外一名男生則是住在一樓的最邊間。」接著才離開。

「這整條街都散發著悠閒的氛圍。要是能在這裡買間房子，改造成青年旅館，過上偶爾接待客人的生活，感覺也不錯。」

「這是什麼老人般的想法啊。」

在聽見鄭泰義坐在窗邊嘟噥著的話語後，伊萊笑著答道。

從窗外背過身，鄭泰義才發現伊萊似乎是準備要去洗澡似的，一邊走進房內附設的浴室，一邊脫下了身上的衣物。明明對方的房間裡也有浴室，鄭泰義實在是搞不懂伊萊為什麼偏偏要跑到他的房間洗澡。

疑惑地歪起頭思考了一會兒後，鄭泰義最終還是懶得管對方，再次把視線移向窗外。隨後，浴室裡傳出了流水聲。

鄭泰義吐出了一口愉悅的氣息。從香港出發再到抵達這間屋子，總共花了快一天的時間。雖說只有一天，但光是搭飛機及搭車就已經消耗掉鄭泰義大部分的體力。而唯一值得慶幸的是，若他現在因為太過勞累而昏睡過去的話，那等他再次睡醒時大概就是早上了。他可以不用再花時間去調時差。

鄭泰義很滿意這座他即將要待上一個月的島。

其實在抵達三蘭港時，他是相當疲倦的。在人滿為患的環境中，還得不停忍受著吵雜的噪音，這也使得他的疲勞感更加加深。

可是當他來到這座島上，走在悠閒又安穩的道路上後，他的心情便放鬆了下來。而偶爾在路上巧遇的路人們眼中除了好奇心之外，還參雜著一絲溫暖的善意。

此外，鄭泰義也很喜歡伊斯蘭教那特有的既嚴格又落落大方的氛圍。

倏地，他察覺到了一股視線。垂下頭後，他看見一名年幼的黑人少女手中拿著木籃，一邊撿著掉落到庭院裡的水果，一邊抬起頭看向他。這名少女應該是被雇用來幫忙處理民宿雜務的員工。

少女雖然有著黑人們那特有的深邃五官，但看上去也有點像阿拉伯人，她應該是名混血兒。然而從少女沒有穿希賈布的這點來看，對方似乎不是伊斯蘭教徒。

只要不是伊斯蘭教徒的話，應該就可以搭話了吧？

少女看上去非常年幼，最多應該也才十四、十五歲而已。眼看少女那雙水汪汪盯著自己看的大眼實在是太過可愛，鄭泰義忍不住笑著朝對方揮了個手。

而少女見狀先是嚇到抖了一下，接著急急忙忙地撿起掉落在草地上的水果，並衝進房子裡。不過從少女那不忘再次抬起頭瞥了鄭泰義一眼的柔和眼神來看，對方應該就只是感到害羞而已。

鄭泰義愉快地笑了起來。也不知道少女是對難得有客人會住進來的這件事感到新奇，還是單純只是對看見東方人的這件事感到訝異。隨後，鄭泰義移開了視線。

房屋的圍牆外座落著一間又一間的低矮房子。在這片昏暗的黑夜之中，房子的窗戶一個個地亮了起來。而遠處的某個方向，傳來了有位媽媽正在用陌生的語言呼喊著孩子的嗓音。一想到這再熟悉不過的場景竟然也在這個地方上演，鄭泰義就忍不住笑了起來。

他很喜歡這個感覺。這種既陌生又令人懷念的感覺。

霎時，浴室裡的流水聲消失了。轉過頭後，他能看見伊萊一邊用毛巾擦乾頭髮，一邊走出淋浴間的模樣。

鄭泰義從窗邊跳了下來。由於有飛蟲在房間裡飛來飛去，他只好再次走向窗邊，把身體探出窗外準備要把紗窗關上。不過下一秒，他卻突然注意到石牆外有道視線正在看往他這個方向。

因為外頭太過昏暗，所以他看得不是很清楚。他只能隱約看見巷子的轉角處好像有名少年抬起頭盯著他看。而那名彷彿在打量著什麼神奇動物般的少年一發現彼此的視線相交，馬上就嚇得逃出了巷子。

「……？」

鄭泰義尷尬地撓了撓脖子。也不知道這座島上的人是單純覺得東方人很神奇，還是只是內向的人特別多而已。

可是剛剛那個人怎麼看都不像剛好路過，不小心抬頭看見我的感覺……

鄭泰義陷入了沉思。不過還沒等他理出頭緒，伊萊就已經走到他的身後。

「太陽都下山了，你是能看見什麼？」

伊萊語音剛落，擺放在庭院裡的三、四個小燈泡隨即就亮了起來。雖然稱不上有多明亮，但這個程度已經足以讓人在庭院裡散步也不怕會不小心摔倒了。

「我看得很清楚啊。庭院裡不但可以摘水果，甚至還可以在一旁的泳池裡游泳。」鄭泰義故作嚴肅地點頭說道。

語畢，正當他準備要轉過頭看向對方的時候，他忍不住皺起了眉頭。伊萊沒有將身體擦乾，多餘的水氣就這樣順著他的身子凝結成水珠，滴落到地板上。除此之外，伊萊非但沒有用毛巾遮住重要部位，甚至還厚著臉皮地全裸走到鄭泰義的面前。

鄭泰義見狀稍稍瞥了對方的胯下一眼。

值得慶幸的是，伊萊的陽具沒有挺立起來。不過轉念一想，要是洗澡洗到一半突然勃起的話，這好像也是個很嚴重的問題。

鄭泰義再次轉過身，將手撐在窗框上。而走到他身旁的伊萊也跟著一起看向了窗外。

由於窗框的位置並不高，因此外頭的人可以直接撞見伊萊一絲不掛的模樣。鄭泰義雖然注意到了這件事，但最後還是選擇閉上嘴。反正該感到羞愧的人不是他，而是那個傢伙才對（即使伊萊的字典裡根本就沒有羞愧這兩個字）。

「我好像聽見了有人跑過去的聲音。」

在聽見伊萊的嘟囔聲後，鄭泰義下意識地安靜了下來。而他的背脊也不由自主地發涼。伊萊不但聽力很好，甚至直覺也很過人。

鄭泰義猶豫了一下要不要說出剛剛那名站在巷子轉角處，不停看向這個方向的黑人少年的事，但他最終還是選擇作罷。要是說出來卻無法產生什麼實質上的幫助，那還是不要說會比較好。

「對啊，我也是因為聽見了怪聲，才跑過來看。不過天色太黑，我什麼都沒有看見。」

「是嗎……？」

比起直接裝傻說出「我什麼聲音都沒聽見？」鄭泰義決定要順著對方的話來撒謊。而伊萊在瞥了鄭泰義一眼後，便不再繼續著墨於這個話題上。

「哦，她又跑出來了！妳好——」

鄭泰義朝著再次走到庭院裡的黑人少女揮了揮手。可能是因為今天的工作已經結束了，對方換了身衣服，準備朝著大門的方向走去。

而偷偷瞄了二樓一眼的少女一發現鄭泰義笑著朝自己揮手，在猶豫了一會兒後，她也伸出手晃了幾下。隨後，少女似乎是覺得太過害臊，馬上就跑了出去。

鄭泰義見狀忍不住發出了低沉的笑聲。而站在一旁的伊萊隨即便露出了有些微妙的眼神垂下眼凝視著他。

在察覺到對方的視線後，鄭泰義疑惑地咕噥道：「幹嘛，你不覺得她很可愛嗎？」

「鄭泰一，看來你喜歡那種女人啊。」

「什麼？」

鄭泰義出神地看著說出這番話的伊萊。而當他總算意會過來對方這句話的意思後，他無言以對地皺起了眉頭。

「喂，那哪是什麼女人啊？我看她最多也才十四、十五歲而已，你怎麼可以對一個小孩說出……我只是看她這麼勤奮地工作，覺得很可愛罷了。」
「就算她的身體還只是個孩子，但她的腦袋已經發育成女人了吧。不過也對，反正你又不能跟女人做愛。」
瞬間找不到話來反駁對方的鄭泰義只能憤恨不平地閉上了嘴。就算伊萊說的是事實，但身為一個男人，他多少還是覺得很傷自尊。
「什麼不能跟女人做愛！我只是不想跟她們做而已。你不要把我講得好像不舉。」
在聽見鄭泰義不悅地嘟噥後，伊萊笑了起來，「對，我比誰都還要清楚你沒有不舉。」
霎時，伊萊有些壓低的嗓音在鄭泰義的耳邊響起。鄭泰義甚至都還來不及反應過來，伊萊的手就一把抓住了他的褲襠。當那隻雖然沒有使出全力，但力道也不小的手握住他胯下的瞬間，鄭泰義的身子下意識地抖了一下。
畢竟前些日子，自己的性器差點就被對方捏爆的畫面還歷歷在目。
或許是注意到鄭泰義的表情逐漸變得僵硬，伊萊露出了淡淡的微笑。隨後，他將自己的臉貼到鄭泰義的耳邊，接著伸出舌頭舔了舔對方的耳垂，「你不需要這麼緊張，我不會毫無理由捏爆它的。」
換句話說，只要伊萊找到理由的話，隨時都有可能把鄭泰義的性器捏爆。而鄭泰義也明白，伊萊一旦不爽，任何不像話的藉口都能成為那個理由。
「我在洗澡的時候，看你一動也不動地坐在這裡。我就很好奇，你剛剛究竟是在想些什麼？」

那隻握住鄭泰義胯下的手一鬆開，馬上又輕撫上鄭泰義的腰。而伊萊的雙唇也貼在鄭泰義的耳邊低語著。隨著伊萊一路從耳邊吻至臉頰，鄭泰義猛地感到一陣發癢。

這個傢伙為什麼會養成這麼糟糕的習慣？為什麼他每次只要一看到我就會想做愛？

……仔細一想，早在UNHRDO的時候，伊萊就已經把鄭泰義視為一個唾手可得的自慰道具了。

一想起那段往事，一股不快感立刻從心底湧上。鄭泰義有些惱怒地開口道：「我剛剛在想明明你的房間裡也有浴室，為什麼你還要跑到我的房間，用我的浴室、我的洗髮乳，以及我的肥皂。」

還沒聽完鄭泰義不滿的抱怨，伊萊就發出了一陣低沉的笑聲，「因為你浴室裡的洗髮乳跟肥皂更新鮮啊，你要我怎麼忍？」

難道你連洗澡的欲望都忍不住嗎？也對，這麼一想，他的其他欲望之所以會這麼猖狂好像也不是完全沒道理。

當那隻手伸進衣服，一路從腰間往上輕撫至胸部時，鄭泰義下意識地蜷縮了一下。由於肌膚可以清楚感覺到伊萊的一舉一動，所以鄭泰義也被對方的動作碰得心癢癢的，身子不自覺地抖了幾下。

好奇怪，伊萊原本不是個這麼沒有節操的傢伙啊。之前就算只剩下我們兩個人，他也不會一直來招惹我，但現在怎麼會……

歪著頭的鄭泰義最終得出了，說不定伊萊本來就是這樣的人，只不過他一直以來都沒發現罷了的結論。仔細回想，他曾經多次撞見伊萊與其他人交媾的模樣。如果伊萊不是個夠放蕩的人，他又怎麼能好幾次巧遇對方在做那檔事。

「那你覺得你能找到鄭在一嗎？」伊萊的低語聲輕搔著鄭泰義的耳朵。

鄭泰義見狀稍稍地把頭撇開。然而伊萊那隻白皙的手立刻就抓住他的臉，不讓他有機會逃脫。下一秒，伊萊就像在警告鄭泰義不准做這種無謂的事般，用力咬了他的耳垂。

一直等到鄭泰義痛得緊皺起眉頭，肩膀也不由自主地抖了一下後，伊萊才心滿意足地笑著用那隻抓住鄭泰義臉頰的手輕撫起他的臉。

「我也不知道。我甚至都還沒踏出這間屋子，我要怎麼知道我能不能找到他。」

「雙胞胎之間不是有什麼特別的連結嗎……難道你們沒有？」

「我是不知道其他雙胞胎有沒有，但我很確定我沒有這種東西。不過我們還不吃晚餐嗎？」鄭泰義邊說邊試著要推開伊萊的肩膀，然而對方卻紋絲不動。

即使鄭泰義很希望伊萊可以就此收手，把這一切當作簡單的玩笑話就好，但對方似乎並不打算這麼做。

眼看有根結實的棒狀物在不知不覺間已經抵在自己的褲襠處，鄭泰義默默地抬起頭凝視著天花板。

「……伊萊。」

「嗯？」

「……你就這麼喜歡我嗎？」

語畢，鄭泰義才猛地意識到這是個一不小心就有可能會被對方痛毆一頓的玩笑話。不過轉念一想，對方應該不是個這麼沒有幽默感的人。況且他之前就曾經問過非常類似的問題，雖然當時……他的提問被對方當成了笑柄。

而一切果真如鄭泰義所料，伊萊那張不停親吻著他雙唇的嘴頓時停下了動作。隨後，伊萊的臉稍微往後退了一點。縱使因為兩人的臉過於靠近，以至於鄭泰義無法看清伊萊的表情，但他還是可以感覺到對方那道垂下眼凝視著他的視線。

下一秒，伊萊大笑了起來。而對方的笑聲就這樣傳進鄭泰義的耳中。

伊萊似乎是相當愉快，在放聲大笑好一會兒後，他就像在小酒館裡遇見了朋友般輕輕拍打著鄭泰義的手臂，「泰一，你時不時就會說出我這輩子從沒聽過，也從沒想過的話。也對，我們之前是不是就談論過這個話題了？那我當時是怎麼回應你的……啊，我想起來了，如果說我喜歡你的話，你就會乖乖敞開大腿讓我上嗎？如果你這麼想聽這句話，那我也可以隨時講給你聽。」

「沒有，我不是想聽這句話……」

「泰一，我喜歡你，我愛你。所以，你趕快把衣服脫了。」

伊萊的嗓音中除了笑意之外，還帶著一絲不容拒絕的堅定語氣。所謂的多說多錯應該就是指現在的這個情形。鄭泰義稍稍將頭往後縮了之後，才總算有辦法抬起頭看向伊萊。而當他看見對方的表情時，他猛地挑起了眉頭。

他有些意外。沒想到伊萊的眼角竟然夾帶著一絲笑意。

或許是他的錯覺，但他總覺得伊萊眼底帶笑的模樣看上去不但非常溫和，甚至還像個正常人似的。

不過他非常清楚，只要他沒有照對方說的馬上脫下衣服的話，伊萊肯定會立刻露出原本那猶如瘋子般的神情。

雙手握住皮帶頭的鄭泰義倏地陷入了憂鬱的念頭之中。

距離他抵達這座島最多也不過才三個小時而已。更不用說當他好不容易抵達這棟民宿，並且放下行李——話雖如此，但他其實根本就沒帶什麼行李來——，也還不超過一個小時。沒想到在經歷了一整天的苦行，總算抵達目的地後，竟然還有另外一個苦行在等著他。這實在是太殘酷了。

伊萊垂眼看著露出憂鬱神情在把玩著皮帶頭的鄭泰義。下一秒，他就像要把靠在窗邊的對方禁錮在自己的懷中般，伸出雙手抵在窗框上，接著低聲問道：「那這次換我問你。鄭泰一，你就這麼討厭嗎？」

「什麼？」頓時無法理解對方意思的鄭泰義疑惑地反問道。

他不知道對方究竟是在指哪件事。從眼下的這個情形與脈絡來看，對方指的不是「你就這麼討厭我嗎？」要不然就是「你就這麼討厭這個行為嗎？」

「……」

鄭泰義再次陷入了短暫的沉思之中。

他討厭伊萊嗎？腦中一浮現這個提問，他的心底就有股怒火猛地湧上。他沒有理由去喜歡這名在眼前的殺人魔。況且對方還曾經誇下海口地威脅過，只要他想，他隨時都可以殺掉鄭泰義。甚至伊萊也說過會把鄭泰義綁在自己的身邊，就這樣折磨他一輩子。

……話雖如此，就算對方曾經說過這些話，但很可笑的是，鄭泰義還是無法討厭這個男人。或許這就和他曾經向伊萊分享過的那些朋友們一樣。縱使他很討厭伊萊的某些部分，不過這厭惡的情緒並沒有多到使他討厭伊萊這個人。

好，那麼第一個假設的答案就當作是不討厭好了。

那他討厭跟伊萊發生關係嗎？一想到這個問題，鄭泰義的心底就再次湧上了一股怒火。他怎麼可能會喜歡對方那該死的下體。只要放進去過一次，他隔天就只能瑟縮在床上休息一整天。

不過轉念一想，只要伊萊不要插進去，其實其他的行為都還不賴。

就算鄭泰義算得上是個清心寡欲的人，要他不做愛，他照樣可以活得好好的。可是這不代表，他就不喜歡做愛時所帶來的快感。尤其伊萊在這方面可說是滿足了他的欲望，對方每次都一定能讓鄭泰義達到高潮……對，伊萊唯一的問題就出在下面那一根。

鄭泰義可以很肯定地說，只要伊萊性器的大小減半，他絕對會愛上與對方做愛。

伊萊在垂眼凝視了暫時陷入思考中的鄭泰義好一會兒後，就像得出什麼結論似的，輕輕嘆了口氣。而他眼底的笑意也在那個剎那消失殆盡。

「看來你很討厭啊。好吧……不過就算你再怎麼討厭，這也沒辦法。」

「什麼？」

還沒等木然的鄭泰義把話說完，伊萊就一把抓住了對方的胯下。那股不至於到非常大力，但卻足以讓人感到痛苦的力道涵蓋著明顯的含義。

鄭泰義立刻就意識到了，眼前的這個男人可能不打算就此放過他。

「欸！」

鄭泰義猛地抓住伊萊的手臂。而伊萊就只是默默無語地垂下眼看向他。

「我們不是明天就要出發去找我哥了嗎？況且我們也才剛抵達這裡，我的肚子超餓的，要是我淪落到明天得整天躺在床上休息的下場，我很有可能會活生生被餓死！」

伊萊見狀倏地笑了起來。然而那是個只有揚起嘴角，不帶絲毫笑意的笑容。

「那是你家的事。」

鄭泰義加重了緊抓住伊萊手臂的力道。他只恨自己的握力無法為對方帶來任何的傷害。

如果今天是伊萊的話，伊萊只需要稍微用點力握住他的手臂，他的手可能就斷了。

隨後，鄭泰義有氣無力地鬆開了手。

「那麼……至少等我吃完飯再做吧。我真的快要餓到昏過去了。我相信你也不想跟暈過去的人做愛吧？」鄭泰義乏力地咕噥道。

要是他在飢餓的狀態下消耗掉大量的體力，甚至隔天還因為無法下床而滴水不沾的話，他是真的很有可能會死在這裡。

而伊萊見狀先是瞇起雙眼凝視了鄭泰義好一會兒，接著猛地轉過身。

鄭泰義就這樣瞪大雙眼凝視著對方的背影。雖然他很真心地在哀求對方，但他沒料到對方竟然會馬上答應自己的提議。沒想到伊萊在這方面意外地還挺有人性……

還沒等鄭泰義在心底感嘆完，伊萊就一屁股坐在了床上。靠著牆壁坐下的他若無其事地張開自己的大腿。而映在鄭泰義眼中的那根棒狀物就跟剛剛抵在他胯下的感覺一樣，已經完全挺立了起來。

「當然可以吃完飯再做。不過在此之前，你得先澆熄我的這把欲火吧？泰一，過來。你前幾天不是才說你要幫我口交嗎？」

伊萊晃了晃自己的手指頭，示意鄭泰義走到他面前。而鄭泰義的視線依舊停留在對方的胯下。

他當時只不過是因為情況太過危急，所以才會說出那種話。現在再次看見了那根挺立在伊萊胯下的棒狀物後……

就在鄭泰義露出膽怯的表情凝視著那根肉棒時，伊萊再次呼喊了鄭泰義的名字，「泰一，快過來。」

鄭泰義稍稍抬眼瞥了對方一眼。霎時，他的視線與伊萊那冰冷的目光相交在一起。

該死，我剛剛又是哪裡惹這傢伙不爽了。

鄭泰義一邊撓頭，一邊碎念著：「唉，真是的。」接著自暴自棄地朝伊萊走了過去。

好啦，你想怎樣就怎樣。無論如何，我下次一定要找到機會徹底逃跑才行。

「鄭泰一，你不要在那邊想些有的沒的。」

有時候，鄭泰義會被伊萊那猶如野獸般的直覺嚇到。好像每次只要在伊萊的面前，他腦中的想法就會被對方看穿似的。縱使這件事聽上去非常不合理，但鄭泰義還是努力清空了腦中的所有念頭，乖乖坐在對方面前。

然而就算他沒有清空，當他坐到對方面前的瞬間，他的腦海也會自動泛白。

哇，不管怎麼看……這都是凶器吧。

伊萊先是凝視了猶豫不決，露出驚恐表情的鄭泰義好一陣子，接著猛地抓住對方的頭，粗暴地壓往自己的胯下。

鄭泰義甚至都還來不及喘氣，馬上就失去平衡地趴在床上。而他的臉也被迫貼在對方滾燙的肉棒上磨蹭著。

「你上次的技巧非常糟，希望你這次能好好地幫我口交。要是你沒有滿足我的欲望，那不管你會不會餓死，我都會立刻把這根肉棒插進你的後穴裡。聽懂了吧，你給我好好含。」

一道語氣有些尖銳的嗓音低沉地在房內響起。鄭泰義隨即咂起了嘴。

這個瘋子。

倏地，一股猶如火球般的怒火從鄭泰義的心底湧上。

鄭泰義伸出雙手握住了眼前那根挺立著的棒狀物，暴躁地說道：「我勸你之後不要再說什麼喜歡不喜歡、愛不愛之類的話了。一想到得幫說出這種玩笑話的傢伙做這種事，我的心情就很糟。不過還能怎麼辦，我也只能照你說的做，你要我含我就含，你要我舔我就只能乖乖地舔。」

冷冷地說完這番話後，鄭泰義一口含住了那根棒狀物。

該死，這根本就含不住啊！

不對，其實早在放入口中的那個剎那，鄭泰義就後悔了。只不過是含住肉棒的頂端，他的咽喉就被撐開到極限，使他無法好好地呼吸。

媽的，現在到底該怎麼辦！

眼看自己的口中早已被塞滿，然而那根滾燙的肉棒還有一半還露在外頭，鄭泰義就忍不住冒出了冷汗。或許他不該冒然地含住肉棒，而是得先從舔舐開始才對。

隨後，好不容易含住肉棒頂端，手足無措的鄭泰義偷偷瞥了伊萊一眼。不過當他看見對方神情的瞬間，下意識地就皺起了眉頭。

面無表情，冷冷地垂下眼看著鄭泰義的伊萊此刻正散發著一股非常不爽的氣場。沒有什麼能比眼下的這個情形還糟的。

該不爽的是我吧？你這傢伙是在不爽些什麼啊！

鄭泰義委屈地在心底抱怨道。然而下一秒，伊萊猛地伸出手一把抓住了他的頭，緩緩地往下壓。

咳，急促的喘息聲混雜著呻吟湧上了喉頭，不過卻被含在口中的棒狀物擋住，使得聲音卡在原地無法發出。

「我要你含你就含，我要你舔你就會乖乖地舔？鄭泰一，你很會講嘛。那你就給我好好地含住並努力地舔。這是之後每天都會折磨著你的肉棒，你總該記住它長怎樣吧？要是你今天沒有好好接住我射出的精液，有那麼一滴流下來，我就會讓你知道什麼是真正的地獄。我勸你最好努力地吞下去。」

我看過的地獄難道還不夠多嗎？

雖然鄭泰義很想這麼回嘴，但咽喉處被對方的肉棒抵著，使得他就算想說也說不出口。由於伊萊抓著他的頭不停晃動，巨大的肉棒就這樣刺進了喉頭。隨著肉棒的頂端用力地撞擊著小舌，鄭泰義猛地湧上了一股作嘔感。然而他現在就連想要作嘔，都無法稱心。

沒辦法好好喘息，外加作嘔感不斷地湧上，這也使得鄭泰義下意識地掙扎了起來。不過伊萊那雙用力抓住他頭部的手卻紋絲不動。縱使眼角冒出了生理性的淚水，但此刻的鄭泰義卻無暇顧及。

「你幹嘛，為什麼嘴巴沒有在動？難道你的嘴就只有在講些狂妄的話時才動得起來嗎？」

伊萊那句尖銳的話語就像從遠處傳過來似的。

就在這個時候，鄭泰義聽見了有人敲響房門的聲音。下一秒，蓋博的嗓音從門的另一端傳進了房內，「不好意思，打擾了。」

鄭泰義頓時停止了思考。而那雙按壓著鄭泰義的頭不停晃動著的手似乎也瞬間僵在了原地。不過隨後，那雙手就像什麼事都沒發生般地再次動了起來。

與此同時，那根含在口中的肉棒繼續往咽喉的深處探去。

鄭泰義開始胡亂地扭動起身子。這是身體反射性做出的動作。由於腦中全被慌張的情緒填滿，鄭泰義早已沒有餘力去思考其他的事了。然而伊萊那雙緊抓著鄭泰義腦袋的手並沒有因此而放慢動作。

倏地，房門被打開了。

房內頓時只剩下一片寂靜。當鄭泰義一動也不動地僵在原地時，伊萊微微晃動起自己的腰，使肉棒可以繼續在鄭泰義的口中進進出出。

下一秒，伊萊冷冰冰的嗓音在腦中一片空白的鄭泰義頭上響起了。

「是急事嗎？」

間隔了幾秒後，一道同樣十分平靜的嗓音答道：「不，這件事並不急。我會在樓下待命，等兩位結束後再下樓就可以了。」

隨後，哐噹一聲，房門再次被闔上。

僅此而已。來自外界的簡短打擾就這樣結束了。蓋博既沒有對鄭泰義說些什麼，也沒有露出凶狠或者是輕蔑的眼神。蓋博就像什麼事都沒發生似的，用著再淡然不過的語氣講出自己的目的。或許之後再次看見鄭泰義時，蓋博照樣能以若無其事的表情來面對他吧。

可是。

「……」

鄭泰義花了極大的力氣才總算忍住從心底湧上的呻吟。不對，就算他想發出呻吟聲，也會被口中的肉棒堵住而無法順利發聲才對。

他是真的很難過。不，其實這個形容並不準確。他的全身上下就像被人撕成了一片片似的，既淒慘又痛苦。在此之前，他從沒感受過這種情緒。

一直等到過了好一會兒，他才意識到這是自尊心受傷的感覺。

其實他的自尊並沒有多麼了不起。甚至他之前也從來不曾在意過自尊的問題，更不會去想自己的體內有個一定得守住的自我存在。自尊對他來說，就是一個自然而然就在那個位置上的東西。

可是此刻。

他就像個沒有羞恥心的動物，一動也不動地趴在其他男人的胯下，含著對方的肉棒。對於自己的這副模樣，他只覺得非常淒慘。

「……」

霎時，伊萊猛地垂下眼看向鄭泰義。然而鄭泰義早已沒有多餘的心力去注意對方的視線。他的眼角不由自主地湧上了一滴淚水。不過這並不是因為喘不過氣，抑或嘴巴被撐到很痛才流出的生理眼淚。

鄭泰義動彈不得地深陷在認為自己很悲慘的情緒中。他甚至都無法形容這個情緒究竟有多負面，又有多悽慘。

「……泰一。」

一道比平時還低沉的嗓音響起了。可是鄭泰義就像沒有聽見似的，就這樣僵在原地。

「泰一……泰一！」

那道呼喊著他的嗓音微微地參雜了一些焦躁的情緒。而鄭泰義這時才總算緩慢地抬起眼看向對方。隨著兩人的視線交織在一起，伊萊露出了相當微妙的表情在凝視著他。

鄭泰義從沒看過伊萊露出這種表情，所以他無法理解這個表情究竟代表著什麼樣的含義。

然而，或許鄭泰義此刻也流露出了從來不曾出現過的神情也說不定。

倏地，伊萊皺起眉頭，並且嘖了一聲。隨後，那雙按壓著鄭泰義頭部的手在鬆開的同時，還不忘粗魯地推了鄭泰義一下。

要不是伊萊連忙又抓住了鄭泰義的手臂，鄭泰義很有可能會直接跌下床。

「……」

鄭泰義抱持著依舊淒涼的心情，默默地垂下眼。映入他眼簾的是那根仍然十分有精神的棒狀物。然而幾秒後，伊萊卻猛地起身並走下了床。

一語不發朝著浴室走去的伊萊走到一半突然停下了腳步，接著像是無法忍住怒氣般地大吼了一聲。在吼出那道震耳欲聾的怒吼聲後，伊萊又怒氣沖沖地說了幾句德文，隨後才走進浴室裡。

似乎在咒罵著德文粗話的伊萊就這樣待在浴室裡好一會兒都沒有出來。

為什麼是你在大吼啊？該大吼、該生氣的是我才對吧？

鄭泰義鬱悶地在心底嘟囔道。然而此刻的他卻氣不起來。由於心情過於憂鬱，使得他連想要生氣的力氣都沒有了。

鄭泰義沉悶地環抱住膝蓋，呆坐在床上默默地看著伊萊的背影。

伊萊此刻正站在馬桶前。雖然難以置信，但對方正在用自己的雙手解決著生理需求。一邊咒罵髒話——不知道是不是錯覺，但鄭泰義總覺得在那些聽不懂的德文中，好像參雜著幾句自己的名字——，一邊胡亂擼著自己下體的伊萊在某個剎那，就這樣停止了動作。

隨後，隨之而來的是斷斷續續有水柱射進馬桶裡的水聲。而這個聲響持續了很長一段時間。

從浴室走出來的伊萊看上去非常駭人。他的表情不再是平時那種淡然的神色，眼神變得異常鋒利。撿起地板上的褲子隨意穿上的他猛地瞪向了鄭泰義。

不，或許這不是瞪，而是看才對。他用著那雙猶如玻璃般的眼球，冷冷地凝視著鄭泰義。

鄭泰義曾經看過這個眼神。每當伊萊露出這種眼神，對方的腦中通常都在思考著「要殺了他嗎？」的問題。這既不是正常人會出現的眼神，也不是一個正常人看向其他人類時會流露出的眼神。

這是深陷殺意的人，在看向犧牲者時的眼神。

「……對，這樣就可以解決掉一些複雜又難纏的問題了。」伊萊低聲咕噥道。

而他那猶如刀刃般鋒利的黝黑雙眼此刻正散發著熱氣，死命地盯著鄭泰義看。

我真的要殺了他嗎？要這樣殺掉他嗎？

不知道究竟僵持了多久，鄭泰義只記得有股令人無法喘息的殺氣不停地扎著他的肌膚。可能只有短短幾秒，也可能持續了好幾分鐘。

霎時，伊萊朝鄭泰義的方向前進了一步，不過隨即又停了下來。下一秒，伊萊再次凶狠地皺起了眉頭，「……媽的。」

低聲咒罵著粗話的他立刻背過身，大步流星地走出房外。哐，徒留一聲猛烈的關門聲在寂靜的房內迴盪。

默默凝視著那扇房門的鄭泰義就像個人偶般，出神地坐在原地好一陣子，接著才又嘆了口氣。

「該罵『媽的』的人是我才對吧……好不容易好轉的心情，馬上就被他打壞了……」鄭泰義從床上起身，「他真的是個毫無幫助的傢伙。」

隨後，他倏地抬起手摸向了眼角處。他可以摸到淚水乾涸的痕跡。可能是剛剛太過氣憤與悲傷，才導致眼淚不由自主地流了出來。

「唉，蟲子要飛進來就讓牠們飛進來吧。」

再次打開紗窗後，鄭泰義爬上窗邊並坐在窗框上。他就這樣垂下眼看著腳下那片昏暗的庭院。下一秒，他重重地嘆了口氣。

好累。這甚至比之前還在UNHRDO時，每天跟在伊萊身後替他處理那些被打到不成人形的部員還要累。

那個時期的伊萊做事至少還有個連貫性在，鄭泰義可以多少猜到對方在什麼樣的情況下會做出什麼樣的反應。可是伊萊現在的情緒起伏卻令他完全摸不著頭腦。

「……不過那個跟野獸一樣的傢伙，是不是也覺得有點尷尬啊？等等，他應該不是這種人才對。」

鄭泰義先是搓揉起依舊火辣辣疼痛著的下巴，接著摸了摸脖子。也不知道對方今天是吃錯什麼藥，怎麼會做到一半就突然作罷。

不過即使如此。

「……啊……我還是無法原諒他。」鄭泰義嘆氣說道。

就算他已經不是第一次被伊萊的行為惹怒，但他還是無法原諒這件事。再怎麼說，伊萊剛剛都必須留點後路讓他守住自己的自尊心吧？

「這樣我之後要怎麼面對蓋博啊……」

縱使蓋博肯定會裝作什麼事都沒發生，一如往常地與他相處；縱使他也會表現得若無其事，就這樣輕輕帶過這件事。不過這並不代表那股卡在心頭的尷尬感會就此消失。

鄭泰義緊皺著眉頭，胡亂地抓起自己的頭髮，「啊，算了。我不想管了。」

反正他也不是第一次被人撞見這種尷尬的場景——雖然之前從來不曾這麼赤裸過——，他又何必為了這種事而感到難為情。

再者，他的自尊心之所以會受傷，其實與蓋博無關。他氣憤的是在那個情形下，將自己的自尊踩在腳底的伊萊，以及不得不被對方遭受這種對待的現實。

「原來如此……他當初說要每天在我的身邊折磨著我，就是指這種事啊。」鄭泰義苦澀地嘟噥。而那雙抓著頭髮的手也無力地垂了下來，「唉，算了啦……」

語畢，他再次將視線移往庭院的方向。

就在這個時候，他注意到有道視線停留在他的臉頰上。

「……？」

鄭泰義微微地抬起了頭，那道視線源自於石牆的外側。圍牆外有個人正在盯著他看。然而鄭泰義卻看不見任何的人影，他只能隱約看見被黑夜吞噬的巷子轉角。而這同時也是剛剛那名黑人少年站過的位置。

「……是誰站在那裡。」

鄭泰義朝著什麼都看不見的巷弄喊道。雖然他的嗓音不大，但依舊可以清晰地穿過寂靜的庭院抵達石牆外。

然而回應他的卻是一片沉默。

就在鄭泰義準備要再次開口的時候，他的身後傳來了一陣敲門聲。

「不好意思，打擾了。」一道高亢的嗓音從門的另一端傳進了房內。

鄭泰義見狀先是從窗邊回到了房裡，接著答道：「啊，是的。」

隨後，房門被打開了兩、三個手掌寬，剛剛那名民宿的女主人將頭探了進來，「你會餓嗎？我已經準備好晚餐了，你可以下樓吃喔！」

「什麼？啊，這樣啊。謝謝妳。」

鄭泰義笑著點了點頭。而女主人見狀也笑著闔上了房門。

聽對方這麼一說，那股被鄭泰義遺忘的飢餓感便再次湧上。鄭泰義先是瞥了依舊敞開的窗戶一眼，接著像作罷似的撓了撓頭走出房間。

在下樓的途中，他原本還擔心等一下得在飯廳裡看著蓋博或伊萊的臉吃飯。然而那兩人似乎是有什麼事要談，所以回到了蓋博的房間裡談事情。一直等到鄭泰義吃完晚餐和作為飯後甜點的水果，拍了拍肚子回到二樓的房間，他都沒有看見那兩人的身影。

＊＊＊

鄭泰義睜開了雙眼。

當他吐出一道乏力的氣息時，他透過微微張開的雙眼看見了陌生的天花板。還沒等他湧上「這裡是哪裡？」的疑問，他便想起了自己現在究竟處在哪個地方。

啊，對喔。我現在在誰陵給。

每次搬移到一個新的住處，他總是得花上幾天的時間去熟悉眼前那陌生的場景。而每每都是在像現在這樣的早晨，不經意地從睡夢中睜開雙眼，他才會再次意識到這個事實。

看來之後還有三、四天得伴隨著這股陌生的感受起床啊。

鄭泰義一邊在心底嘟噥，一邊翻身。不過下一秒，他卻被突然出現在眼前的人影嚇到瞪大了雙眼。

「……！」

好險他的舌頭立刻就因為過於驚嚇而僵在了原地。要不然他肯定會下意識地發出慘叫聲。

鄭泰義輕輕撫摸著先是猛地一沉，接著又瘋狂跳動起來的胸口，默默地眨了眨眼。他的眼前躺著一名緊閉著雙眼，依舊在夢鄉裡的男子。

這是一張他再熟悉不過的面孔。其實對方的臉蛋並沒有駭人到會令他一看見就嚇得魂飛魄散。外加他也曾多次看見對方的臉近在眼前的模樣，所以就算男子在毫無預兆的情況下出現在他的面前，他也不至於會嚇一大跳。

話雖如此，但他還是差點就嚇到從床上跳了起來。

要是今天換作是有頭猛獸張開血盆大口出現在眼前，鄭泰義說不定也不至於嚇成這副模樣。

下一秒，鄭泰義伸出手摸了摸床頭，拿起放在上頭的水杯。在喝了幾口水之後，他的心臟才總算冷靜了下來。

他的睡意早在剛剛就被嚇跑了。仔細一想，一睡醒就看見這張臉，無論今天換作是誰，可能都會馬上被嚇醒吧。

放下手中的水杯後，鄭泰義心情有些複雜地垂眼看著那張臉龐。

「……？」

明明昨天晚上睡著前，他都是自己一個人躺在這張寬敞的床上。可是當他再次睜開雙眼後，這個男人卻突然出現在他的身旁。

雖然他的情形沒有伊萊這麼嚴重，但他也算得上是個淺眠的人……也不知道伊萊究竟是用了什麼樣的方法，才可以在不會吵醒鄭泰義的情況下，順利地爬上這張床。

而鄭泰義在凝視著那張臉好一會兒後，慢慢地從床上坐了起來。即使睡意早已被嚇跑，但他的思考能力卻還沒恢復到平時的狀態。他就這樣用著依舊有些木然的腦袋，來回看著天花板的壁紙，以及躺在他身旁的伊萊。

就在他緩慢地回想著昨天發生的種種時，他猛地想起了昨晚新產生的仇恨。一想到對方在不管有沒有人進到房間裡的狀況下，都照樣蹂躪著他的無情模樣，他就回想起了當時的那股憤怒。

最終，他昨晚並沒有看見甩門離去後的伊萊。一來對方沒有來飯廳裡吃飯，二來他既沒有主動去伊萊的房間找對方，而伊萊也沒有來找他，所以他們在那之後就沒有再見面了。

其實鄭泰義只要一想到得對其他人發火，他就覺得很累。於是，他最後便像平時那樣自己消氣，並且就這樣睡著了。

可是沒想到當他再次睜開雙眼時，這張臉竟然又出現在他的面前。

「……」

鄭泰義披頭散髮地垂下眼看向伊萊。既然想起了昨天的那段往事，那我乾脆再次朝他發火好了？

撓了撓頭後，鄭泰義最終還是選擇作罷。被澆熄過的怒火實在無法再像昨天那樣猛烈地燃燒起來。

也對，要恨一個人，至少得找個像人一樣的傢伙來恨。我何必跟眼前這個人種和所有人都不一樣的傢伙計較。

鄭泰義嘆了口氣。正當他掀起棉被，準備要下床的剎那，那名看了會讓人不禁懷疑他到底有沒有睡著的男子猛地睜開了雙眼。而對方此刻正用著沒有絲毫睡意的明亮眼眸看向鄭泰義。

每次都是如此。無論何時何地，每當伊萊從睡夢中睡醒時，他那雙剛睜開的雙眼都像不曾睡著似的清醒。

「現在幾點了。」

「五點半。」

在聽見鄭泰義看向時鐘所答出的答案後，伊萊闔上雙眼嘟噥道：「繼續睡啊。」

「不了，反正我已經沒有睡意了。」

語畢，鄭泰義走下了床。而下一秒，伊萊再次睜開了雙眼。

默默凝視鄭泰義穿衣服的模樣好一會兒後，伊萊將手伸出棉被外，摸了摸床頭。隨後，他將鄭泰義剛剛喝到只剩一半的水一口飲盡。

從床上起身的伊萊就這樣坐在床鋪上，再次看向了時鐘。過了幾秒後，他就像突然想起什麼般地開口道：「話說我哥昨天晚上有打給我，他叫我向你問好。」

「凱爾嗎？嗯……那我之後得打通電話給他。」鄭泰義一邊套上T恤，一邊咕噥道。不過下一秒，他卻猛地意識到有個不對勁的地方。

明明伊萊昨天是在散發著滿滿殺氣的情況下離開他的房間，而他昨天也因為太過怨恨對方而陷入了彷彿不會結束的憂鬱情緒中。

一想到這，鄭泰義忍不住偷偷瞥了伊萊一眼。對方那漫不經心的表情看上去就跟平時一模一樣。隨後，伊萊就像什麼事都沒發生過似的，自顧自地走進了浴室。想必伊萊也不打算繼續睡下去了。

嘩啦，隨著浴室裡傳出流水聲，鄭泰義不禁在心底抱怨道：看來這個傢伙又在用我的洗髮乳跟肥皂了啊。

無奈地嘆了口氣並聳了聳肩後，鄭泰義安靜地走出了房間。

他總覺得有些無力。最終，無論他有沒有生氣、無論他憂不憂鬱，對伊萊來說這些都不重要。在看見對方那再平凡不過的態度後，他頓時就像洩了氣的皮球。

對，人與人之間的關係不就是如此。怎麼可能完全不產生摩擦……雖然我跟他好像無時無刻都在產生摩擦就是了。

鄭泰義嘆著氣走到了一樓。從辦公間的燈是亮著的這點來看，想必女主人應該也已經起床了。在走向玄關的途中，他經過了只隔著一扇玻璃門的辦公間。

可能是忙著要展開嶄新的一天，女主人拉開辦公桌的抽屜，準備要從裡頭拿出筆記本。

而當她看見站在門外的鄭泰義時，爽朗地笑了起來，「你起得還真早！」

兩人就這樣一來一往簡單地聊了起來。

不過早早就起床的人可不只有民宿女主人一人。鄭泰義聽見走廊的內側傳來有人開關房門的聲響。隨後，一道腳步聲走向了位於走廊底端的浴室——看來一樓的客房裡並沒有附設浴室——想必蓋博也已經起床了。

大家還真是勤奮。

默默在心底感嘆著的鄭泰義打開玄關的門並走了出去。

外頭的天空灰濛濛一片。雖然天色說不上非常昏暗，但從看不見太陽的這點來看，可能是起霧了。

由於鞋子不小心碰到結露的葉子，鞋頭被上頭的露水沾溼。鄭泰義一邊享受著鞋底踩過落葉時的聲響，一邊走向庭院。而庭院的空氣中充滿著只有清晨時才會出現的寂靜。

鄭泰義聽見了遠處傳來有大門被打開的細微開門聲。或許這是某位人家家中的大兒子準備要出門工作所發出的聲響也說不定。

隨後，鄭泰義朝著位於果樹中間的吊床前進。由細長秸稈所編織而成的吊床看上去雖然像隨時都會斷掉似的，但實際上卻比想像中的還要堅韌。就算鄭泰義想要躺在上面也完全不成問題。

不過唯一的問題就在於，由於吊床早已被整晚的露水浸溼，所以鄭泰義在坐上吊床的剎那，屁股馬上就被上頭的露水沾溼。而當鄭泰義意識到這件事，並將手伸向溼掉的褲子時，一切早就來不及了。

反正都溼掉了，沒差啦。

放棄掙扎的鄭泰義再次坐回吊床，接著撿起掉在腳邊的水果。那是一顆已經熟透的芒果。用手將果肉都捏爛後，鄭泰義咬掉其中一邊的底部果皮，開始吸吮起裡頭的果肉。下一秒，他就像坐在搖椅上似的，開始晃動起吊床。

這是一個非常寧靜的清晨。他一邊聽著屋內斷斷續續傳出的動靜，一邊待在這寂靜的庭院裡。

霎時，他的心情突然變好了。在這座既平和又令人猜不到下一秒會發生什麼事的陌生島上，一個嶄新的一天正準備要開始。

鄭泰義躺在吊床上。現在不僅僅是屁股，就連後背、腰以及頭髮全都被沾溼了。可是他卻毫不在意。此刻出現在他視野裡的是灰濛濛的清晨天空。

正當他愉快地低聲哼起歌時，大門外突然傳出有人朝著這個方向走來的腳步聲。而腳步聲隨即停在了這間民宿的門前。嘎吱，伴隨著一道老舊木門被推開的聲音，一名少女從敞開的門縫走了進來。

對方是鄭泰義昨天在二樓看見的那名黑人少女。或許少女是一路從家中跑過來的，對方的臉不但染上了淡淡的紅暈，呼吸的頻率也有些急促。而當少女與躺在吊床上吃著芒果的鄭泰義對視時，她就像嚇了一大跳似的僵在原地。

沒過多久，少女的眼中漸漸浮現了嬌羞的神色。鄭泰義見狀也從吊床上坐了起來。由於身材嬌小的少女不停打量著自己臉色的模樣實在是太可愛，鄭泰義笑著朝對方擺了擺手。

鄭泰義原本還擔心少女會嚇到直接跑進屋內，不過對方看上去就只是有些驚慌而已。在猶豫了一會兒後，少女躊躇著朝他的方向走來。等兩人的距離縮小到只剩四、五步時，少女停下了步伐。

妳再靠過來一點，鄭泰義再次朝少女擺了擺手。而少女見狀也乖乖地前進了一步。

看著嬌羞少女那看上去雖然有些戒備，卻不討厭與自己相處的模樣，鄭泰義不禁覺得對方就像一名惹人憐愛的妹妹。在將掉落在自己身邊的芒果撿起後，鄭泰義先是將沾在上頭的泥土擦乾淨，接著輕輕丟給了對方。

而少女在抖了一下的同時，也不忘接過那顆成熟的芒果。

「妳很早就來了。」鄭泰義說道。不過少女似乎是聽不懂他在說些什麼。

這下慘了。

不死心的鄭泰義用著緩慢的速度再次開口道：「妳的家很近嗎？家。」

少女這次好像聽懂了鄭泰義的話。不，她應該只是聽懂了裡頭比較簡單的單字。

「家。」重複著這個單字的少女隨即指向了圍牆外。想必少女的家應該就在那個方向。

鄭泰義笑著再次問道：「那妳吃過早餐了嗎？早餐，吃飯。」

眼看少女疑惑地歪起頭的模樣，鄭泰義比出了吃飯的動作。下一秒，少女就像總算理解似的開心地點了點頭。

有妹妹就是這種心情嗎。

鄭泰義唯一的手足就只有哥哥。看著眼前這名說不定跟自己相差一輪以上的少女，他溫柔地和對方再多聊了幾句。就算兩人無法用相同的語言溝通，不過光是肢體語言就足以傳達彼此的想法了。

嬌羞打量著鄭泰義臉色的少女漸漸湧上了發自內心的笑容。而鄭泰義見狀也跟著一起笑了起來。

他之所以會這麼喜歡小孩，就是因為小孩子大多都不會隱藏自己的想法。與他們相處時，他可以不用花費太多的心力。

正當鄭泰義準備要再多說幾句的時候，玄關的門被打開了。蓋博從屋子裡緩緩地走了出來。他看著位於庭院角落的鄭泰義與少女，先是沉默了好一會兒，接著靜靜地與少女說了些什麼。

那是鄭泰義聽不懂，但少女可以理解的語言。少女笑著嘟噥了幾句話後，朝鄭泰義簡單揮了個手並跑進了屋內。

剛好與少女擦身而過的蓋博就這樣站在玄關處好一陣子，隨後才慢慢地走向庭院。而吸完芒果果肉的鄭泰義看著朝自己的方向靠近，接著又走向泳池旁被固定住的木椅坐下的蓋博問道：「你要吃嗎？」

蓋博搖了搖頭。

「啊，這樣啊。」鄭泰義再次吸吮起那顆被吸到都已經皺起來的芒果。

頓時，兩人之間只剩下一片寂靜。

雖然鄭泰義向來不是個會在意沉默的人，但此刻的他卻是如坐針氈。他只能一直含著早已沒有任何果肉的芒果，偷偷瞥了蓋博一眼。就算他只看得見對方的側臉，不過這樣就足以看清對方此刻是什麼表情了。

蓋博就跟昨天一樣，維持著沒有任何情緒的木訥表情。話雖如此，但對方的神情看上去並不生硬。甚至不久前和少女搭話時，蓋博的臉上還流露出了淡淡的溫柔笑容。

其實早在昨天不小心撞見蓋博笑起來的模樣時，鄭泰義就覺得非常意外，又或者該說是非常驚訝。他很少看見有人面無表情與笑起來時的氛圍可以相差這麼多。

若蓋博是個笑口常開的人，那其他人應該會更敢與他搭話，而他給人的感覺也會截然不同才對。

一想到這，鄭泰義忍不住把腦中的想法說出口，「你笑起來的時候看上去比較溫柔。」

蓋博見狀先是瞥了鄭泰義一眼，在思考了一會兒後，他才又開口道：「如果我太常笑的話，會有很多人看輕我。這件事會造成我很大的困擾。」

「……」

就算蓋博看上去很正直，笑起來會使他看起來更善良，但我怎麼看都不覺得會有人就此看輕他？

鄭泰義一邊在心底咕噥，一邊啃咬著手中的芒果。

不過轉念一想，要是蓋博曾經與詹姆斯一起工作過的話，那對方一定是在很年輕的時候——雖然鄭泰義不知道對方實際上是幾歲——就在T&R工作。或許蓋博早在乳臭未乾的時期就已經出社會了。既然如此，那肯定會有一堆人看他年紀小就看輕他的能力。

正當鄭泰義點著頭試想著眼前這名男子過去可能發生過的悲傷往事時，有個東西猛地飛到他的面前。下意識接過那樣物品後，他才發現那是顆熟透的金黃色芒果。由於他接下芒果時的力道沒有拿捏好，芒果的果皮有些裂開，而裡頭的汁液也沾黏到了他的手上。

「所有掉到地板上的水果都可以撿起來吃。至於你手上那顆已經吃完的芒果，你就直接丟在旁邊就可以了。」蓋博冷冷地說道。

鄭泰義來回看著蓋博，以及對方丟給他的那顆飽滿芒果。

「謝謝。」笑著道完謝後，鄭泰義便將手上的新芒果含入口中。

「里格現在……」

霎時，蓋博就像想說些什麼似的張開了嘴巴。不過在將那個駭人的名字掛在嘴邊後，他隨即又陷入了沉默。

而口中含著芒果的鄭泰義見狀馬上就停下了動作。他總覺得在聽見那個名字後，芒果的美味程度立刻就下降了許多。

與此同時，他也想起了蓋博昨天撞見他幫伊萊口交的事。

鄭泰義拚命要把那段記憶從腦海裡刪掉，而口中也支支吾吾地嘟噥了起來，「他現在正在洗澡，我猜他應該馬上就會出來了吧。如果你有什麼急事的話，可以去我的房間找他。」

「沒關係，這不是什麼重要的事。只不過……你剛剛是說，他現在在你的房間裡嗎？」

「什麼？啊……對。因為他說我浴室裡的洗髮乳跟肥皂更新鮮。」在解釋完那詭異的說明後，鄭泰義開始搓揉起手中的芒果。而順著他的動作被擠出的果肉吃起來相當鮮甜。

他能感受到蓋博正以一種非常微妙的眼神在看他。

也是，到底有誰會在乎洗髮乳跟肥皂新不新鮮。我只希望蓋博能記住，講出這種話的人不是我而是那個傢伙就好了。

因為不想被誤會這種莫名其妙的事，鄭泰義只好再強調一次：「這是伊萊說的喔。」

蓋博點了點頭。隨著那道微妙的眼神消失，圍繞著伊萊打轉的話題也就此結束了。

的確，這實在不是什麼好的話題。

提到伊萊，除了講對方壞話以及臭罵之外，鄭泰義還真的想不到有什麼好聊的。輕輕嘆了口氣後，鄭泰義倏地轉過了頭，「話說你知道那位可能監禁我哥的中東富豪是個怎麼樣的人嗎？」

仔細一想，找出鄭在義下落的人正是蓋博。是眼前的這個男人找出行蹤成謎的鄭在義所留下的為數不多的蹤跡。

而對此，鄭泰義至今都還是一頭霧水的狀態。他唯一知道的就只有有個中東人在這座島上蓋了座豪宅，並且把鄭在義監禁在那座豪宅裡的這件事而已。

鄭泰義原本還擔心是不是因為這些資訊不能洩漏給外人知道——就算他是鄭在義的親弟弟，但對其他人來說，他的確就是一名外人——，所以蓋博才會對此三緘其口。不過對方在聽完鄭泰義的提問後，並沒有露出顧忌的神情，而是直接開口發問。

「你知道那位名為拉曼阿維德阿紹德的人嗎？」

鄭泰義先是思考了一會兒，接著直接搖起了頭。打從一開始，他就不可能認識阿拉伯世界的人。就算他曾經在新聞或報章雜誌上聽過幾個人名，但像這種既冗長又陌生的名字，他是不可能會記得住的。

「那你知道阿費瑟嗎？」

蓋博再次問道。然而鄭泰義這次也是以搖頭當作回應。

蓋博見狀只好點了點頭解釋：「現在沙烏地阿拉伯的外交部長是范德爾阿發德王子。雖然他是一位英明的人，但因為他從小身體就很不好，這也導致拉希德王子與阿里王子私下在爭奪外交的主導權。而阿費瑟王子則是阿里王子媽媽所生的胞弟，兩人的關係非常好。由於阿費瑟王子早早就避開權力鬥爭，自己成立了公司……」

緩慢講述著這個故事的蓋博倏地安靜了下來。因為他發現鄭泰義在緊皺著眉頭仔細聆聽他的話的同時，還是露出了聽不懂這複雜家譜與暗鬥關係的表情。

在沉默了一會兒後，蓋博簡潔地說道：「阿費瑟最終成為了十幾年前就去世的同父異母弟弟所生的獨子的監護人，而那名獨子正是拉曼。因為拉曼從小就體弱多病，所以他很少出現在公眾場合。就只有偶爾當阿費瑟一家出席重要活動時，他才會出現在眾人面前。」

「啊——」

雖然鄭泰義還是無法理解得很徹底，但簡單總結一下應該就是……

「看來我哥被捲入了兄弟間的鬥爭啊。」

「如果硬要說的話，的確就是這樣沒錯。中東無論是對內還是對外，軍需品都是他們最敏感的議題。要是能獲得鄭在義研究員的幫助，肯定能取得巨大的好處。」

「……」

鄭泰義拿出含在口中的芒果。他這次是真的聽到喪失胃口了。

還真厲害。弟弟被捲入國際組織的人選暗鬥，甚至途中還不小心招惹到不該惹的人，陷入了水深火熱之中；而哥哥則是被捲入他國皇族間的權力鬥爭，落得被監禁的下場。我們這對兄弟的生活還真是多采多姿啊。

苦澀地咂了咂嘴後，鄭泰義將芒果的果皮丟進用樹枝編織而成的垃圾桶裡，接著再用大拇指擦去沾在嘴唇上的芒果汁。

「所以我哥現在被困在那名體弱多病皇族的豪宅裡嗎？」

「雖然我無法百分之百的肯定，但他在那裡的機率非常高。」

鄭泰義撓起了頭。就算綁架監禁他人本來就不可能出現多合理的理由，但他還是想不透哥哥怎麼會被捲入這種莫名其妙的事件裡。不過轉念一想，他本人其實也不遑多讓就是了。

「想當初，我準備跟叔叔一起去UNHRDO的時候，也沒有料到我竟然會遇上一個名為伊萊里格勞的人。」鄭泰義忍不住嘆了口氣，「我甚至也想像不到這個世界上竟然還存在著這種人。」

蓋博默默凝視著位於庭院對面的巨大果樹，猛地開口問道：「如果你是鄭在義研究員的弟弟，那鄭昌仁教官應該就是你的叔叔了吧？」

「啊……是的，沒錯。你也認識我的叔叔嗎？」

「不，我不認識。因為鄭昌仁教官跟老闆的關係很要好，所以對方之前時不時就會跑來找老闆。而我也是在那個時候與鄭教官打過幾次照面……話說，你跟里格是在UNHRDO認識的嗎？還是在老闆或鄭教官的介紹下認識的……？」

「啊，我們是在UNHRDO認識的。」

殊不知被一堆人嚮往的國際組織UNHRDO，竟是鄭泰義不幸的起點。

鄭泰義露出茫然的眼神望向天空。仔細一想，蓋博其實問了一個非常愚蠢的問題。凱爾或鄭昌仁根本就不可能把伊萊介紹給他認識。要是兩人當初真的把這個傢伙介紹給他認識的話，他肯定會埋怨這兩個人一輩子。

隨後，鄭泰義把視線移到蓋博身上。眼看對方露出一張不知道究竟在想些什麼的淡然表情，默默點起頭的模樣，他苦澀地笑著說道：「沒想到你竟然會對這種事情感興趣。我還以為你是個不關心其他人發生什麼事的人。」

語畢，鄭泰義才意識到蓋博說不定會誤會這句話的意思。於是，他連忙又補上了一句，「我不是因為生氣才這麼說的！我只是單純有點好奇而已。」

由於蓋博是個話少的人，平時的表情也沒有什麼太大的變化，所以鄭泰義才覺得對方可能不會在乎他究竟是怎麼認識伊萊的。

蓋博先是露出微妙的表情沉默了一會兒，接著才又聳了聳肩，「抱歉，我問這個問題沒有其他的意思。我只是覺得里格……他不是個會好好跟其他人相處的人，所以我才覺得有點神奇。」

鄭泰義見狀猛地安靜了下來。由於蓋博的話中充斥著太多值得被吐槽的內容，這也導致他無法輕易地開口。

或許蓋博也跟凱爾一樣，試圖要用正面的詞彙來形容伊萊里格勞這個男人。然而伊萊早就已經超過「不是個會好好跟其他人相處」的程度了。況且蓋博之所以會說出這番話，應該就代表看在對方眼裡，鄭泰義與伊萊相處得很融洽吧。

對於蓋博竟然可以得出這種結論，鄭泰義反倒覺得這件事更神奇。

……可是轉念一想，該不會蓋博的「相處得很好」是指性事吧？一想到昨天的事，鄭泰義便覺得這個解釋也不無道理。

不過這個解釋實際上也存在著漏洞。一個隨時隨地都可以找到床伴的人，怎麼可能會跟其他人相處得不好。

鄭泰義認真思考了一下要怎麼去詮釋蓋博剛剛的那句話，然而他最終還是無法得出任何的結論。鄭泰義只能嘆了口氣舉白旗投降，「畢竟……他也不是個完全沒有社交能力的壞人啊。」

語畢，鄭泰義再次思考起了這句半真心、半客套的話。

他的這句話不全然都是謊言。只要情況需要，伊萊便會主動拉攏其他人到自己身邊——雖然拉攏的方式往往都存在著很大的問題——就算伊萊的品性非常糟，但伊萊的確也說不上是個十惡不赦的大壞人。

而蓋博在聽完鄭泰義的話語後，漫不經心地點起了頭，「的確，就連連續殺人魔死掉的時候，也還是會有人為他的死而感到惋惜。」

「……」

鄭泰義條地露出有些詫異的神情看向對方。然而蓋博卻像沒有意識到自己剛剛說出了什麼話似的，依舊維持著泰然的表情。

「呃……看來你跟伊萊的關係沒有很好啊。」

鄭泰義硬是擠出笑容問道。不過蓋博就只是含糊地聳了聳肩。

默默點著頭的鄭泰義不禁想道，或許蓋博是個很了不得的人物也說不定。

其實撇除掉對話的脈絡，蓋博說的話的確有它的道理在。無論是被全世界譴責的連續殺人魔，還是狠毒的罪犯、叛徒，抑或是屠殺了數百萬人的納粹領袖，仍舊有人在明知他們做過什麼壞事的情況下，願意去可憐他們的遭遇。

舉例來說，這就像鄭泰義不管在哪個地方做了什麼事，鄭在義都願意拍拍他的肩膀安慰他一樣。

因此即使是像伊萊里格勞這樣的人，肯定也會有那麼一個在知道他的品性有多暴虐無道的前提下，仍願意去安慰他的人在。而那個人在安慰著伊萊的同時，口中可能還會嘟囔著：就算我知道他是個壞人，但我還是不討厭他。

「……嗯……？」

鄭泰義猛地抬起了頭。他的腦中好像突然閃過了一個念頭。這是個說不上有多愉快的想法，可是還沒等他意識過來，這個想法便又消失了。

始終回想不起來的鄭泰義只能一邊搓揉著自己的眉間，一邊陷入了沉思。就在他快要抓住線索時，一道突兀的嗓音打斷了他的思緒。

「你們兩個在聊什麼有趣的話題？」

那道低沉的嗓音就這樣從屋子的玄關朝兩人的方向前進著。就算沒有轉過頭去確認對方的身分，鄭泰義也能猜到嗓音的主人是誰。

鄭泰義維持著同樣的姿勢，就只有眼球稍稍瞥往對方的方向。

裸著上半身，只穿一件褲子的伊萊此刻正將手插在口袋，緩緩地朝著兩人走來。而伊萊先是分別看了蓋博與鄭泰義一眼，接著再次把視線移到蓋博身上，並且走到對方旁邊空著的位置上坐了下來。

「我剛剛好像有聽到我的名字——？」伊萊慢悠悠地說道。

還沒等鄭泰義開口，蓋博就面無表情地回答：「我只是在問兩位是怎麼認識的罷了。我們沒有聊什麼特別的事。」

「哼嗯，這樣啊。還真是稀奇，你竟然會主動開口搭話，看來你很滿意那傢伙？」

蓋博陷入了沉默。比起默認，他更像是在思考著什麼似的。而幾秒後，蓋博就像總算思索出結論般，搖起了頭，「我只是認為我們今後得一起去找人，提前知道彼此的基本資料會比較好，僅此而已。」

蓋博邊說邊在「僅此而已」這四個字上加重了語氣。隨後，他又補上了一句：「況且我在這個時間點出現在這裡其實也不算太奇怪。」

伊萊稍稍瞥了幾步之外的小泳池，接著點了點頭，「原來如此……看來你依舊會在清晨游泳啊，是我和泰一妨礙到你了。你就不要管我們，盡情地游吧。」

「沒關係，兩位請繼續談事情。我會去十分鐘腳程外的海邊游泳，如果安娜有事要找我的話，再麻煩幫我轉告她我人在那裡。」

語畢，蓋博從長椅上起身。在繞了泳池一圈後，他朝著庭院深處的樹叢走去。

原來那裡還有一扇門啊。

鄭泰義看對方走在那條被花草樹木遮擋住的小徑上，木然地想道。

「看來他很喜歡游泳。」

「從以前開始，只要沒有什麼特別的事情，他每天清晨就一定會下水簡單游個幾趟。想必他到現在也還維持著這種習慣。」伊萊淡然地咕噥道。

點了點頭後，鄭泰義再次把視線移往蓋博的方向。然而對方的身影卻早已消失在他的視野裡。

「游泳嗎……難怪他的身材這麼高䠷又健壯。原來是因為他平時都有在運動啊。」鄭泰義一邊點著頭，一邊喃喃自語道。

而一旁的伊萊見狀倏地笑了起來，「你之前不但待過軍隊，甚至也待過UNHRDO，我想你認識的人之中，沒有在運動的應該是少之又少吧？」

「這倒也是……」

下意識附和伊萊的鄭泰義猛地察覺到好像有哪裡不對勁，疑惑地歪起了頭，「等等，不對。就算平時有在運動，身材也不一定能像蓋博那樣修長吧！」

仔細一想，並不是所有有在游泳的人都可以練出一身帥氣的體格。像鄭泰義的朋友中就有一名游到進全國錦標賽的傢伙。那個人的體格雖然很好，但比起高䠷或帥氣，給人的感覺其實更接近魁梧。

鄭泰義先是回想了一下那名時不時就會秀肌肉給他看的朋友，接著猛地轉過了頭。

將手搭在長椅椅背上，散漫地靠坐在上頭的伊萊此刻正在看著眼前的泳池。比起仔細打量某樣特定的物品，他更像是隨意把視線移到眼前的景物上。

那個男人的身材也很優美。

其實鄭泰義之前就曾經湧上過這種想法了。除了身材之外，伊萊的手跟腳也都十分清秀好看。甚至鄭泰義時不時也會覺得伊萊耳廓的線條，以及下巴的弧度看上去格外俐落。

而每當他浮現這種念頭時，他總會為對方那糟糕的個性感到惋惜。

在嘆了口氣後，鄭泰義忍不住搖起了頭。其實被迫待在伊萊身旁，忍受著對方那臭脾氣的自己也同樣很令人感到惋惜。

究竟什麼時候才能擺脫掉他啊。

不知道隨著時間流逝，伊萊那股過於執著的恨意會不會就此淡去，讓他有機會去到其他的地方。不對，依照對方的個性，伊萊很有可能會得出「既然欺負他的這件事變得這麼無聊，那我乾脆直接殺了他算了。」的結論。

……我怎麼覺得這個猜測有很高的機率會成真啊。

正當鄭泰義因為毛骨悚然而開始搓揉起冒出雞皮疙瘩的手臂並咂嘴時。

「你不要到處亂跑。」

仍舊用著心不在焉的眼神看向泳池的伊萊倏地嘟噥了起來。

「嗯？」鄭泰義轉過頭看向對方。

「我的意思是，你不要一句話都沒說就自己跑出去。」伊萊咂著嘴再次說道。

鄭泰義見狀先是以一個有些含糊的表情緊皺著眉頭好一會兒，接著才開口：「就算我想要逃跑，這座島這麼小，我跑沒幾步就會被抓住了吧。」

如果真的要逃跑，他也會等所有的計畫都規劃好，時機也成熟時，才會留下一張紙條並逃走。而那張紙條上還得寫下擺明就是要惹怒對方的內容：不要再來找我了。

然而鄭泰義這句話的意思似乎與伊萊所想傳達的意思相反。伊萊猛地嘆了口氣，並將視線移到鄭泰義的身上。

「逃跑？看來你又在想這件事了啊。」

「……」

鄭泰義露出一副「你想表達的不就是這個意思嗎？」的表情，接著眨了眨眼。

該死，我說錯話了。

因為深怕伊萊會突然暴怒，鄭泰義只能一邊在心底咂著嘴，一邊偷偷地觀察對方的臉色。然而伊萊就只是一語不發地用指尖敲打著長椅的椅背。

看著看著，鄭泰義總覺得他好像會因為對方的那個動作產生陰影。無論是那彷彿在思考著什麼般的指尖，抑或是伊萊思索完後所得出的結論，對鄭泰義來說肯定都不是件好事。

「那我就問你一個問題。」

伊萊指尖的動作猛地停了下來。與此同時，一道懶洋洋的嗓音打破了沉默。

鄭泰義見狀暗自在心底皺起了眉頭。看吧，我就知道會這樣。我敢打包票，他絕對不會問正常的問題。

「這個嗎……我只希望你能問一些我可以回答的問題就好了。所以你要問什麼？」

「你想逃跑的理由是什麼？」

鄭泰義就這樣默默地凝視著伊萊。

對方的嗓音聽上去非常正常。伊萊就像毫不在乎鄭泰義會怎麼回答似的，漫不經心地垂下眼看著眼前清澈的泳池。

鄭泰義思考了一下對方問這個問題的目的。伊萊總不可能是真的不知道答案才問這個問題。就算伊萊常常會做出顛覆常人理解的行為，但這並不代表他無法去設想他人在想些什麼。

逃跑的理由。針對這個必然會說出負面回答的問題，該不會伊萊是打算要趁機找個理由再次蹂躪他吧……不對，只要伊萊不爽的話，根本就不需要大費周章找什麼理由，而是會直接動手才對。況且伊萊也不是那種會刻意找個冠冕堂皇的藉口來行動的人。

「換作是你，你難道不會逃跑嗎。」

最終，放棄思考的鄭泰義躺在吊床上嘟噥道。不過伊萊的回答卻令他氣得牙癢癢的。

「如果是我的話，我當然不會逃跑啊。打從一開始，我就不會做沒有勝算的打賭。」

這是一種，你要逃跑就逃啊，反正我一定有辦法把你抓回來的意思嗎？鄭泰義苦澀地咂起了嘴。看來伊萊之所以會問這個問題，單純就只是想再次警告他而已。

然而，正當鄭泰義以為這個話題就這樣告一段落時，伊萊在隔了一會兒後，又再次追問道：「你還沒講，你逃跑的理由。」

「……你應該不是真的不知道答案才問的吧。」

「雖然我想得到幾種可能性，可是我卻猜不出來哪個才是答案。」

鄭泰義一邊將對方那句淡然的話當作耳邊風，一邊抬起頭看向了天空。隨著天色逐漸明亮，清晨時的薄霧也跟著消散，天空開始染上一抹湛藍的色彩。

逃跑的理由嗎。

雖然他只想把答案放在心中，可是眼前的這個男人已經擺出了不聽到答案就不罷休的氣勢。

「你為什麼會突然想聽我罵你啊……唉，這還不是因為只要待在你的身邊，我就有很高的機率無法善終。」鄭泰義嘀咕道。

縱使他講得很像在開玩笑，但這的確就是最根本的理由。

只要待在伊萊的身邊，他就不知道自己會以什麼樣的方式死去。他有可能會因為惹怒伊萊，而直接死在對方手下；也有可能死在原本是想殺伊萊，可是卻不小心殺錯人的怪人手下；除此之外，他也有可能因為每天得服侍伊萊，而活活被對方氣死。

雖然死去的方式有好幾種，但結論就只有一個。只要待在伊萊身邊，他就無法好好善終。

「好吧……看來確保自己的生命安全是你認為最重要的事啊。那其他的理由？」

「什麼？」

「難道你想從我身邊逃跑的理由就只有這個嗎？」

伊萊就像不感興趣般地問道。而下一秒，他再次用食指的指尖緩慢地輕敲起了長椅的椅背。

他又在思考了。他不知道又在思考著什麼了。

鄭泰義看著對方那令人摸不著頭腦的動作皺起了眉頭，「真是的。」

隨後，鄭泰義從吊床上坐了起來。在撓了撓頭後，他不滿地說：「因為我之前把你綁起來、強迫你跟我發生關係，甚至還賞了你一巴掌，所以我自然會想逃跑啊——就像你剛剛說的那樣，確保自己的生命安全是我認為最重要的事——你看，就像現在。現在的情況糟成這樣，只要是個人，自然就會想逃去環境更好、更舒適的地方吧。不對，不僅僅是人，就連動物也是如此。」

「現在的環境怎麼了？這個環境就讓你這麼困擾嗎？」

鄭泰義惡狠狠地瞪向了伊萊。他不知道究竟得等到何年何月，才能撕碎對方那張明知答案是什麼，卻還是裝傻發問的嘴。

「伊萊，伊萊里格勞。你當時不是曾經說過，你原本打算一見到我，就要立刻殺了我嗎？就算你最後沒有真的動手，但你不是還說了，你今後會繼續折磨我一輩子。我就問你，到底有哪個白痴在聽到這番話後，還會乖乖讓你折磨自己的？」

就算那種人真的存在，那個人也不會是我。

即使鄭泰義也覺得把心裡話講出來不是一件明智的事，但這些都是他過去親耳聽過的話，他實在沒有必要為此多辯解些什麼。況且真正莫名其妙的應該是故意問這種問題的人吧。

「折磨你一輩子……？——啊，對。你不是說過你很討厭跟我待在一起嗎。」

聽到鄭泰義的話語後，伊萊先是露出有些詫異的表情，隨後才像想起什麼似的點起了頭。而那根輕敲著椅背的手指也猛地加重了力道。

「那我換個問法好了，你為什麼會討厭我？」

「嗯？」

鄭泰義依舊維持著眉頭深鎖的表情，直勾勾地看著伊萊。從剛剛開始，伊萊就一直問一些很難回答的問題。雖然硬要回答的話，他還是答得出來，但因為這些想法早就成為了理所當然的既定印象，這也使他從來沒有認真想過其中的原因。

伊萊依舊用著懶洋洋的表情在凝視著泳池。乍看之下，伊萊就像還沒睡醒似的。然而即使是伊萊剛從睡夢中清醒過來的時候，鄭泰義也從沒看過對方沒睡醒的模樣。

「泰一，我剛剛想了一下。我覺得我很少真的傷害到你。」

一聽見伊萊那句緩慢嘟噥著的話，鄭泰義不由自主地瞪大了雙眼。對眼前的這個男人來說，或許就只有殺人才算得上是傷害吧？要不然對方怎麼有臉講出這種話。

要是鄭泰義察言觀色的能力再差一點，又或者是不懂得要怎麼顧全自己的性命，他或許早就被埋進那冷冰冰的泥土裡了。

眼看鄭泰義撇起嘴默默不語的模樣，伊萊似乎也理解了這股沉默所代表的涵義。在沉思了一會兒後，伊萊總算說出了沒那麼不切實際的話，「好吧，或許我有幾次是真的差點就傷害到你了。」

看著對方那宛若自言自語般低語著的側臉，鄭泰義撓起了頭。他猜不透眼前的這個男人究竟是抱持著什麼樣的想法，才會說出這番話。

不過，就算對方的話語裡充斥著再多的語病，有一件事絕對是肯定的。

「只要跟你待在一起，我就會發生很糟糕的事。」鄭泰義咕噥道。

就連昨天也是如此。尤其是伊萊那不把人當人看，彷彿是在汙辱人般的行為。昨天也許是鄭泰義生平第一次體會到當內心被撕成一片片碎片時，究竟是個什麼樣的感覺。

他無法去期待伊萊對他做出任何有人性的舉動。正因如此，他才沒辦法跟這種人長遠地相處下去。要是一直待在伊萊身邊，他最終肯定會失去尊重自我的能力。

「大部分的人都會擁有各式各樣的情感——跟你不同——，而其中最重要的便是自己對自己的情感。因為這同時也是支撐人生最重要的基石。所以說，這個部分再怎麼樣都不能被其他的事物影響。」

可是只要跟伊萊待在一起，鄭泰義就無法做到這件事。

仔細一想，鄭泰義其實是在一個非常好的家庭環境下長大的。關於這點，鄭泰義本人也很清楚。

然而他原本並沒有意識到這件事。他一直以為自己就跟其他人一樣，生在一個普通的家庭。除了哥哥有點異於常人的聰明之外，其他的事都平凡到不值得一提。正因如此，他才會誤以為大家都是這樣長大的。

而他一直到最近才知道，一個人在成長的過程中，可以獲得父母、獲得手足那不會令自己走上歪路的滿滿關愛是件多麼可貴與難得的事。

「我之所以能在這種傢伙的身旁維持著猶如菩薩的性格，這全都得歸功於父母的教養……爸爸、媽媽，謝謝你們。」

鄭泰義一邊用只有螞蟻才聽得見的嗓音咕噥，一邊朝已經去世的父母暗自點了個頭。與此同時，他也不禁想道：既然我的個性這麼好，爸爸、媽媽可不可以也讓我的運氣變好一點？你們總得留條活路讓我活下去吧。

「你的意思是，只要跟我待在一起的話，你就無法控制你對你自己的情感嗎？」

霎時，伊萊突如其來的一句話打斷了正在默默向遠在天國的父母搭話的鄭泰義。

「比起無法控制，最主要是因為我的情感無視我的意志自顧自地湧上……」講到一半，鄭泰義又陷入了沉默。

他想不透伊萊為什麼要在清晨問他這些問題。更何況這些問題不但很難回答，甚至也沒有個正確答案。

鄭泰義再次撓起了頭，而他這次的力道明顯比剛剛還要更加大力。隨後，他瞥了伊萊一眼。

對方就跟平時一樣，維持著一張完美的撲克臉。有些時候，當伊萊故意擺出這種表情時，就連鄭泰義也猜不出他到底在想些什麼。

鄭泰義回想了一下，他這輩子有聽過其他人問他「你為什麼會討厭我？」的這種問題嗎？思索了一會兒後，他可以很明確地答出：沒有。

況且伊萊打從一開始就問錯了問題。雖然問題的方向本身沒有錯，但起點卻是錯的。

鄭泰義再次躺上了吊床。即使現在還是清晨，不過因為外頭的氣溫不會太低，所以他好像可以直接入睡。如果伊萊不在的話，他或許早就睡著了也說不定。

「你錯了。只要少一個字，一句話的意思就會相差得天差地遠。縱使我曾經說過我有時候會很討厭跟你待在一起，但我從來不曾說過我討厭你這個人。」

講出這段話的同時，鄭泰義不禁在想，要是對方接著又問出「那你為什麼會討厭跟我待在一起？」的話……

「那你討厭跟我待在一起的理由是什麼？」

「……」

鄭泰義躺在吊床上，轉過頭看向了伊萊。然而對方依舊沒有把視線移到他的身上。

「反正不管我在想什麼、不管我感受到了什麼，你不是都不在意嗎？那你幹嘛問。反正你根本就不在乎我的意志啊。」

「你先說說看。」

「你看，你現在也是這樣。你完全不把我的人格放在眼裡。到底有誰會在一段關係不平等的人際關係中感到快樂的？」鄭泰義咂起了嘴。

伊萊自己肯定也心知肚明。畢竟伊萊里格勞這個人本來就不是個愚昧，又或者是遲鈍的人。而伊萊也不屬於那種只要牽扯到自己的事，就會被「鬼遮眼」的人。

對方是個理性上都明白——伊萊也知道自己究竟是個怎麼樣的人——，但還是堅持要這樣度日的人。正因如此，鄭泰義才搞不懂對方為什麼會執意要問出這種問題。

就在這個時候，伊萊第一次轉過頭看向了鄭泰義。伊萊用著那雙漫不經心的眼眸，將視線從泳池移到鄭泰義的身上。

「鄭泰一，能夠決定自己與對方關係平不平等的人不是別人，而是你自己。不曾認為我們之間的關係是平等的人，正是你啊。」

「對，可是你也不斷地在啃食著我認為『我們之間的關係是平等的』的這個想法。舉個最簡單的例子，像昨天就是如此。」鄭泰義咂嘴說道。

沒錯，昨天也是如此。不，講得更準確一點，其實是幾個小時前也是如此才對。

伊萊沒有答話。他就只是默默不語地凝視著鄭泰義罷了。然而鄭泰義卻完全看不出來伊萊視線裡所涵蓋的情感究竟是正面的還是負面的。

而打從一開始，鄭泰義就沒有打算要去說服對方。在不滿地咂了咂嘴後，鄭泰義再次躺回了原位。沒想到再平靜不過的早晨就這樣輕易地被對方打壞了。

「昨天……」

霎時，伊萊開了口。不過剛開口沒多久的伊萊馬上又陷入了沉默之中。背過身的鄭泰義可以感受到自己的身後傳來了一股不悅的氣息。

我不管，我不想管了啦！我要睡了。

鄭泰義瞥了色彩越來越鮮明的天空一眼後，便闔上了雙眼。

然而仔細一想，他卻突然覺得很火大。

他好不容易才平息了幾個小時前的怒火，伊萊為什麼偏偏選在這個節骨眼上喚醒他那段糟糕的記憶？鄭泰義實在是想不透怎麼會有人做出如此非人道的行徑。

正當鄭泰義想著要是伊萊又繼續追問下去的話，他就要直接回「我就是討厭你這一點！」的時候。

「昨天……是我做錯了。對不起。」

一道低沉咂著嘴的嗓音混雜著嘆氣聲傳進了鄭泰義的耳裡。

鄭泰義見狀下意識地瞪大了雙眼。而他那雙猶如人偶般木然的眼眸不由自主地看向了伊萊。

他不太確定自己到底聽見了什麼。他剛剛是不小心聽錯了嗎？雖然句子的內容以及那道嗓音本身都沒有問題，但當句子的內容與嗓音結合在一起後，卻產生了極大的問題。

不對，或許有問題的是他的耳朵也說不定。

轉過頭的鄭泰義露出了有些狐疑的眼神直勾勾地凝視著伊萊。然而伊萊此刻卻用著那漫不經心的眼眸看向庭院對面的果樹。伊萊看上去就跟平時沒有什麼兩樣。

鄭泰義就這樣木然地凝視了伊萊好一會兒，接著猛地坐了起來。

「……」

他一邊露出仿若剛睡醒的表情看著伊萊，一邊整理著被吊床弄亂的頭髮。

……是我聽錯了嗎？看來是我聽錯了吧。

如果是其他人就算了，不對，就算世界上的人都死光了，伊萊也絕對不可能說出那種話。想必是他昨晚太過氣憤，所以才會聽見這種幻聽。又或者單純只是因為他最近太過勞累，才導致他聽見了這種不可能在現實中出現的話語。

鄭泰義歪起頭，默默地打量著伊萊。對方就像什麼事都沒發生過似的，淡然地坐在長椅上。看來剛剛真的是他不小心聽錯了吧。

搞什麼啊，原來這一切都是我的幻聽。

咂了咂嘴後，鄭泰義嘆了口氣再次躺了下來。就算一切都只是幻聽，但他還真的沒料到自己竟然能聽見如此罕見的內容。或許是因為他剛剛已經闔上雙眼準備要入睡的緣故，才導致他不小心睡著並夢見了這麼獨特的夢境吧。

鄭泰義看向了眼前的天空。現在已經不再是清晨的範疇，而早晨也在不知不覺間找上了門。這是一個嶄新的早晨。

雖然要在這個時間點再次闔上雙眼不免有點可惜，但能夠享受這種惋惜的感覺不免也是一種從容的表現。更何況誰知道，說不定在這裡睡著，等一下又能聽見一些不亞於剛剛那句幻聽的罕見內容。

嘆了口氣後，鄭泰義闔上了雙眼。值得慶幸的是，伊萊這次總算不再朝他搭話了。由於對方剛剛講的話都過於反常，這也使鄭泰義不禁懷疑這一切會不會全都是夢一場。

即使他才剛起床沒有多久，可是一閉上雙眼，鄭泰義馬上就湧上了睡意。

他很喜歡這種潛意識慵懶地朝他襲來的感覺。不過唯一的缺點就在於，有道視線正在妨礙他入睡。

他感受到了一道目光。要是他現在睜開雙眼，肯定能看見對方望向自己的模樣。即使他很在意那道視線，但反正那也殺不了他。

沙沙。霎時，他聽見了腳步聲。那踩著樹葉緩慢朝他前進的腳步聲，最終停在了他的身旁。

看來伊萊又要來妨礙我睡懶覺了。

鄭泰義一邊咂著嘴，一邊睜開了雙眼，「你又要幹……」

然而，還沒等他說完想說的話。

伊萊像是很不滿似的緊皺著眉頭，垂下眼看向安穩闔上雙眼的鄭泰義。而下一秒，他猛地抓住鄭泰義的衣領，就這樣輕而易舉地將鄭泰義從吊床上拉了起來。

而原本在吊床上躺得好好的，轉眼間上半身就懸在半空中的鄭泰義見狀倏地挑起了眉頭。正當他準備要撇起嘴問出「你現在在幹嘛？」時，一條舌頭搶在他開口前闖入了他的口中。

「……？」

他什麼話都還來不及說，伊萊就維持著一隻手撫上他的臉頰與耳朵，一隻手抓著他衣領的動作，深深地吻上了他的雙唇。

不對，伊萊此刻的舉動無法用「吻上雙唇」這種可愛的詞彙來形容。伊萊就像要藉由自己的舌頭闖入鄭泰義的體內，一口將鄭泰義整個人生吞活剝似的，舌頭不停在鄭泰義的口中翻湧著。

眼看對方的舌尖貪婪地滑過自己的舌頭、牙齒以及牙齦，鄭泰義總覺得自己就快要喘不過氣了。「伊萊！」就算他想喊出對方的名字，但他的話語卻卡在口中無法傳遞出去。

「伊——等……喘……」

由於鄭泰義開始感到窒息，他急著想叫對方閃開。然而他能說出口的字詞卻都是斷斷續續的。

話雖如此，但伊萊似乎還是聽懂了他想表達的意思。或許這是因為伊萊在用舌頭擋住他說話的同時，還順便把他想說的話吞下肚了也說不定。

就在鄭泰義認為自己會就此暈過去，眼前開始發黑的瞬間，伊萊一把把他甩回了吊床上。總算呼吸到新鮮空氣的鄭泰義在咳了幾聲後，氣喘吁吁地抬起頭看向了對方。

而伊萊則是有些失魂落魄地站在吊床旁，垂下眼看著他。

當兩人四目相交的剎那，伊萊先是微微地皺起了眉頭，接著便轉過身朝著屋子的方向走去。

「……」

鄭泰義一邊調整自己的呼吸，一邊木然地看向對方的背影。伊萊就這樣踏進屋內玄關，消失在鄭泰義的視線範圍裡。

「……？」

鄭泰義眨了眨眼，他在看了被闔上的門一眼後，又接連看了天空和地板一眼。隨後，他再次把視線移到那扇緊閉著的門上。不，他在看的其實是消失在門後的伊萊的身影。

垂下頭後，鄭泰義就像要扯下自己的下唇似的大力搓揉著。而他的指尖也隨著他的動作被微微沾溼了。上頭沾上了早就混合在一起，分不清到底是哪個人的唾液。

這是他們第一次接吻。

更準確地說，這是他們第一次在沒有發生任何性行為的情況下接吻。鄭泰義想了一下，伊萊之前有曾經聊著一些——看似——完全無關的話題，接著猛地吻上他，最後什麼事都沒做就直接走人的經驗嗎。

然而無論他怎麼想，答案都是沒有。

「喔……」

鄭泰義的臉上漸漸湧上一絲不知所措的神情。

——昨天是我做錯了。對不起。

「什麼，難道那句話不是我的幻聽嗎……？」

鄭泰義緩緩地用手包裏住自己的臉。而那不忘搓揉著下巴與雙唇的動作看上去異常焦躁。「哎、哎呀。」他的口中只能發出這種毫無意義的字詞。

不行，那個傢伙不能露出這麼有人性的一面。那個傢伙的口中不能出現任何跟道歉有關的字詞。他怎麼可以說出這種話！怎麼可以露出令人意料之外的一面！

鄭泰義可以感覺到有股熱氣正從他的脖子湧上，接著又傳遞到了耳垂與臉頰。想必他現在肯定是滿臉通紅吧。

下一秒，他從吊床上走了下來，接著突然奔向泳池，並且將自己的頭泡進了池水裡。他就這樣任由冰冷的池水將他的臉、頭以及脖子全都淹沒。

咕嘟咕嘟，水面上冒出了從他的口中吐出的氣息。不過他卻絲毫不覺得喘不過氣。現在這個感覺跟剛剛比起來明顯舒適了許多。

即使他的臉已經泡在冰涼的池水中好一陣子了，但那股熱氣卻沒有要消退的跡象。再這樣下去，他只怕池水會因為他而變得滾燙。

「……噗——！」

一直等到快要喘不過氣的前一秒，他才把臉從池水中抬了起來。隨後，他伸出手胡亂地搓揉起仍舊在發燙的臉頰。

他總覺得自己的腦袋就像被人裝上了燈泡似的，之前那些無法理解的事逐漸被照亮，並且連接成了一條線。與此同時，他也看清了那曾經被埋藏在黑暗裡的連接點的起點究竟是什麼。

「那個傢伙，該不會，真的是……」

「……請問你在幹嘛？」

正當鄭泰義出神地自言自語著的時候，一雙鞋子的鞋頭猛地出現在他的眼前。順著那雙腳往上看後，他看見了距離自己幾步之外的蓋博。或許是因為剛從海邊游完泳回來的緣故，對方的髮尾還夾帶著些許的水氣，表情看上去也格外愜意。而蓋博此刻正微微挑著眉，垂下眼看向了鄭泰義。

「……這樣不行啊……」鄭泰義茫然地嘟噥道。

要是這一切真的跟鄭泰義腦中那一閃而過的念頭吻合的話，那就真的完蛋了。因為他有極高的機率可能再也無法逃離對方的身邊。

「怎麼辦……」

「你的氣色看上去很糟，你還好嗎？」

一聽見鄭泰義那莫名其妙的嘟噥後，蓋博先是輕輕皺起了眉頭，接著蹲下來將手貼上鄭泰義的額頭。想必蓋博在看見滿臉通紅的鄭泰義將自己的臉埋入水中的模樣後，便開始擔心起對方的身體狀況。

然而鄭泰義卻毫不在意。畢竟現在最需要擔心的並不是他的身體狀況。

鄭泰義只能胡亂地搓揉起那依舊滾燙的臉龐，低聲咕噥著：「呃啊，這下要怎麼辦。」

* * *

誰陵給是座非常遼闊的島嶼。至少對不放出任何消息就要找到一個人來說，實在是過於寬敞。

要是隨便把一個人丟到這座島上，並且命令對方去找人的話，那人肯定會不知道該從哪裡開始下手。不過值得慶幸的是，由島上居民們所聚集而成的村落就只有四個而已。

由於其中一個村落是商業區，所以只有白天才會比較繁華，一到夜晚便會恢復成人煙稀少的模樣。因此真正聚集了人群的地區可以簡單劃分成三個區域。

而其中一個便是鄭泰義現在居住的地方。這個區域鄰近西南邊的海岸，同時也是距離輕型飛機小型機場最近的地區。除此之外，這裡也是最繁華，以及居住最多人的地方。

至於另外一個區域則是位於更靠近西邊海岸的一條大多住著島上原住民的街道。居住在那裡的人們大部分都從事著農業或漁業，因此年輕人往往都會選擇在其他區域工作，偶爾放假才會回到這裡。

這個區域的治安不是很好，外人往往不愛來這個地方。話雖如此，但除了小偷與扒手猖獗之外，基本上不會出現足以危害到生命的犯罪。

而最後一個區域則是位於東南部的沿岸。以明亮海色與海中珊瑚礁聞名的這個地方可說是數一數二最適合進行水肺潛水的場所。

然而真正可以見到這片美景的人卻是少之又少。因為這片海域大多都是私人沙灘，所以外人無法輕易一窺那絕妙的美景。除此之外，矗立於海岸邊那一棟又一棟的雄偉豪宅也搭建起了令人沒辦法跨越的高聳圍牆，甚至每個出入口還都派了保全守在那裡。而這些豪宅裡住著的全都是阿拉伯世界與歐洲的富豪們。

話雖如此，但其他人還是可以踏進那個地區。

不管是誰，都可以自由自在地進出那個區域。不過外人就只能走在那條寬敞的道路上。那附近不但沒有任何店家，甚至連間餐廳都沒有。走在那條街上，你能看見的就只有高聳林立的圍牆而已。

「他們至少蓋個公園或森林遊樂區吧……要不然也可以蓋個有錢人最喜歡的騎馬場啊？」

一聽見鄭泰義的質疑，蓋博淡然地解釋道：「因為他們的豪宅裡已經附設這些場地了，所以沒有必要特地跑到豪宅外。」

鄭泰義依舊記得當時當他聽完這段話後，他有好長一段時間都不知道該說些什麼。

坐上吊床後，鄭泰義一邊吸吮著手中的芒果，一邊打量起從蓋博那裡獲得的東南部地區的地圖。想必蓋博給他這張地圖的用意是要他背起那附近的地理位置。

然而鄭泰義根本就不需要花費心力去背這些位置，因為這張地圖完全沒有起到任何的作用。地圖上除了標上一格又一格的獨立式洋房之外，就只剩下一條筆直的大馬路以及幾條從中分岔出去的岔路而已。

鄭泰義眼見所及的盡是一格格的端正格子。

「這算什麼地圖啊？竟然有人敢賣這種東西……天啊，這還要三千先令？他們根本就是搶錢嘛！」

將地圖翻面的鄭泰義一看見角落那張標示著3000TSh的貼紙，忍不住驚呼道。想了一下這個國家的物價，以及這張地圖所帶來的實際效用，這價格是真的非常嚇人。

「沒辦法，畢竟很少有人會去買東南部的地圖，光是有公司願意印那個地區的地圖，我們就該偷笑了。而且那間公司因為倒閉的緣故，未來可能就不會再加印這張地圖了。」

嘩啦，伴隨著一陣水聲，蓋博的嗓音也跟著響起。

而繞了不是很寬敞的泳池走了好幾圈，出神地盯著地圖看的鄭泰義猛地打起了精神，看向他誤以為已經沉入水中的蓋博爽快地從泳池裡走出來的模樣。

蓋博簡單擦乾了自己的上半身後，光著腳踩在草地上並走到長椅旁坐了下來。

這是一個悠哉的下午。

清晨一次、上午一次，以及剛剛那一次。光是今天，鄭泰義就已經撞見蓋博從泳池裡走出來的模樣三次了。

鄭泰義一邊摺著不知道能不能被稱作是地圖的紙張，一邊說：「看來你是真的很喜歡游泳。」

「是的……。」

語畢，蓋博瞥了鄭泰義的腳一眼。想必蓋博原本是打算要勸鄭泰義一起下水游泳，可是在看見對方腿上包裹著的石膏後，他只好再次陷入了沉默。

而注意到蓋博視線的鄭泰義見狀甩了甩自己的腳嘟噥道：「我想我應該馬上就能拆掉石膏了吧。最晚，我也會在離開誰陵給之前拆掉它。畢竟我想在離開這座島之前，去一窺那片美麗的大海內部究竟長什麼模樣。」

看見鄭泰義的笑容後，原先一直維持著木訥表情的蓋博微微地揚起了嘴角，「好的。」

而他的嗓音中也盡是笑意。

可能是身體已經被風吹乾了，蓋博起身朝鄭泰義行了個簡單的注目禮後，便邁開步伐朝著屋內走去。而下一秒，走進玄關的他突然停下了腳步，轉過頭看向鄭泰義。

「泰一。」

「蛇麼？」

視線停留在對方笑容上好一陣子的鄭泰義在聽見蓋博的呼喚聲後，有些口齒不清地答道。意識到這件事情後，他連忙又再重複了一次，「什麼？」

而沉默了一會兒的蓋博在嘆了口氣後，簡短地開口：「就算這座島乍看之下很和平，但這裡終究不是個治安非常好的地方。請你不要獨自一個人到處亂跑。」

鄭泰義看向了蓋博。在與對方默默對視了好幾秒後，他才又笑著點頭，「謝謝你的關心。」

「不會。」

蓋博用著有些生硬但不會令人感到冷漠的語氣回答完後，便走進了屋內。

好可惜，我還以為他會再次露出笑容。

鄭泰義除了很少看見有人能夠因為一個笑容而使原先那冷酷又冷漠的氣場瞬間改變之外，更是幾乎不曾看過有人可以露出如此單純又快樂的笑容。

若他可以常常笑就好了。

住在島上的這幾天裡，鄭泰義已經搞清楚了蓋博大致上會在什麼樣的情況下露出爽朗的笑容。基本上只要一聊到跟水、跟大海有關的話題，對方便會開心地發笑。蓋博喜歡水的程度已經到了會令人不禁懷疑「他上輩子該不會就是條魚吧」的地步。如果蓋博不在民宿裡，那對方不是出門辦事，要不然就是在大海裡游泳。

「聽說這裡的大海特別美？」

不久前，當鄭泰義問出這個問題時，蓋博立刻就褪下冷冰冰的表情，露出了淡淡的微笑。

「這座島上最漂亮的那片海域剛好位於私人沙灘的區域，所以外人基本上是無法看見那片景致的。不過我剛好知道一個很少有人知道的私房景點。等你拆掉石膏後，我再帶你去那個地方吧。」

仔細一想，當蓋博在說這番話的時候，一旁的伊萊不但瞇起了雙眼，甚至還散發著有些不太對勁的氣場。

一想到當時的那個場景，鄭泰義總覺得自己的臉又要漲紅了起來。於是，他只好連忙拿起手中的地圖來搧風。

早上出門一趟後來才回來的伊萊自從回到了民宿後，就一直待在他自己的房間裡。縱使他名義上是在放長達五個星期的假期，然而這實際上並不能算是一個真正的假期——轉念一想，這也是理所當然。畢竟只要是個正常人，就不可能會允許像他這樣的人請病假——，因此伊萊每天都會收到一大堆工作上的傳真。而每當傳真的量稍微減緩時，又會輪到他的電子信箱被塞爆。

不過最令人感到意外的莫過於是，猶如凶神惡煞般的伊萊竟然會認真處理被分配到的工作。在工作方面，伊萊絕對不是那種完全派不上用場的人。

然而鄭泰義其實老早就知道對方在處理工作的時候，不但非常有效率，甚至也不會拖泥帶水。畢竟之前在伊萊身邊當校尉時，他就曾經見過對方工作的一面。

要是伊萊的個性可以再有人性一點，鄭泰義相信對方一定能成為一名對世界充滿貢獻的人物。而隨著腦中一浮現出那個關鍵字，鄭泰義的臉便再次漲紅了起來。他只好拿起手中的地圖朝自己滾燙的臉搧風。

「這真的很讓人困擾，太困擾了……」

自言自語著的鄭泰義倏地從吊床上起身。因為深怕一直坐在這裡只會徒增一些有的沒的雜念，於是他便決定要出去外面稍微散一下步。

鄭泰義先是瞥了屋內一眼。雖然他時不時就能看見有人在移動的動靜，但屋內沒有一個人把視線移到他的身上。下一秒，他連忙跑出了大門外。

其實每當鄭泰義要從屋內走到庭院時，伊萊便會撇起嘴叮囑道：「你不要到處亂跑。」話雖如此，但鄭泰義非但不想就這樣被對方關一輩子，也不打算每天都乖乖待在民宿裡。

踏出了木門後，映入他眼簾的是異國般的景色。

在這條不會有車經過的寬敞土路上，兩旁全都佈滿了各式各樣的土牆或石牆。而每道圍牆裡則是矗立著一棟棟構造陌生的房屋。

走在這條猶如迷宮般沒有被整修過的道路上，鄭泰義時不時就會收到路人們投來的好奇目光。每當鄭泰義察覺到有人在看他時，他便會裝出若無其事的模樣回以一個笑容。

若是在這條道路上右轉，只要徑直地前進好一會兒，等到巷弄變得越來越開闊後，一條藏身在市場裡的繁華道路便會出現；反之，若是左轉的話，只要穿過一片零星的矮小樹木，便能抵達沙灘。

「我要走去哪裡……」

猶豫了好幾秒的鄭泰義在想起那張冷冷說著「不要到處亂跑」的臉後，有些不滿地嘟噥了幾句，接著便朝著左邊走去。

其實早在今天的上午，他就已經走過這條路了。只不過他當時並沒有走完，而是只有走到這條路的一半而已。

今天早上，他去了東南部海岸邊一趟；也就是那個蓋滿了豪宅的地區。他當時走到這條路的中間，穿過通往車道的巷弄後，便搭上停在那裡等著他們的車，並在四十分鐘後抵達了東南部海岸。

一路上，窗外的景色都是非常悠閒的街道。然而當他們抵達目的地時，映入眼簾的卻是氛圍截然不同的地方。這個區域就像把某個信奉伊斯蘭教的都市整個搬過來似的。不對，他們搬過來的就只有都市裡那豪華的房子。

現在回想的話，那個景色就和地圖上一模一樣。放眼望去除了道路跟房子之外，就什麼都沒有了。而圍繞在這些房子周遭的圍牆也都高到令外人只能看見屋頂那突起的部分。除此之外，路上也看不見任何的行人。這個地方的時間就像被人靜止似的，只剩下了一片寂靜。

「搞成這樣……我連要翻牆都翻不過去了。」

聽見鄭泰義的咕噥聲後，坐在一旁的伊萊倏地瞥了他一眼。而感受到那股視線的鄭泰義先是瑟縮了一下，接著連忙補充道：「我原本是想說要是真的找不到任何消息的話，就一翻牆進這些豪宅裡，想辦法打聽出哥哥的下落。」

「我勸你還是趕快打消這種念頭。要是被抓到的話，事情只會變得更複雜罷了。你也不想想伊斯蘭教徒都是些怎麼樣的人。」伊萊果斷地說道。

而鄭泰義見狀則是回想起了一段過去的往事。當他還在UNHRDO的時候，其他小組中有名中東人。雖然他們沒有聊過天，也沒有什麼特殊的交情，但對方看上去就和其他人沒有什麼兩樣。

撇除掉那人會根據教義上的內容在特定的時間進行禮拜，以及遵守齋戒月的規定之外，對方平時就跟大家一樣愛笑、好動以及好溝通。無論鄭泰義怎麼看，他都不認為伊斯蘭教徒會因為有人翻牆進他們家就氣到直接把那個人殺掉。

而伊萊似乎也猜到了鄭泰義在想些什麼，咂了咂嘴後，伊萊開口道：「他們懂得變通的部分跟立場踩得很硬的部分劃分得非常清楚。」

「所以翻牆進他們家是屬於立場踩得很硬的部分嗎？」

「對。」

在聽見伊萊那乾脆的答覆後，鄭泰義撓了撓脖子，狐疑地歪起了頭，「這樣啊……我還以為他們都是心胸寬大，懂得變通的人。」

「先不說那些記載在教義上的規定，我覺得你最好連與責任、權利相關的事情都不要碰。」

坐在副駕駛座的蓋博似乎也聽見了他們的對話，猛地加入這個談話之中。

「責任跟權利……」

「更準確地說，應該是義務、責任跟權利才對。義務指的是他們必須遵守的教義，而責任則是指他們必須守護的家人與朋友，至於權利則是他們自己的人格。要是你翻牆進去的話，很有可能會違背他們對責任方面的認知。」

教義，換句話說就是他們的價值觀。而家人、朋友與人格，就算對方不是一名伊斯蘭教徒，這個部分也不能隨意觸碰。

蓋博可能是透過後視鏡看見了鄭泰義的表情，他接著補充道：「雖然不是每個情況都是如此，但他們的確有那個可能產生過激的反應。況且可以在這裡蓋座豪宅的人，一定是個握有權力與財富的人。不要去招惹他們絕對是上策。」

「啊哈。」鄭泰義這時才總算被說服了。

因為他深知當一個人產生過激反應時會有多恐怖，也明白去刺激一名有錢有勢的人有多危險。畢竟他的身邊就已經有這麼一號人物了。

「要是可以翻牆進去的話，我倒是很想看看裡面長怎樣。」

在聽見伊萊那句淡然的嘟噥聲後，鄭泰義順著對方的視線望了過去。講得浮誇一點，那面圍牆的高度已經高到連小鳥都有可能飛不過去的程度了。

「剛剛不是才說不能翻牆嗎。」

鄭泰義不滿地碎念。而伊萊見狀也猛地笑了起來。

鄭泰義原本是打算要來一窺這座島嶼究竟是個怎麼樣的地方，要是夠幸運的話，或許他還能打聽到跟哥哥有關的消息。然而真正抵達這座島後，他卻覺得希望非常渺茫。

這條街上沒有任何人在走動，唯一會出現的就只有車子而已。而每當那座猶如宮廷般的豪宅打開大門時，出來的往往都是車窗上貼滿了隔熱紙的轎車。

「電影裡不是很常會出現那種場景嗎。抓住了去市場採買的下人後，看是要收買對方還是要威脅對方，並從那人的口中套出消息。」

「我聽說每天清晨都會有輛送貨車開進去。我想你還是先從要怎麼搭上那輛車開始下手會比較快吧。」

伊萊語氣平淡地反駁了鄭泰義那不切實際的幻想。而鄭泰義見狀隨即露出凶狠的目光瞪向對方。

「你到底有沒有心要找我哥啊？」

「如果他是我想找就能找到的人，蓋博這些日子哪需要耗費這麼大的心力。」

要是可以一拳揍在他的脖子上，那不知道該有多好……

鄭泰義惋惜地嘆了口氣。然而伊萊實際上也沒有說錯。如果眼下的情況是靠多方嘗試就能打破瓶頸的話，那麼其他恨不得想要馬上找到鄭在義的人怎麼可能會沒有採取任何措施。

鄭泰義咂起了嘴。其實這也是他來這個地方的原因。

他因為相信著自己的運氣，因為心存僥倖，所以才會毅然決然地跑來這裡。不過真正可以憑藉運氣與僥倖做事的人不該是他，而是鄭在義才對。

要是鄭在義沒有那個想法的話，那就算鄭泰義今天有辦法跑進豪宅的臥室裡，他也見不到鄭在義。

嘆了口氣撓了撓頭後，坐在鄭泰義身旁的伊萊滿不在乎地——而伊萊看上去也不像一名迫切想要找到鄭在義的人——說道：「你就在這裡乖乖休息五個禮拜，再跟我一起回去吧。」

在巷弄裡走到一半的鄭泰義一想起對方早上的那句話，就氣得停下了腳步。

「雖然你獲得了五個禮拜的假期，可以輕鬆地享受完再回去，但我來這裡可不是為了要度假啊！我是為了要見到哥哥才來的……」

霎時，巷弄另一端朝著鄭泰義的方向走來的兩名女子見狀先是抖了一下，接著開始放緩腳步。緊抓著希賈布下擺的兩人露出了戒備的神情，想必她們現在非常猶豫到底要不要經過眼前這名會突然停在半路上發脾氣的外國人身邊。

而鄭泰義一看見兩名女子竊竊私語著的模樣，倏地就覺得有些難堪。雖然他沒有半點想要傷害她們的意思，但他既沒有方法可以說服兩人，也不覺得那兩人會這麼容易就被他順利說服。

對島上的居民來說，外國人除了會令他們產生好奇心之外，同時也是令他們戒備的對象。

隨著雙方的視線相交，兩名女子直接停下了步伐。眼下的情況明顯變得更加難堪了。要是鄭泰義邁開步伐的話，兩名女子似乎會直接後退逃跑；然而要是鄭泰義就這樣轉身回民宿的話，似乎又非常可笑。

由於兩方的語言不通，所以他也不能直接表明「我就只是個路過的人！」來讓她們感到安心（況且就算對方聽得懂他說的話，在已經被視為怪人的前提下，鄭泰義不覺得她們會相信他的說詞）。

我該怎麼辦才好。是要直接往前狂奔掠過她們嗎？可是在我跑起來的瞬間，她們就會大叫了吧。還是我要直接回民宿啊——不過要是被伊萊得知這件事的話，肯定會嗤之以鼻地說：「所以我才叫你不要到處亂跑。」——？

在經過短暫地苦惱後，向來都抱持著要友善對待女孩子的鄭泰義決定要下次再來散步，這次就先回民宿再說。而當他準備要轉身離開時。

「如果你要去海邊的話，你也可以走這條喔。」

一道陌生的嗓音用著有些不流暢的英語躊躇地說道。而那道嗓音剛好是從鄭泰義身旁的小巷裡傳出來的。

轉過頭後，鄭泰義看見了一名從沒見過的黑人少年。這名少年看上去比在民宿裡打工的黑人少女還要再大個三、四歲左右。

「啊，是嗎？謝謝你！」

開心地道完謝之後，鄭泰義走進那條小巷，避開了兩名女子狐疑的目光。而原先停留在後腦杓上的視線也被巷子旁的石牆擋住了。隨後，鄭泰義感受到了女子們用著有些躊躇的小碎步快速跑過他身後的動靜。

過了好一會兒，鄭泰義才又轉過頭瞥了自己的身後一眼。那兩名女子的身影早已跑到了巷子的另一端。

沒想到出來散個步也困難重重。

鄭泰義再次轉過頭看向了站在他面前的少年。不過下一秒，他卻在心底歪起了頭。

他好像在哪裡看過這名少年，可是他卻想不起來自己到底是在哪裡見過對方。

其實就像歐美人不太會區分東方人的面孔，鄭泰義有時候也會覺得其他人種的長相看上去都很相似。因此他也有可能只是把眼前的這名少年與之前曾經在其他地方看過的黑人少年搞混了也說不定。

就在鄭泰義開始回憶起過去的往事時，他馬上就想起了他是在哪裡見過這名少年的。當他來到這座島上的第一天，這名少年就站在民宿外的巷弄裡，抬頭盯著他看。

「……你好，我叫泰一。」

「我是多杜……我曾經見過你。你是不是住在碧碧工作的那間民宿裡？」黑人少年摸了摸自己的鼻翼，結結巴巴地說道。

鄭泰義見狀一邊回想著今天早上嬌羞地跟他打招呼的黑人少女，一邊點了點頭，「沒錯，你是她的朋友嗎？」

「不是，我只知道她的名字……呃……對，我們有點熟。不，其實我跟她非常地熟。」

鄭泰義垂下眼，直勾勾地盯著少年看。他慢慢地思考起少年那只用幾個簡單的單字拼湊而成的句子究竟是什麼意思。不，他真正想知道的是少年的弦外之音。

「……好，你們是朋友。真不錯。那你之後也要好好地跟她相處哦！」鄭泰義笑著輕輕拍了拍少年的肩膀。

「好的，沒有問題。」少年咬著嘴唇嘟噥完後，猛地轉過了身，「你是不是要去海邊？往這裡走。只要往這裡走就可以了。跟我來，我帶你去。」

既然剛剛那兩名女子已經走遠了，其實鄭泰義大可直接走原路過去。可是一看到轉過頭不停盯著自己看的少年，他只好笑著跟在對方的身後。

「好，我們走吧。雖然這條路跟我原本要走的那條不太一樣，但反正這兩條都能抵達我要去的目的地嘛。」

不知為何，少年一看到鄭泰義笑著講出這段話，頓時有些不安地瞥了他好幾眼。為了要讓少年安心，鄭泰義再次輕輕地拍了拍對方的肩膀。

而少年在瞥了他的手一眼後，尷尬地邁開了步伐。鄭泰義見狀也乖乖跟在對方的身後。這條最多只能容納兩個人並肩通行的小巷裡並沒有什麼人。鄭泰義只能聽見少年和自己的腳步聲而已。

「你早上去哪裡啊？你不是還搭了一輛很高級的車嗎？」走在鄭泰義前面的少年倏地問道。

鄭泰義一邊想著那輛由民宿提供的老舊四輪驅動車，一邊咕噥道：「我去了其他區域一趟。因為我要找我哥。」

「你哥？」

「對啊，我有一個哥哥。他現在說不定就在這座島上，但也有可能不在這裡。我正在尋找他的下落。你最近有看過跟我長得很像的人嗎？」

少年先是思考了一會兒，接著才又搖了搖頭。

「這樣啊。」

鄭泰義點起了頭。在這座沒有什麼東方人會出現的島嶼上，要是少年曾經見過東方人的話，肯定馬上就能回想起來了。想必少年剛剛陷入沉思的理由與這個無關。

而每當少年焦躁地轉過頭看向鄭泰義時，鄭泰義便會回以一個溫暖的微笑。然而少年往往卻不會跟著他一起笑，而是會迅速地把頭轉回前方。看著對方的這副模樣，鄭泰義不免覺得有些不捨。

兩人之間沒有什麼對話。鄭泰義就只能悠哉地跟在少年的身後。

少年時不時就會彎進其他巷弄。撇除掉得不停彎進猶如迷宮般複雜又狹窄的巷弄裡之外，這條路的確就如少年所說是條捷徑。不過一會兒，他們便看見了道路的盡頭。而一直圍繞在他們兩側的低矮圍牆也就這樣斷掉了。

再往更遠處望去，便能看見種在路旁的一整排矮小樹叢。

「往前走就是海邊了。那裡非常漂亮。」少年停在比自己的身高還要矮的樹叢旁，指著遠處說道。

在零零星星的樹群後頭，鄭泰義可以看見一整片純白色的沙灘在他的眼前展開。而沙灘的後方則是一片一望無際的大海。鄭泰義見狀忍不住發出了驚呼聲。因為出現在他眼前的畫面實在是太過動人了。

這一切就跟當他搭輕型飛機飛往這座島上時所看見的景色一模一樣，閃著青紫色光澤的透明海水不停地蔓延至地球彼端。

鄭泰義可以看見有三、四名只穿著一條短褲的青年們正準備把一艘小船從海中拉上岸的模樣。而遠處，小到只剩下一點的人群正在海面上搭著各自的小船。

沙沙，土路在不知不覺間結束了。出現在他腳底下的變成了一整片白色的沙子。

隨著海風吹來，大海那特有的氣味在鄭泰義的髮間穿梭。而衣襬也跟著海風輕打在他的身上。

下意識走往海邊的鄭泰義猛地停下了腳步，並轉過身。就在他準備要講出「這個地方真的很美！」時，本該待在他身後的少年早已消失不見。

「……若他能說聲再見再走就好了。」鄭泰義惋惜地咕噥道。

嘆了口氣後，鄭泰義將手插進口袋裡。然而裡頭就只有幾枚沒有什麼價值的硬幣。

「這還真是尷尬。」

語畢，鄭泰義看向了自己的腳邊。他的鞋子有一半已經被純白色的沙子埋住了。而手邊也不見什麼可以被撿起的小石子。

下一秒，他發現了不遠處有枚貝殼。將那枚小小的貝殼從沙堆中拿出來後，他用手輕輕劃過貝殼裂開的地方。雖然貝殼看上去很銳利，但卻沒有想像中的堅硬。似乎只要鄭泰義稍微用點力，就能輕易地把貝殼捏碎。

「如果你需要一把像樣的武器，泰一哥，我可以把我的借給你喔。」

霎時，鄭泰義的身後傳來了一道嗓音。那是一道非常耳熟，鄭泰義聽過了無數次的嗓音。

將沾在手上的沙子拍了拍後，鄭泰義伸直自己的腰，並轉過頭去，「可是你既不會對我做出需要動用到武器的事，而我也不會對你做出這種事啊。」

一張熟悉的面孔出現在距離他六、七步之外的位置上。雖然對方的模樣看上去遠比鄭泰義印象中的還要消瘦與憔悴，但那個人怎麼看都是心路。

鄭泰義微微地挑起了眉頭。

明明也才過了幾個月而已，原本那名青澀與惹人憐愛的孩子卻早已消失不見。那張乾瘦的臉龐上甚至還可以清晰地看見對方正在散發著的雄性氣息。

「需要動用到武器的事……」心路先是咕噥了一會兒，接著難堪地笑了起來。那個笑容不再是鄭泰義印象中那爽朗又明亮的笑容，而是一個沉著又冷靜的笑容。

沒想到這張令鄭泰義再熟悉不過的臉龐竟然還會出現令他感到如此陌生的表情。

「怎麼了，難道你需要動用到武器嗎？」鄭泰義靜靜地嘟噥道，「那這樣我會很狼狽。」

此刻，他的手邊就只有幾枚又輕又毫無用處的硬幣而已。

「我原本其實是一個不擇手段的人。雖然有正當的方法，我還是會乖乖地遵守。但要是沒有的話，我便會不惜任何代價去達到我的目的。」

「為了要在這個世界上生存下去，這個態度其實很重要。不過，你最近過得還好嗎？」

語畢，鄭泰義一屁股坐在了沙灘上。而柔軟的沙子也隨著他坐下來的動作往兩旁堆積出了小沙丘。

心路一看見鄭泰義下意識摸向胸前口袋的模樣，便笑著將自己口袋裡的香菸遞給了對方。而鄭泰義在接過其中一根香菸並叼在嘴上後，抬起頭望向了心路，「心路，你有在抽菸嗎？」

「哥是指還在UNHRDO的時候嗎？我那個時候不太常抽。不過因為時不時還是會湧上想要抽根菸的癮嘛，為了以防萬一，我都會隨身攜帶。可是在分部裡，香菸基本上派不上什麼用場。雖然我不到會特意買包菸來抽的程度，但偶爾想到還是會抽個幾根。我這樣應該跟哥差不多吧？」

「嗯。可是我在UNHRDO的時候反倒更常抽……」鄭泰義一邊咕噥，一邊不滿地咬了咬香菸濾嘴，「畢竟除了你之外的每個人都很令人頭痛啊。」

心路在懷中翻找了一會兒後，便從中掏出了一把打火機。咔嚓，點起火之後，他將手中的打火機遞到鄭泰義的面前。不過下一秒，火焰卻被海風吹熄了。心路只好再次點起火，並用另外一隻手來擋風，同時不忘將打火機拿到鄭泰義面前。

「……」

那隻因為拿著打火機而變得毫無防備的手。只要鄭泰義下定決心的話，此刻就可以當場將那隻手折斷。

無論是心路，抑或是鄭泰義本人都清楚明白著這個事實。然而，兩人也同樣明白鄭泰義是絕對不可能做出這種事的。

隨後，香菸的尾端飄散出了一陣白煙。

「仔細一想，自從我離開UNHRDO後，這好像是我第一次抽菸。」

「是嗎？」

「嗯——我之前好像還有抽過一次？但我自己也想不太起來。不過離開UNHRDO後，我的確就不怎麼抽了。至少在我的印象中，我不曾花自己的錢買過菸。」

「看來哥沒有碰上什麼需要借菸消愁的事。不像我，自從離開UNHRDO後，我幾乎無時無刻都要來上一根。」

心路先是從菸盒掏出了一根香菸叼在嘴上，接著一屁股坐到鄭泰義的身旁。咔嚓，伴隨著打火機被點燃的聲響，又有一道灰白色的煙霧出現在兩人面前。

「不過那個人還好嗎？」

「那個人是指？」

「就是你在香港派來跟蹤我的那個人啊。他因為不小心被伊萊逮到，最後好像被送去醫院了。」

「啊，那個傢伙？他死了。」

在聽見心路那句滿不在乎的回應後，鄭泰義倏地愣了一下。下一秒，他露出了有些微妙的眼神看向對方。有那麼一瞬間，他不小心把心路那句「他死了」聽成「他被我殺死了」。

然而心路此刻就只是淡然地凝視著眼前的大海。鄭泰義見狀只好默默地抖掉香菸上的菸灰。他總覺得再繼續追問下去，只會使場面變得更難看而已。

「真是遺憾。」鄭泰義咕噥道。

「就是說啊。」

回應他的是心路那毫無誠意的答覆。

「要特地跑來這座島上，你一定很辛苦吧？」

「不會啦。跟不知道哥到底藏身在哪裡的時候比起來，可以親自跑到這座位於非洲的偏僻小島來找你明顯快活多了。我很開心能夠見到哥。」心路笑著答道，他的話語中聽不出絲毫嘲諷的語氣。他就這樣開心地笑著望向鄭泰義。

由於那根叼在心路嘴上的香菸看上去實在是太過突兀，鄭泰義一直等到對方笑著彎起了眼角，他才總算在心路身上找到令他感到熟悉的一面。

隨著香菸在不知不覺間延燒到了濾嘴的部分，鄭泰義在苦惱了一會兒後，稍稍地將香菸埋入沙堆中熄滅再拿出來。

對於自己竟然在這片潔白的沙灘上熄滅香菸，鄭泰義猛地湧上了內疚的情緒。

「心路，抱歉。」

將熄滅的菸蒂收進口袋裡後，鄭泰義用著近乎是自言自語般的音量說道。

因為四周充滿著海浪聲、風聲，以及遠處人們吵雜的喧鬧聲，其實就連鄭泰義自己都快要聽不見了，然而心路好像還是聽到了他的那句道歉。

在將快要燒到底的香菸插入沙堆中後，心路笑了起來，「仔細一想，哥並沒有做錯什麼啊。我知道哥是因為個性使然，才會向我道歉的，但實際上，哥根本就不需要向我道歉。反倒是我才該向哥道歉才對。」

「嗯……或許吧。」鄭泰義沒有反駁，而是直接點頭認同。

而心路見狀就像聽見了什麼好笑的話語般，短暫地大笑了好一陣子，「那麼……哥，我們也差不多該——」

「怎樣，你該不會要把我直接帶走吧？」鄭泰義邊說邊看向心路那優美的手腕，「你是要把我打昏，還是要下藥，抑或強行把我拖走？」

雖然那個手腕看上去很纖細，但實際上卻是非常地有力。

而準備要向鄭泰義伸出手的心路突然停下了動作。下一秒，他再次露出難堪的表情直勾勾地凝視著鄭泰義，「我原本的確打算要這麼做……難道你不喜歡這樣嗎？」

「當然不喜歡啊。到底有哪個人會喜歡無緣無故就突然被人帶走啊。」

「那要怎麼辦？」

「什麼怎麼辦，你不要強行把我帶走不就可以了。」

「可是哥不會乖乖跟著我走啊！」

「嗯，因為我得先找到我哥才行。」

「你是指鄭在一嗎？你也不用特地去找他啊。反正他不管去到哪裡，都可以過得很好不是嗎？」

鄭泰義陷入了沉默。隨後，他微微地皺起眉頭望向了心路。

而心路在若無其事地聳了聳肩後，眼神倏地變得非常認真，他就這樣與鄭泰義對視著。

「我不管到底是誰要求你去找鄭在一的，我也不在乎鄭在一那個人究竟過得怎麼樣。我只要有你一個人就夠了。」

「心路。」

「所以，哥就跟我走吧。」

心路站了起來。而原先黏在他身上的沙子也隨著他的動作一起掉落到了沙灘上。為了不要讓沙子飛到鄭泰義的身上，心路往後退了一步，並將仍舊黏在身上的沙子拍掉，接著朝鄭泰義伸出了手。

「哥，之前是我做錯了。因為我太喜歡哥，才會忍不住做出那種事。明明哥也喜歡著我，但我們之間卻老是出差錯、老是在錯過，這才導致我一時鬼迷心竅。總而言之，無論如何，我都一定要得到哥才行。我之所以會做出這些行為，全都是因為我喜歡你啊！」

鄭泰義聽著心路那有些著急又激動的語氣，默默地看向對方那隻伸到他面前的手。那是隻既柔軟又惹人憐愛的手。鄭泰義依舊記得，他之前心心念念就只為了要摸到這隻手。

下一秒，他毫不猶豫地握住了心路的手。而原先一直籠罩在心路笑容上的不安感也漸漸地淡去，「泰一哥。」

「心路，那你現在？辭去了UNHRDO的工作後，你過得還好嗎？你原本不是很喜歡在那裡工作嗎？」鄭泰義握著對方的手，心平氣和地問道。

而心路的表情頓時又微微地沉了下來，「我……過得很好啊。因為我爸前陣子讓了一間小公司給我經營，所以我不久前開始學習起了要怎麼治理公司。這件事倒也還挺有趣的。」

「是嗎，太好了。那之後有機會的話，我再去找你。」

「……哥。」

心路臉上的表情完全消失了。而那隻被鄭泰義緊握著的手也不自覺地蜷縮了起來。

「抱歉。」

隨著鄭泰義嘟噥出那句道歉，心路的手也更加大力地蜷縮著。沒過多久，心路的手蜷縮成了拳頭的形狀，就這樣從鄭泰義的掌心離開。

「……哥，你不是喜歡我嗎。」心路靜靜地問道。

那張面無表情的臉凝視著鄭泰義，看得鄭泰義的心臟猛地傳來一陣刺痛。

「對，其實我現在也還是喜歡著你。你還是一樣惹人憐愛，一樣可愛，可是……抱歉。你想要的關係跟我想要的關係好像不太一樣。」

「沒有啊，哥想要的關係就是我想要的關係！」

「是嗎？那或許是你認為的『我想要的關係』發生了變化吧。」鄭泰義淡淡地開了口。語畢，那股令人感到麻木的痛覺停留在他的舌尖。

或許改變的就只有鄭泰義一個人而已。雖然他依舊覺得心路很惹人憐愛，但他已經無法再去迎合對方想要的一切了。他可以感受到自己的情感漸漸褪色，漸漸展現出與之前不同的樣貌。

對此，他只覺得遺憾與惋惜。

而心路則是默默不語地垂頭望向了鄭泰義。那張鄭泰義從沒見過的陌生臉孔好像染上了一絲憤怒的情緒。隨後，憤怒的情緒參雜了悲傷，參雜了埋怨，還參雜了惋惜。

「哥，不行。自從我離開了UNHRDO後，我的滿腦子就只想著哥一個人。沒有你的話，我真的活不下去。不管如何、不管要用什麼樣的方式，哥都得待在我的身邊。我無法接受不願意待在我身邊的哥竟然待在其他人的身旁，哥本該在我身邊的才對啊……哥，這就是我的想法。」

「就算我不想嗎？」

在聽見鄭泰義那句低沉的提問後，心路沉默了好一會兒。也不知道究竟過了多久，心路才簡短地說道：「就算你不想也一樣。」

鄭泰義抬起頭望向了心路。下一秒，他嘆了口氣，接著從沙灘上起身。他故意不去抓心路那隻朝他伸出的手，而是靠自己的力量起身，並拍掉沾在褲子上的沙子。

沙沙，那些沙子就這樣掉落在他的鞋子上。

「就是因為這一點，我才無法跟你在一起。就是因為這一點，我才不想跟你待在一起。」鄭泰義壓低了自己的嗓音。

心路似乎察覺到了鄭泰義的臉上微微浮現出一絲凶狠的神色，他的表情猛地沉了下來。鄭泰義見狀倏地思考起，除了之前在UNHRDO時就曾看過心路這副頑強的模樣之外，他好像還有在其他的地方看過別人露出這令他感到反感的頑固態度。

然而沒有思考太久，他便想起了心路的這副模樣與哪個人很像。那個人正是從遠方低矮樹叢中緩慢朝著這裡走來的男人。

伊萊里格勞一隻手插在口袋，另一隻手搓揉著像是很痠痛的脖子，從容地朝兩人的方向走來。而伊萊那道直勾勾盯著這個方向的視線隨即便停在了鄭泰義的身上，沒有要移開的打算。

伊萊就這樣一步、一步，從原本的土路走到了潔白的沙灘上。

蓋博跟在伊萊的身後，那張看向鄭泰義的臉一如既往的木訥。即使他還默默瞥了站在鄭泰義身旁的心路一眼，但表情仍舊沒有任何的變化。

霎時，鄭泰義猛地想起蓋博曾經對他說過，這裡的治安不是很好，他最好不要獨自一人到處亂跑。

想必這裡的治安不是真的不好，而是蓋博知道有人正在跟蹤著鄭泰義，所以才會說這種謊。而關於這點，伊萊肯定早就知情了。

在注意到鄭泰義的視線看向自己的身後後，心路轉過了頭。只有上半身背過去的心路就像早就預料到似的，他毫不在乎地再次轉了回來。

「哥，你剛剛是說因為那一點，所以才無法跟我在一起的嗎？」心路開口問道。

他的表情已經變了。這已經不再是原本那還願意稍微流露出些許純真笑容的臉龐。那張明顯變了個態度的臉就像隻剛成年的獅子般，充滿著自信、勇往直前，不打算就此後退的氣勢。

「這只不過是哥的藉口吧。要不然你怎麼會跟那個男人在一起。」

鄭泰義沒有答話。因為他不知道該怎麼回答。

其實心路並沒有說錯，會強制灌輸自己的想法給他的人不只有心路。可是他現在卻跟伊萊待在一起，而不是心路。

「我看你們好像聊得很開心，我可以加入嗎？畢竟難得看見了一張熟悉的老面孔嘛。」

一道慢條斯理的嗓音從心路的身後傳來，打破了這片寂靜。而那道帶著些許愉快氣息的嗓音就這樣緩慢地朝心路靠近著，五步、四步、三步、兩——

鄭泰義下意識地做出了動作。或許這是之前所遺留下的習慣也說不定。他反射性地湧上了要保護眼前這名純真的孩子，使對方逃離那名既凶狠又殘忍的男子身邊的想法。

將心路往旁邊一推後，鄭泰義擋在了心路的面前。而當他發現自己竟然處在伊萊與心路的中間時，他才意識到自己失誤了。他錯就錯在沒有等大腦經過計算後再做出動作，而是選擇了近乎本能的反射性動作。

而伊萊那隻伸到一半的手就這樣僵在了原地。那張看上去雖然冷淡，但至少還夾帶著些許笑意的臉龐漸漸褪去了表情。伊萊將那隻伸到一半的手翻過來後，他看著一無所有的掌心緩慢地折起了手指。

「那張熟悉到令我想要握手的老面孔不是你，泰一。」

「……」

鄭泰義露出了尷尬的表情呆站在原地。現在突然後退好像很可笑，不過繼續站在這裡似乎也沒有比較好。

「嗯……因為我想跟你握手啊！見到你太高興了，所以我才會衝出來。」鄭泰義斷斷續續地說道。

下一秒，他抬起伊萊那隻已經握拳的手，再次將對方的手指一根一根地拉開，接著用自己的雙手握住那隻手並輕輕晃動了起來，「握手、握手！」

「……」

「……」

垂下頭的鄭泰義可以感覺到有股炙熱的視線停留在他的頭頂上。而伊萊的身後也猛地傳來一聲「噗」的笑聲。不過等到鄭泰義稍稍抬眼看向蓋博時，對方卻早已恢復成原本那木訥的表情盯著他看。

鄭泰義垂眼看向那隻被他握在手中的手，稍微思考了一下自己為什麼一定得握住對方的手。然而再次思索了一遍後，他還是不願看見眼前的怪物朝心路張開血盆大口的模樣。

「泰一……我從之前就在想了，你好像一直以來都誤會了那個小鬼。不過這其實也無所謂。」

伊萊嘆了口氣低語著。與此同時，那隻本來被鄭泰義握在手中的手反過來抓住了鄭泰義的手腕。隨後，伊萊大力地將鄭泰義拉了過來。

「……！」

就像鄭泰義將心路拉到自己的身後似的，這次換伊萊把鄭泰義拉到他的身後。下一秒，伊萊前進了一步。

「好，那我們要再次打聲招呼嗎，凌心路。不知道凌霍龍老先生過得還好嗎？」伊萊笑著問道。

鄭泰義能從對方那微微上揚的雙唇中看見一排潔白的牙齒。那是一排彷彿隨時隨地都能將一個人生吞活剝般的堅硬牙齒。

在看見那排牙齒後，鄭泰義下意識地搓揉起自己的脖子。他倏地湧上了一股不是很舒服，又很複雜的情緒。

而就算身材高壯的伊萊站在面前，心路看上去也沒有絲毫畏縮的模樣。心路就這樣泰然地直視著伊萊。雖然伊萊的眼中猛地閃過一絲冷冰冰的寒氣，但隨即便又消失了。

「多虧了你……你還真會找人。我原本動用了所有手段，都找不到哥的半點下落。不過多虧了你，我總算能再次跟哥見上一面了。」心路一邊將視線移到鄭泰義的身上，一邊嘟嚷道。

鄭泰義見狀忍不住咂起了嘴。沒想到當他拿著在叔叔的幫助下獲得的新身分到處亂跑的同時，竟然還有這麼多人在找尋著他的下落。看來除了哥哥之外，就連他也在不知不覺間跟大家玩起了捉迷藏。

那麼接下來就只要等哥哥現身就可以了。

稍稍歪著頭，露出微妙笑容的伊萊倏地壓低了嗓音說：「喂，小鬼。他是我的。他不是你可以覬覦的對象。」

心路沒有答話，他就只是默默地看向鄭泰義。心路的眼神就像在無聲地問著「你剛剛說因為那一點，所以才無法跟我在一起嗎？」似的。

鄭泰義只能苦澀地咂著嘴。而伊萊一聽見鄭泰義的咂嘴聲，便轉過頭看向了他，「怎樣，你不認同嗎？鄭泰一，你也不這麼想嗎？」

伊萊笑了起來。而鄭泰義在看見對方那微微上揚著的嘴角後，忍不住抖了一下。當伊萊朝他前進了一步，並且伸出那隻白皙的手時，鄭泰義下意識地僵在了原地。

那隻手就這樣停在了鄭泰義下巴與脖子的交界處。對方就像在撐著鄭泰義的下巴似的，其他根手指輕輕撫摸著脖子，而大拇指則是撫上了鄭泰義的嘴唇。

鄭泰義的臉色頓時大變。他的腦中突然閃過了一個片段。

那是前幾天的記憶。就算有其他人在看，伊萊也仍舊把他折磨到悲慘不堪的一段記憶。

而伊萊在看見鄭泰義那瞬間沉下來的表情後，臉上的笑容猛地消失。那隻抓著鄭泰義下巴的手好像也突然加重了力道。

然而，這一切就只是一剎那的事。

下一秒，伊萊已經不再是原本那面無表情的模樣，也不是不久前彷彿被人擊中了要害般表情頓失的模樣。伊萊就像平時一樣，露出了既淡然又似笑非笑的表情，默默凝視著半空。

「我才在想說這陣子怎麼都沒看見這個小鬼，原來他是忙著要養肥自己的膽子啊。」

哈哈，在聽完伊萊那道低沉的笑聲後，微微皺著眉頭的鄭泰義這時才發現站在伊萊身後的心路已經舉起了一把手槍瞄準著伊萊。

那是一把二十二口徑，只要夠上手，就算單手操作也沒問題的短槍。雖然那是一把小槍，但在這個距離下，若對方可以精準命中目標的話，要殺死一個人絕對不成問題。

「里格勞……我要開槍了。」心路平靜地開口道。

而鄭泰義則是目不轉睛地看著心路。此刻的他早就把伊萊那隻抓著他下巴的手、不久前一閃而過的記憶，以及心路竟然拿著一把槍瞄準著伊萊的事全拋到了腦後。他就這樣默默凝視著心路那隻握著手槍的手，以及那張淡然說著話的小嘴。

就是這種瞬間，使鄭泰義覺得心路如此陌生。就是這種在認知到心路的手指竟然可以毫不猶豫扣下扳機的瞬間，使鄭泰義覺得心路就像個陌生人似的。

霎時，鄭泰義猛地意識到了，錯就錯在他打從一開始就誤會了心路的真實樣貌，並且還單方面地對對方的真面目感到陌生。他實在沒有資格去怪心路變了個人。

而垂下頭看著鄭泰義的伊萊則是倏地瞇起了雙眼，噗哧一聲地笑了起來。那隻在鄭泰義嘴唇上滑動著的手指緩慢地移開後，伊萊舔了舔自己的大拇指。與此同時，那雙滿是笑意的眼眸依舊緊緊地黏在鄭泰義的身上。

「我不是說過了嗎，是你誤會他了……雖然這樣可能也改變不了你對他的認知就是了。」伊萊低聲嘟噥道。

下一秒，伊萊若無其事地背過了身。而那距離他只有幾步之外的槍口就這樣不偏不倚地瞄準著他的腦門。喀拉，一道壓下擊錘的聲響劃破了寧靜。

「心路！」

鄭泰義連忙喊了對方的名字，然而回應他的卻是一陣沉默。面對著那把隨時都有可能扣下扳機的手槍，伊萊就只是默默地凝視著站在他面前的青年。霎時，他猛地發笑。

「果然……你不是。」

伊萊一邊低語，一邊打量著心路。下一秒，他的雙眼再度瞇了起來，「若是他對我來這招，那我或許還會覺得挺有意思的，可是你不是。對我來說，你只不過就是個——不知天高地厚的小狗崽子罷了。」

伊萊微微地抬起了手，而注意到這個動靜的心路隨即扣動自己的手指。

就在這個剎那。

咔嗟。一聲鐵器撞擊著鐵器的厚實聲響迴盪在四周。

鄭泰義原先還沒有意識到這是什麼聲響，一直到過了好幾秒後，他才發現這是子彈撞擊到槍枝消音器的聲響。

與此同時，準備要扣下扳機的心路因為來不及握緊手中的槍，導致槍枝掉落到他身後的沙灘上，任由海浪不停地朝著那把槍襲來。而槍枝的槍管也呈現被打歪的狀態。

鄭泰義一看見手腕肯定扭傷的心路皺起眉頭緊握著手的模樣，立刻轉過身看向自己的身後。因為剛剛那道厚實的撞擊聲是從他的身後傳出來的。

而站在三人身後的人正是蓋博。對方此刻用著冷漠的表情舉著一把手槍，並且將槍口瞄準著心路。

「你怎麼不直接殺了他。」伊萊咕噥道。

蓋博維持著將槍口瞄準心路的姿勢，不滿地說：「這種危險的事請你自己做。無論是現在還是未來，我都不想跟凌家結仇。」

「但你應該已經來不及了吧。」

「沒有啊。你別看我這樣，我剛剛可是賭上了自己的命。」

蓋博滿不在乎地說完後，默默嘆了口氣。距離他們百米之外的地方，有名槍手正舉著一把長槍，躲在可以眺望整個海岸邊的樹叢中瞄準著蓋博。

由於凌心路是凌霍龍最疼愛的兒子，對方自然不可能會放任自己的寶貝兒子獨自一人來到這座島上。

而輕輕轉動著手腕的心路則是瞪向了蓋博，「你是怎樣？臭小子，你想死是嗎？」

雖然心路的表情乍看之下沒有什麼太大的變化，但語氣明顯變得十分凶暴。似乎是因為一時之間嚐到了不怎麼熟悉的痛感，才使心路按捺不住內心的怒火。

蓋博見狀不禁微微地皺起了眉頭。他還在思考要怎麼回答心路的問題。

霎時，暗自觀察著這一切的鄭泰義猛地湧上了「要是為了保護像伊萊那樣的怪物而讓自己命喪黃泉，那還真的是啞巴吃黃蓮」的想法。

「……心路，你傷得很重嗎？」

在看到對方那隻緊握著另外一隻手腕的手後，鄭泰義忍不住嘆了口氣。語氣中也不自覺地透露出自己的擔心。

而心路這時才總算把視線移回鄭泰義的身上。原先那張面無表情，視線冰冷的臉蛋也立刻流露出疼痛難耐的神色。

「哥，我好痛喔。我的腕骨好像骨折了，真的好痛好痛喔！」

心路的嗓音微微地顫抖著。那是一道足以讓聽的人的心都跟著疼痛起來的柔弱嗓音。鄭泰義在咂了咂嘴後，準備要朝心路走去。不過下一秒，他的肩膀卻被伊萊一把抓住。

靜靜地拉開對方的手後，鄭泰義看向了伊萊。兩人就這樣四目相交。

「你要去哪。」

「他的手腕不是受傷了嗎。反正我很擅長幫別人檢查傷勢……伊萊，不要攔我。我不會離開的。」鄭泰義不忘在最後一句話上加重語氣。

伊萊撇起了嘴。正當伊萊張開雙唇，準備要說些什麼的時候，鄭泰義倏地嘆了口氣。在抬眼凝視了伊萊好一會兒後，鄭泰義先是嘟噥了一句：「好吧，我知道了。」接著便拉起伊萊的手作勢要朝心路走去。

「我們一起去總可以了吧？」

還沒等伊萊開口，鄭泰義就已經把對方拉到了心路的面前。在將伊萊帶到靠近沙灘內側的位置上後，鄭泰義把心路擺在中間，而自己則是站在最靠近大海的位置。隨後，鄭泰義小心翼翼地抓起了心路的手腕。

「我看一下。」

鄭泰義一邊嘟噥，一邊輕柔地轉動起對方的手腕。

心路見狀露出了微妙的表情看向鄭泰義。而中間隔著心路，與鄭泰義面對面的伊萊也露出了難以言喻的表情。

與此同時，離三人有段距離的蓋博放下了手中的槍。由於伊萊所處的位置剛好擋住了心路，他無法再繼續瞄準著對方。而躲在樹叢中，舉著一把長槍瞄準著鄭泰義的槍手也頓時被伊萊與心路遮擋住了視線。

在這片沒有人願意開口講話的寂靜中，就只有鄭泰義一人露出了認真的表情在打量著心路的手腕。他謹慎地摸著心路的手腕與手背，仔細觀察著有沒有哪個地方受傷了。

而心路則是直勾勾地凝視著這樣的他。

「看上去就只是稍微扭到而已，不過若疼痛沒有減緩，你還是要記得去醫院檢查一下。好險你沒有傷得太嚴重。」

「……泰一哥。」

「心路，就是因為這一點。」鄭泰義淡淡地說道。

在檢查完心路的手腕後，他鬆開了那雙握著心路手腕的手，並將自己的視線移到對方身上。他就這樣與那道不停盯著他看的視線對視著。

「你是不是曾經想過，要是我不願意待在你身邊的話，你就要直接殺了我。」

「……」

「就是因為這一點。」

心路沒有答話，他就只是默默地凝視著鄭泰義。而鄭泰義在苦澀地咂完嘴後，便撓起了自己的頭。

「你要殺的話，乾脆就殺了那個傢伙吧。我不是還特地幫你安排好了位置嗎。」鄭泰義邊說邊用下巴指向了伊萊。不過在看到依舊默默不語的心路後，他倏地露出了有些尷尬的神色。

其實他一開始也沒有注意到這件事，抑或者是去懷疑心路的居心。然而當他意識到槍手的存在後，他立刻就想通了這一切的來龍去脈。

被派來保護心路的那名槍手瞄準的並不是伊萊，也不是蓋博，而是鄭泰義。大概只需要心路的一些小動作，又或者是信號，那顆裝在長槍裡的子彈便會立刻射穿鄭泰義的腦門。

莫名覺得有些尷尬的鄭泰義忍不住咂起了嘴。隨後，他瞥了站在心路身後的伊萊一眼。當兩人四目相交的剎那，對方猛地挑起了眉頭。

「你要殺的話就殺他啊，為什麼要殺我。」鄭泰義用著不會被伊萊聽見的嗓音低聲咕噥道，「你該恨的是他而不是我吧。」

然而心路就像沒有聽見鄭泰義的咕噥聲似的，就這樣默默地凝視著他。彷彿在沉思著什麼的心路在凝視了鄭泰義好一會兒後，突然笑了起來。

那是一道似乎有些無力，又好像覺得這一切很有趣的笑聲。

「因為我打算要親手殺掉里格勞。雖然我爸幫我找到了一名槍法很不錯的槍手，但他有事先叮囑過我，在里格勞沒有動手傷害到我的前提下，我不能率先挑起事端……況且。」無力嘟囔著的心路先是沉默了一會兒，接著露出微妙的眼神看向鄭泰義開口道，「就算那個男人死了，這也不代表哥就會來到我的身邊啊。」

你的意思是，要是我不跟你走的話，你真的打算要殺了我？——正當鄭泰義準備要將這句話問出口時，他隨即又安靜了下來。

他倏地想起了叔叔曾經對他說過的話。

——那個傢伙，其實有著令人出乎意料的一面。

出乎意料的一面。那該死的出乎意料。鄭泰義沒想到心路的身上竟然藏著這麼多令他出乎意料的一面。

雖然鄭泰義不確定之後還會不會看見心路展現出令他感到詫異的一面，但他只希望那些面貌可以不要比現在的這副模樣更駭人就可以了。

縱使鄭泰義很想用力地抓起自己的頭髮，不過在聽見心路那無力的嗓音後，他也跟著無力了起來，甚至忍不住又嘆了口氣。

心路垂下了頭，他看向自己的手腕。他默默抓著那隻不久前，鄭泰義因為擔心他受傷而不停查看著的手腕。

「我原本打算要強行把你帶走的。」

那道低沉的呢喃聽上去就像是心路的自言自語。語畢，再次陷入沉思之中的心路猛地抬起了頭。而他的臉上還夾帶著些許的笑意。

爽快笑著的心路就這樣再次開口道，「我本來還想說要是真的不行的話，乾脆就直接把你的屍體帶回去算了。不過現在想了想，我還是乖乖打消這個念頭好了。」

看著對方那久違的爽朗笑容，這次換鄭泰義陷入了沉思之中。聽見心路的這番話後，他究竟是該感謝對方的手下留情，還是要氣對方湧上這種過於不人道的念頭。不過還沒等鄭泰義思索出結論，一道笑聲便打斷了他的思緒。

「就算他死了，他也不會是你的。為了不要讓你有機會帶走他，我非但不會把他埋進土裡，甚至還會把他的骨肉以及每一根毛髮都吞下肚。」伊萊緩慢又慵懶的嗓音從心路的身後傳了出來。

而鄭泰義見狀臉上的表情隨即消失殆盡。不對，比起消失，更準確地說是整張臉都僵掉了。他的背脊也冒出了雞皮疙瘩。無論他怎麼看，他都不覺得伊萊剛剛的那句話只是句玩笑話罷了。畢竟對方的精神狀態本來就跟常人不同。

在搓了搓發涼的手臂後，鄭泰義露出驚恐的表情看向伊萊。而伊萊則是微微挑起了眉頭，就這樣與鄭泰義對視著。

當兩人的視線相交在一起的瞬間，伊萊淡淡地笑了起來。

不過心路臉上的笑意卻徹底消失了。心路就像個人偶般，面無表情地沉默了好一會兒後，倏地撇起了嘴。鄭泰義似乎還能聽見對方低沉的咂嘴聲。

「雖然我也不想讓你待在那個傢伙的身旁……泰一哥，你就直說吧，你想跟我一起走嗎？只要你說出想跟我一起離開的話，無論如何——無論得使出什麼樣的手段，我都會帶走你的。可是，被我帶走之後，哥就只能屬於我一個人的喔。」心路的嗓音中非常罕見的不見任何開玩笑的氣息。

心路就像沒聽見站在他身後的伊萊說了些什麼似的，自顧自地開啟了新話題。他就這樣用著既平靜又明確的語氣看向鄭泰義開口說道。

而鄭泰義先是直勾勾地凝視著心路好幾秒，接著猛地笑了起來，「你帶走我的屍體是能幹嘛。你是打算把我的皮剝下來，做成衣服嗎？」

「不，我會把哥的皮膚剝下來套在竹夫人上。這樣每天晚上睡覺時，就能抱著你一起睡了。」

「……」

這些傢伙開的玩笑怎麼都這麼嚇人啊……

鄭泰義咂了咂嘴後，輕聲嘟噥著，「喔，這樣啊。」

而心路在看見鄭泰義那臉色有些難看的表情後，默默地笑了起來。鄭泰義見狀也跟著露出了一個微笑。

「我不會跟你一起走的。」

聽完鄭泰義那句平靜的回答後，心路點了點頭，「好吧。那我會等你的。」

「好……嗯？」

「無論是什麼時候都可以。我剛剛不是說過了嗎？只要哥想的話，無論得使出什麼樣的手段，我都會把你帶走的。我會一直待在哥的身邊，慢慢等著你的。」輕輕嘆了口氣後，心路說道。

鄭泰義微微地歪起了頭。他原本還以為心路就只是在說場面話而已。不過在聽見心路那拍了拍沾到褲管上的沙子，淡然說出口的話語後，他總覺得好像有哪裡怪怪的。

而站在一旁的伊萊則是倏地瞇起了雙眼，開口問道：「你剛剛是說，你會一直待在他的身邊嗎……？」

心路就像把伊萊的話當耳邊風似的，依舊自顧自地拍著褲管上的白沙。一直等到拍完之後，他才挺直腰桿，轉過頭看向伊萊。

「對，只要泰一哥想的話，無論得用上什麼手段，我都會衝來把他帶走的。要是到時候，哥又出現在你面前的話……哥，只要一句話就夠了。只要你叫我帶你走，我就會馬上衝來把你帶走。就算，對，就算我會就此喪命也一樣。不過被我帶走之後，哥就只能屬於我一個人的。」

心路後面的那段話是說給鄭泰義聽的。

心路不停地強調著，要是鄭泰義想要逃離伊萊的魔掌，他隨時都願意前來幫這個忙。可是在那之後，鄭泰義將再也無法逃脫他的身邊。

鄭泰義沒有答話。他就只是嚥下了口中那苦澀不已的唾液而已。

「你還真的是個膽大的小鬼啊，嗯？」伊萊笑著咕噥道。不過他的語氣中卻夾帶著些許凶狠的氣息。

「心路，你好像太相信你爸了。」

伊萊笑了。不，其實他嘴邊的笑容從來都沒有褪去過。然而鄭泰義深知那個笑容早已喪失了笑容原本所代表的含義。而在場的所有人也都知道著這個事實。

「伊萊！」

由於有股猛烈的不安感倏地襲來，使得鄭泰義不得不叫住對方的名字。而準備要邁開步伐的伊萊見狀則是稍稍瞥了鄭泰義一眼。

「我不會離開的……所以你不要動他。」

伊萊停下了動作。那雙垂眼望向鄭泰義的眼眸不知道究竟在想些什麼。

下一秒，伊萊的手指微微地動了起來。伊萊似乎是在為不能把心路的脖子扭斷而感到惋惜似的，隨後便將視線移到心路的身上。心路此刻站在離他只有幾步之外的位置上。

要是伊萊真的打算對心路動手的話，只需要短短數十秒不到的時間就能抵達對方的面前。只要短短數十秒的時間。

伊萊就這樣與心路四目相交。心路的眼眸在湧上一絲淡淡緊張感的同時，倏地閃過了笑意。而伊萊在看見心路的笑容後，雙眼再次瞇了起來。

在這短短數十秒的時間裡，已經足以讓心路比出手勢下令遠處的槍手開槍送鄭泰義陪他一起走上黃泉路了。

正當伊萊陷入沉思之中，垂下眼望向心路時，一旁的鄭泰義猛地嘟囔起：「唉，我好不容易跑來欣賞大海的景色，怎麼會被搞成這副德性啊。」

在嘆了口氣後，鄭泰義接著說道：「我要回去了，你們若是想繼續待在這裡的話，就繼續待在這裡吧。對了，心路，我們下次見。不過在此之前。」

對伊萊與蓋博說完想說的話後，鄭泰義突然轉過頭看向了心路，並且大步朝著對方走去。他就這樣站在瞪大雙眼的心路面前，倏地笑了起來。

而下一秒。

碰，伴隨著一聲響亮的聲響，被鄭泰義猛揍一拳的心路一邊捂著自己的臉頰，一邊倒在了沙灘上。

「泰、泰一哥——？」心路滿臉詫異地看向鄭泰義。

「哎唷，我剛剛好像沒有打好。」鄭泰義皺著眉，揉了揉自己的拳頭。明明是他先動手打人的，但他卻擺出了委屈的表情望向心路。

「其實你今天本該被我狠狠地揍一頓，但看在我們這麼久沒見面的分上，我實在是不忍心繼續揍你……你下次不准再這樣。因為我不想再對你動手了。畢竟打你，我也很痛啊。」

「……是哥的心會痛嗎，還是拳頭會痛？」

「兩者都是！你下次要是再這樣，我就繼續揍你。」

心路捂著自己的臉，直直地凝視了鄭泰義好一會兒後，乖乖點了點頭，「好的。」

鄭泰義見狀不禁懷疑起心路到底知不知道自己是因為什麼原因而被他揍，不過他最後還是懶得點出理由。他深怕只要開始解釋起沒有人有資格隨意拿其他人的性命當作威脅籌碼，他便會講到停不下來（況且他也不認為心路有辦法聽懂他在說些什麼）。

鄭泰義心情複雜地垂下眼看向了心路。倒坐在沙灘上的心路看上去是這麼淒涼又美麗，然而那張好看的臉龐後頭卻藏有令人出乎意料的一面。

鄭泰義苦惱了一下要不要扶對方起身，不過最後還是選擇直接背過了身。下一秒，他與站在他面前，漫不經心看著這一切的伊萊四目相交。

「你等一下才要回去嗎？」

「這個嗎……我還在想。」

「如果你還在考慮的話，那就直接回去吧。」

「嗯……這個嗎……」

「……我希望你可以跟我一起回去。」

猶豫了一會兒後，鄭泰義朝著看上去好像打算要繼續待在這裡的伊萊輕輕說道。

而伊萊見狀則是將視線移到鄭泰義的身上，「怎樣，你怕你一走，我就會對那個小鬼下手嗎？」

「不是啦。不對，雖然這也是其中一個理由……但最主要還是因為剛剛帶我來的那個小孩繞太多路了，我不知道要怎麼走回民宿。」鄭泰義撓了撓脖子後，嘆了口氣說道。

伊萊默默地挑起了眉頭。雖然他也深知鄭泰義的方向感很好，但在沉默了一會兒後，他還是點頭答應了，「好吧，那我們就先回去吧。」

伊萊低聲說完後，先是瞥了心路一眼，接著直接轉過頭以緩慢的步伐朝著來時的路走去。而站在幾步之外凝視著三人的蓋博見狀也邁開了步伐，跟在伊萊的身後。

鄭泰義抬頭凝視了天空好一陣子後，一邊嘆氣，一邊作勢要離開這片沙灘。殊不知就在這個時候。

「泰一哥。」

他聽見自己的身後傳來了心路的呼喊聲。

放慢腳步的鄭泰義先是轉過頭看向對方，接著露出「幹嘛叫我？」的眼神。心路此刻仍舊倒坐在沙灘上。

「哥……我喜歡你。」心路低聲地說道。

早在很久之前，鄭泰義就曾多次聽對方說出這番話了。而鄭泰義自己也曾經對對方講過這句話。

一股微妙的重量感就這樣壓在胸口的周遭，使他的心臟猛地一沉。

鄭泰義若有似無地點著頭。下一秒，他伸出手背碰了碰自己那神色尷尬的臉龐，接著再次轉過身朝沙灘外走去。

* * *

或許鄭泰義在隱隱約約間就已經知情了也說不定。

或許早在離開UNHRDO之前，鄭泰義就已經意識到了也說不定。

仔細一想，當鄭泰義聽見心路頂著那張好看的臉蛋說出狠毒的話語時，他當下雖然這副模樣感到陌生，但並沒有因此覺得震驚抑或膽怯。

這件事不足以使鄭泰義改變他對心路的心意。他既沒有因此變得更喜歡對方，也沒有因此變得比較不喜歡對方。對他來說，心路還是原本的那個心路。

然而令他感到意外的是，原來心路的真面目是這個樣子。

心路臉上的表情不再是鄭泰義平時所熟知的模樣。那張有些消瘦與憔悴的臉蛋，雖然還是會令鄭泰義想起對方之前那惹人憐愛又開朗的笑容，但參雜著不安感的表情之中卻夾帶著一絲危險感。

而在那張好看的臉蛋下，實際上還隱藏著一張鮮明的雄性面孔。

是我失算了。鄭泰義忍不住在心底懊惱道。

撇除掉這一切，他沒料到的是心路那超乎他想像之外的執著。縱使他也有想過對方或許會想要找尋他的下落，抑或是直接找上門，不過他萬萬沒料到心路竟然會產生這麼大的反應。

「……」

四面楚歌、進退兩難、進退維谷、躲掉狐狸後，卻撞見了老虎、眼前是峭壁，身後是老虎。

從剛剛開始，鄭泰義的腦中就不停地浮現出這些詞彙。老虎、狐狸、峭壁，他也猜不透自己的處境怎麼會糟成這樣。無論他現在做出了什麼樣的選擇，下場都好不到哪裡去。

「……唉，這到底是怎麼回事。我怎麼會變成這副模樣啊。」

鄭泰義魂不守舍地站在蓮蓬頭下，默默淋著沁涼的冷水好一陣子後，他猛地發出了一聲「呃呃啊！」的叫聲，並且胡亂地搓揉起自己的頭髮。下一秒，一撮頭髮就這樣跟著從頭頂灑下來的水柱一起滑落至地板。

或許再過不久，他就會因為壓力過大而開始掉髮了吧。

鄭泰義拿著比伊萊浴室裡還要更新鮮的肥皂一邊搓揉起自己的身子，一邊瞪向眼前的牆壁。

這麼一想，所有的錯其實都出在UNHRDO上。畢竟他有很多緣分都是從那個地方開始的。可是現在回頭一看，那些緣分裡竟然沒有任何一段是正緣。

「乾脆直接把我的屍體帶回去算了嗎？」

雖然鄭泰義也知道心路的身上存在著令人出乎意料的一面，但他從沒想過對方竟然會這麼不正常。而且越是深思心路當時的那句話，他就越不認為心路只是在開開玩笑而已。不對，仔細一看對方前後文的脈絡，就可以發現那句話絕對不可能只是句玩笑話。

「說不定叔叔的個性之所以會變成現在這副模樣，也是UNHRDO的錯。我看每個待在那個機構裡的人好像都怪怪的。若是真的有正常人的話，那就出來給我鑑定一下啊。」鄭泰義在沖掉肥皂泡沫的同時，還不忘繼續抱怨著：「唉，那傢伙都能當上教官了。我是在期待著什麼啊。」

即使他已經將水龍頭轉到了最冷的那一端，但或許是心中的怒火不斷地燃燒著，才導致他完全感受不到寒冷。

隨著身上的肥皂泡沫全被沖掉，鄭泰義依舊站在蓮蓬頭下不願離開。他就這樣任由刺骨的冷水沖刷著他的身體，默默嘆了口氣。

——你想去找他的話，就去找啊。只不過你一離開的那一刻，你就會死在我的手上了。我會把你身上的每一塊肉、每一滴血全都吃乾抹淨，不會留給那個小鬼。

霎時，鄭泰義想起了當他們回到民宿，正準備要踏進木門時，伊萊對他說的那句話。準備要跨過門檻的鄭泰義見狀立刻皺起了眉頭。一個恨不得要把他變成屍體並帶走，一個則是威脅他說他一離開就會把他變成屍體並吃乾抹淨。

「好像不管我要去哪，最後都會變成一具屍體……你們都不覺得你們太過分了嗎？不過沒想到心路竟然會為了要帶走我，而不惜殺了我。」鄭泰義嘆氣嘟噥道。

誰知道每天把倒霉掛在嘴邊的他，最後竟然真的淪落到無論做什麼都會變成屍體的下場。

當鄭泰義準備掠過站在門前的伊萊走進屋內時，伊萊猛地伸出手抓住了他的手臂，使他不得不停下腳步。在咂著嘴轉過頭看向伊萊後，對方冷冰冰地垂下眼盯著他看。

「鄭泰一，如果我真的打算要把你變成一具屍體的話，我早就動手了。如果我想殺掉你，你老早就已經死了。我都已經饒你一命了，是還有誰敢對你動手？你少在那邊開玩笑了，有人殺得了你？有人敢殺你？」

伊萊嗤之以鼻的低吼聲就這樣從那張緊貼在鄭泰義耳邊的雙唇中傳了出來。而每當伊萊開口時，從他口中吐出的氣息便會搔癢著鄭泰義的耳垂。

一直到這一刻，鄭泰義才發現伊萊正在生氣的事實。

然而鄭泰義並不知道對方究竟是從什麼時候開始生氣的。或許是從伊萊出現在海邊的那一刻起，又或者是三人對談到一半時，對方才開始不爽的也說不定。

他到底是從什麼時候開始生氣的？

鄭泰義默默地凝視著對方，試圖要回想起伊萊的臉龐究竟是從什麼時候開始掛上那冷冰冰的微笑，以及凶狠的眼神。而不過一會兒，他馬上就想起來了。

就在鄭泰義走去查看心路扭傷的手腕時，以及那名躲在樹叢中的槍手開始瞄準著鄭泰義時，伊萊的臉就沉了下來。

「我不會死的。無論是被他殺死……還是被你殺死。」鄭泰義靜靜地說道。

倏地，伊萊那股靠在鄭泰義耳邊的氣息漸漸平息了下來。而伊萊的視線也移到了鄭泰義的臉上。

「鄭——」

「你只剩下一個小時可以給總公司答覆了。」

正當伊萊露出罕見的表情看向鄭泰義準備要說些什麼的時候，離兩人有段距離的蓋博猛地打斷了他的話。

「既然讓你不惜拋下工作也要跑出去處理的事已經告一段落了，那現在也差不多該回來繼續處理剛剛的工作了吧？」

蓋博將視線從手錶上移開，冷冷地說道。而伊萊見狀則是忍不住咂起了嘴。

仔細一想，伊萊的確有說過他今天的工作很多。由於快接近月底了，所以公司的事便以倍數成長著。正因如此，從一大早開始，鄭泰義才一直沒有什麼機會能見到伊萊。想必伊萊剛剛也是工作到一半才突然跑出來的。

伊萊先是往後退了一步，接著再退了一步。而那隻停留在鄭泰義臉頰上的手也緩緩地、緩緩地離開了。

鄭泰義至今還能鮮明地感受到對方指尖搓揉著自己雙唇的觸覺。他就這樣下意識地用手背碰了碰自己的嘴唇。隨後，他才又猛地抬起了頭。

他已經想不起來自己究竟站在這裡多久了。是皮膚突然傳來一股刺痛感，才使他再次打起了精神。好不容易打起精神後，鄭泰義這時才發現自己的皮膚已經被凍成紫色了。

沒想到才淋了一會兒沁涼的冷水，皮膚就凍到發紫。而鄭泰義一直等到看見發紫的皮膚後，才倏地感覺到一絲寒意。他只好連忙從蓮蓬頭底下離開。然而，由於他的雙腳也被凍僵了，導致他無法流暢地移動。

當那隻因為打上石膏而不得不包裹著塑膠袋的腳踏上磁磚地板時，他甚至還差點滑倒。

「哎呀。」在將手撐在一旁的牆上後，鄭泰義才總算找到支撐點拖著自己的身體走出淋浴間。

「我得打起精神活下去才行，不能再這樣虐待身體了。大家總說只要好好打起精神，就算進到虎穴也能順利地存活下來。」鄭泰義咂嘴碎念道。

然而當他走出淋浴間，用乾毛巾將身上的水氣全都擦乾並穿上衣服後，那股刺骨的寒氣竟然還沒消失。這種感覺就猶如將全身的骨頭都浸泡進冷水裡似的。

「哎唷，這也太冷了吧——我真的快瘋了。到底有哪個傢伙會蠢到一直淋冷水，淋到變成這副鬼樣。鄭泰義，你做事怎麼都不帶腦啊。」鄭泰義一邊搓揉著自己的身體，一邊走出了浴室。

不過就在他準備將溼答答的腳踏到地墊上時，他倏地停下了動作。

他的床上躺著一名他在進到浴室前都還沒有出現的人。鄭泰義默默凝視著那名直接側躺在棉被上，占據了整張床的男子。

伊萊里格勞。那人闔上了雙眼，若無其事地躺在鄭泰義的床上。

在用毛巾擦了擦自己的頭髮後，鄭泰義朝著伊萊的方向走去。然而當他走到床鋪旁時，伊萊依舊沒有睜開雙眼。

不過鄭泰義深知伊萊是個非常淺眠的人。雖然只要輕聲一喊對方的名字，對方大概就會立刻張開雙眼，但鄭泰義並不打算這麼做。反正伊萊看上去也不是因為有什麼急事，所以才來他的房間找他的。況且要是真的有什麼事的話，早在鄭泰義打開浴室門的那一刻，伊萊大概就已經睜開雙眼了。

眼前是峭壁，身後是老虎。

其實鄭泰義這兩者都不是很喜歡。眼前的峭壁怎麼看都不是可以單靠僥倖就存活下去的地方，而身後的老虎也不是那種輕易就能被打敗，抑或可以順利逃脫的猛獸。無論他選擇了哪一方，他的人生都將會是一團亂。

但如果硬要選的話。

「……」

鄭泰義坐在床邊，一邊陷入沉思，一邊揉了揉自己的頭髮。對他來說，究竟哪一方會比較好？而他又得選擇哪一方，對對方來說才是比較好的決定？

他無法輕易為前者下定論。不過當他思考著這個問題時，他的腦中卻猛地閃過了一張毫無理由就出現的臉龐。然而因為這一切實在是太過莫名其妙了，所以他馬上便決定要將那張臉龐從腦海裡刪去。

而他對後者的結論。雖然這依舊沒有什麼明確的理由或根據，但他馬上就得出了結論。一個原本很有人性的人，在認識了鄭泰義後，卻漸漸成為一名不正常的傢伙；以及一個本來就不正常的人，即使現在仍舊非常不正常，可是卻漸漸展露出有點人性的一面。

比起選一個只要跟自己待在一起就會失去人性的傢伙，他還不如選另外一個人。甚至這樣對這個世界來說可能也比較有幫助。

鄭泰義將毛巾放在頭上，轉過頭看向了依舊緊閉著雙眼的男子。在這間寂靜的房間裡，他只能聽見一道既規律又低沉的呼吸聲。

「……伊萊。」

鄭泰義用著跟對方呼吸聲一樣寧靜的嗓音，輕聲呼喊道。

房內還是一片死寂。伊萊也仍舊沒有睜開雙眼。在這個似乎連任何細微的動作都會不自覺停下來的寂靜空間裡，鄭泰義轉過了身，一隻手抵在伊萊頭的旁邊。由於伊萊沒有躺在枕頭上，所以他身旁的床墊直接就陷了下去。

鄭泰義垂下眼看向了倒在他身下的那張臉蛋。他就這樣仔細打量著那張闔上雙眼，沒有任何動靜的臉。乍看之下，他就像要找出對方的臉上究竟有什麼細小的瑕疵似的。

而某個瞬間。某個連鄭泰義自己都沒有意識到的瞬間。

「……喔。」

鄭泰義倏地嘟噥了起來。他總覺得自己的嘴唇好像碰到了什麼東西。一種溫暖又乾燥，有些粗糙卻又熟悉的觸感以陌生的方式碰到了他的雙唇。

伊萊的臉就在他的面前。兩人之間的距離已經近到他無法看清對方的程度。

鄭泰義猛地爬了起來，「喔……？」他隨即又再嘟噥了一次。下一秒，他木然地垂眼看向那張距離他兩掌寬之外的臉。

伊萊在不知不覺間已經睜開了雙眼。他微微地瞪著眼，目不轉睛地看向鄭泰義。當兩人的視線交織在一起的剎那，鄭泰義第三次發出了：「喔……」的咕噥聲。

凝視著鄭泰義好一會兒的伊萊倏地張開了嘴巴，好像想說些什麼似的。然而話還沒說出口，他馬上又闔上了嘴。就這樣過了好幾秒後，他才又再次開口道：「別人睡得好好的，你自己衝過來亂親人，幹嘛還在那邊喔來喔去的啊。」

不知為何，伊萊那道漫不經心又正常的嗓音聽上去竟比平時還要更加低沉。而講完那句話後，伊萊便再次凝視起了鄭泰義。

「對……？」鄭泰義歪起了頭。

「什麼？」

「我剛剛是不是主動親你了？嗯？」鄭泰義有些失神地問道。

伊萊微微皺起了眉頭。他沒有答話，就只是默默地與鄭泰義對視著。

隨後，鄭泰義起身回到了床邊。他不知所措地看向伊萊，「我怎麼會做出這種事。」

「你說什麼……？」

伊萊眉間的皺紋越來越明顯了。而鄭泰義在聽見伊萊那句有些啼笑皆非的問句後，反倒變得更加不知所措。

其實鄭泰義在垂眼看向伊萊睡臉的時候，他的記憶有那麼一瞬間斷片了。而在斷片之前，他的視線好像移到了對方的嘴唇上。等他再次打起精神時，兩人的雙唇就已經交疊在一起了。

「……看來我終於瘋了啊。」

鄭泰義非常嚴肅。甚至他的神情還因為過於慌張，漸漸地沉了下來。而一旁的伊萊則是挑著眉不停地打量著他。

不知道是不是錯覺，但鄭泰義總覺得伊萊的視線好像在無聲地說著「這個傢伙是真的瘋了吧」似的。

「喂，鄭泰一。你——」

伊萊一邊咂嘴，一邊用手背拍了拍鄭泰義的手臂。不過下一秒，他卻猛地停下了動作，再次挑起眉，「你的身體怎麼這麼冰……你剛剛在幹嘛。」

「嗯？啊，我在洗澡啊。可能是因為我剛剛用冷水沖澡吧。」

由於太過驚訝，導致鄭泰義都忘了那股圍繞在他全身上下的寒氣。而被伊萊這麼一提醒後，那股寒氣又立刻浮現，使他不得不開始搓揉起自己的手臂。

霎時，依舊處在失神狀態下的鄭泰義聽見了有人在咂嘴的聲音。

從床上坐起的伊萊先是用自己的手背由上往下地滑過鄭泰義的手臂、腰際，以及大腿，接著冷笑著咕噥道：「我才在想你剛剛到底是在幹嘛，才會連自己做了什麼事都沒意識到。原來你是把自己的神智都泡進了冰水裡啊？鄭泰一，你給我打起精神。」

隨後，滑落至大腿處的手背再次抬了起來，並且輕輕拍了拍鄭泰義的臉頰。而失神到有些憂鬱的鄭泰義見狀則是默默看向了伊萊。

沒錯，他突然憂鬱了起來。或許想不起自己到底做過什麼事，其實是思覺失調症的初期症狀也說不定。只要一想到要是自己的病情再繼續惡化下去，鄭泰義就忍不住憂鬱了起來。

在感受著伊萊的手背搓揉著自己臉頰的同時，鄭泰義不忘看向對方。而伊萊同樣沒有將視線從鄭泰義的身上移開。

伊萊此刻就像在看一種很奇妙又稀有的生物似的。

「……你為什麼要睡在這裡？」鄭泰義用著依舊憂鬱的表情問道。

伊萊緩緩地將手從鄭泰義的臉頰上移開後，便舉起對方的手放到自己的唇邊。下一秒，他輕輕咬了鄭泰義冰涼的指尖一下。

「我只是稍微閉眼休息罷了。」

「但我聽蓋博說你今天的工作很多。」

「嗯……在處理完那些一定得處理的工作後，其他的我就退還回去了。畢竟我都已經請病假了，他們總不能讓我過勞吧。」

「病假……」

伊萊就這樣一路從鄭泰義的指尖吻到他的手腕。而鄭泰義則是一邊看著對方那寬闊的肩膀，以及身穿薄襯衫因此使肌肉線條更加明顯的身材，一邊咕噥道。

「我從以前就很好奇了，到底是誰准許你請病假的啊？」

「如果教官要請假的話，就必須獲得總管及次長的許可。而非常高興地幫我向總管及次長請假的人則是鄭昌仁教官。」

看吧。我就說UNHRDO裡沒有一個人是正常人。

鄭泰義無奈地搖起了頭。然而下一秒，伊萊卻猛地抓住他的肩膀，並將他往後推，使他倒在了床鋪上。隨後，伊萊二話不說地就騎到他的身上。

由於對方剛好壓在胸口處，使得鄭泰義變得有些難以喘氣。不過正當他準備要開口說出「好不舒服」時，他馬上又闔上了嘴。雖然被伊萊壓在身下不是很舒服，但他冰冷的身體卻因為伊萊那溫熱的體溫而暖和了起來。

而伊萊在看見本來想抱怨，隨後又乖乖闔上嘴的鄭泰義後，他一邊親吻著鄭泰義的另外一隻手，一邊笑了起來，「看來我之後得時不時把你泡進冰水裡。」

隱隱約約之間，鄭泰義好像聽見了對方的咕噥聲。

鄭泰義就這樣全身放鬆地躺在床上，凝視著遠處的天花板。霎時，他想起了不久前的那股困惑感。

「……」

垂下眼後，他看見了正在親吻著他手腕內側的伊萊。

他開始打量起那張就像在輕撫他手腕般的雙唇。那是對形狀很好看的嘴唇。雖然說不上有什麼特別，但對方的嘴唇既不會太薄，甚至依照不同人的角度來看，說不定還會覺得他的嘴唇厚實得很性感。

鄭泰義從來不曾仔細地思考過對方的嘴唇帶給他的印象。這次是第一次。

倏地，一個非常駭人的想法從鄭泰義的腦中一閃而過。這是個令鄭泰義意識到思覺失調症究竟會以什麼樣的型態出現的駭人想法。

不、不、不，我不能再這樣下去了。我得趁心病擾亂我的人生之前，趕快治好它才行。

正當鄭泰義憂鬱地在心底咂嘴時，他隱約聽見了伊萊低沉的嘟噥聲，「……吧。」

「啊，我沒聽清楚。你剛剛說了什麼？」

已經吻到鄭泰義手肘內側的伊萊見狀倏地瞥了鄭泰義一眼。那雙冷冷的眼眸在打量了鄭泰義的表情好一陣子後，又撇開了視線。

「你上次不是才說你一定要見他一面嗎，那這次見到了，你應該很開心吧。這麼久違地見上一面，有緩解你對他的思念嗎？」

由於伊萊沒有講出那人的人名，鄭泰義在思索了好幾秒後才意識到對方到底在說誰。也或許是因為他還沉浸在苦惱著思覺失調症初期症狀的難題之中，所以腦袋才轉不太過來。

「啊……對啊……對，我們見到面了。」點了點頭後，鄭泰義回想起了心路的模樣。

心路看上去就跟他印象中的一模一樣。不過與此同時，對方又好像完全變了個人似的。

暫時陷入沉思之中的鄭泰義在露出苦笑後，忍不住嘆了口氣，「雖然我完全沒料到他竟然會為了要殺我而安排一名槍手就是了。」

「啊哈哈，所以你是故意把我安排到離槍手最近的位置嗎？」

伊萊愉快的笑聲中夾帶著些許嘲諷的意味。

鄭泰義先是沉默了一會兒，接著再偷偷瞥了對方一眼。

仔細一想，的確就是這樣沒錯。當他準備要去查看心路手腕的傷勢時，他故意把伊萊安排在槍手與他之間的位置上。而他的這種作法實際上就是在暗中表明著「比起開槍射我，你乾脆射他算了！」一樣。

在意識到這件事之後，鄭泰義默默地鬆了口氣。原先還在擔心著自己會不會罹患思覺失調症的腦袋頓時找回了平靜。

「沒辦法啊。」嘆了口氣後，鄭泰義聳了聳肩嘟囔道。

其實他自己也不是很確定心路到底有沒有打算要殺了他。或許他當初之所以會這麼做，單純就是出自於本能。他在有意無意之間，下意識地避開了有可能會出現的危險。

「怎樣，你覺得我就算中槍了也能活下來嗎？」伊萊笑意不減地發問。

「嗯……」猶豫了幾秒後，鄭泰義開口道：「雖然那也是其中一點啦，但我突然就想起了，你之前不是——」

話才講到一半，鄭泰義又安靜了下來。

提起了這個話題後，鄭泰義才猛地意識到這並不是段愉快的回憶。即使現在回過頭來看，或許他自己早就已經釋懷了。

「你之前不是跟心路睡過嗎。所以我才覺得，也許他會不忍心殺掉你。」

霎時，準備要從鄭泰義手臂內側吻向胳肢窩的雙唇停下了動作。而伊萊臉上的笑容也倏地消失。

鄭泰義撇著嘴，陷入了沉思之中。這麼一想，其實伊萊跟心路間的關係反倒比他跟心路還要深。畢竟那兩人不但有做過愛，甚至還在對方面前展露出了自己最真實的樣貌。

轉念一想，或許鄭泰義才是那個莫名奇妙介入兩人關係中的第三者。

我願意主動退出這段關係。可以請他們兩個自己糾纏下去，不要扯上我嗎？

認真思索著這個問題的鄭泰義在下一秒卻突然驚呼了起來。

由於伊萊堅硬的牙齒毫不留情地咬住了位於他手臂內側，靠近胳肢窩處的柔嫩皮膚，導致鄭泰義瞬間就痛得飆出了淚水。而他的手臂也下意識地瑟縮了起來。

在用大拇指輕輕搓揉過那塊被咬住的皮膚後，鄭泰義赫然發現上頭不但已經留下鮮明的牙印，甚至還湧上了些許的血色。

「就只有那麼一次。」

一道低沉又粗糙的嗓音一路從鄭泰義的肩膀處往上滑至了他的後頸。不停搓揉著手臂的鄭泰義這時才發現，那具壯碩的身軀早在不知不覺間讓他冰冷的身子溫暖了起來。與此同時，那具身軀不僅重重地壓在他的身上，對方的棒狀物也已經抵在了他的胯下處。

「我跟他就只有做過那麼一次而已。」

「好啦，我知道啦！我當時不是還撞見了嗎。」

「自從上次被你撞見我跟那個傢伙做完愛之後，我就不曾動過他了……不，我甚至連其他人都沒有動過。」

那道粗糙的嗓音緊貼在鄭泰義的耳畔低喃道。

而伊萊厚實又滾燙的舌頭就這樣從鄭泰義的下巴處往上舔到了臉頰。伊萊就像在生氣似的，雙手用力抓住了鄭泰義的腰部及大腿。

當鄭泰義一發現那雙強而有力的手抓住他的大腿往上抬的剎那，——就算沒有什麼用——他還是短暫地思考起了，會不會直接把伊萊推開對他來說才是比較正確的決定。

不過由於對方的手實在是太過溫暖，讓鄭泰義頓時有些捨不得推開對方。殊不知在這短短幾秒鐘的時間內，竟然就讓他的苦惱成為了徒勞。

倏地，他察覺到有根結實的棒狀物正在朝著他的胯下靠近。在意識到那根棒狀物抵住自己胯下的剎那，鄭泰義那雙握住伊萊手臂的手不由自主地開始出力。

「——伊萊。」

「你應該已經休息夠了吧。」

伊萊就像不在乎鄭泰義要說些什麼似的，當鄭泰義一喊出他名字的瞬間，他馬上就打斷了對方的話。而鄭泰義見狀也立刻陷入了沉默。

伊萊說的沒錯，他已經休息夠了。他現在既沒有因為到處奔波而處在非常疲憊的狀態下，身體也沒有哪個部位特別不適，肚子也不餓。

況且這麼一看，他才發現他已經有好一段時間沒有跟伊萊做這種事了。他們上次發生性行為是在第一天抵達這座島上的時候。自從那天開始，自從那天在伊萊的口中聽見對方的道歉後，伊萊就不曾碰過鄭泰義了。

霎時，一個被鄭泰義忘得一乾二淨的事實猛地浮現在他的腦海裡。

雖然這件事很難想像，但或許那個毫無人性的伊萊里格勞其實存在著人性的一面也說不定。

「……」

鄭泰義突然覺得自己的臉好像又開始發燙了。不過在認知到這個事實後，他卻忍不住慌張了起來。

我為什麼要害羞？

縱使認為有人在暗戀自己，多少會被其他人視為一種太過自戀的行為，但鄭泰義再怎麼說也沒道理該為這件事感到害羞。

就算有人喜歡我也是合情合理吧？像我這種這麼不錯的傢伙，就算有人對我抱有好感也不奇怪吧？

可是……

就在這個時候，用舌頭滑過鄭泰義臉頰的伊萊稍稍抬起了自己的身子。隨後，他垂下眼正面看向鄭泰義。兩人的視線頓時相交在一起。

明明剛剛也不是在想些什麼虧心事，但鄭泰義卻倏地覺得有些心虛，下意識地沉默了起來。由於伊萊是個很會觀察他人的傢伙，說不定對方早就看穿鄭泰義的腦中在想些什麼了。

不過無論鄭泰義怎麼看，他都覺得剛剛的那個想法實在是太過離譜以及非現實。這也導致他一直不敢對這個猜測抱有太大的把握。

「我看你好像在想些什麼很有趣的事嘛。我在這裡都能聽見你眼球不停轉動著的聲音了。」

垂眼看向鄭泰義的伊萊低聲說道。而伊萊低沉的嗓音中還夾帶著一絲笑意。

沒錯，這的確是件很有趣的事。有趣的同時，因為實在是太過駭人與尷尬了，害我連想要確認的勇氣都沒有。

「泰一，不准分心。」

倏地，伊萊的牙齒咬住了鄭泰義的下巴。鄭泰義痛得連忙將頭撇了過去。殊不知那隻包裹著他臉頰的手卻又再次把他的頭轉了回來。下一秒，對方的雙唇就這樣貼到了他的嘴唇上。

鄭泰義見狀突然想起了不久前的那股觸感。

他主動吻了伊萊的嘴唇。在垂眼看了伊萊的睡臉好一會兒後，他竟然直接吻住了對方。縱使當時的那段記憶已經在他的腦中消失了，但嘴唇交疊著的觸感卻深深烙印在他的腦海裡。

對，或許在那個當下，當他看見伊萊睡臉的剎那，他猛地就湧上了想要去吻那張乾燥雙唇的念頭也說不定。或許這就是本能的欲望吧。

對啦，對。我那個時候就是想吻他。這哪還需要什麼合理的理由啊。

鄭泰義一邊感受著那條湧入他口中的熟悉舌頭，一邊直勾勾地凝視著對方。然而因為兩人的臉蛋實在是靠得太近，讓他看不清對方的表情。不過他還是能隱約感覺到伊萊此刻應該也睜著雙眼。

或許是察覺到鄭泰義那股失去焦點的視線，伊萊在用力吸了對方的嘴唇一下後，稍稍移開了自己的臉，「你今天怎麼那麼不專心啊……是因為久違地見到了那個小鬼，所以才興奮到專心不起來嗎？」

語畢，伊萊隨即咬住鄭泰義的下唇。在輕輕滑過下意識抖動著的鄭泰義的肩膀後，沉默了好一會兒的伊萊再次低聲道：「也是，當你還在機構的時候，每次只要一提到關於那傢伙的事，你就會無法靜下心來。當時的你就像個情竇初開的小鬼，滿臉寫著『我真的好喜歡他！』」

「……」

「那你跟那個傢伙，睡過了嗎？」

伊萊的嗓音變得更加低沉了。而鄭泰義在聽見對方那句彷彿在試探般的話語後，忍不住皺起了眉頭。

他一邊舔著被咬到火辣辣的嘴唇，一邊不悅地嘟噥道：「睡過他的人是你，你憑什麼跑來質問我啊。」

「你肯定對那個傢伙說過好幾次『我喜歡你』吧。」伊萊就像在自言自語般地低語著。

鄭泰義緊皺著眉頭，瞪向了對方。他搞不懂伊萊為什麼明知這個問題的答案，卻還是執意要向他問出個所以然來。

他這樣就像是……這樣真的就像……

鄭泰義的心臟猛地漏跳了一拍。隨後，他的心臟開始瘋狂地跳動了起來。

正當鄭泰義在隱隱約約間聽見了伊萊的咂嘴聲時，伊萊突然粗暴地吻上他的雙唇，並且用力咬了一下。由於被咬的地方太過疼痛，鄭泰義不自覺地發出了慘叫聲，「啊！喂，好痛——！」

「泰一，抱住我。」

「蛇麼？」

因為舌頭也被對方咬了一下，所以鄭泰義無法發出準確的發音。一直等到伊萊那雙緊緊抓住他屁股的手開始出力時，他才總算意會過來對方在講什麼。

鄭泰義見狀連忙環抱住伊萊的脖子。此刻的伊萊已經擺出了要是他再晚一步的話，就會立刻把他的嘴唇咬下來的架勢。

這個姿勢就跟之前的一模一樣。其實在那個時候，鄭泰義也曾湧上一股微妙的感覺。雖然他是在伊萊的要求下抱住對方的，但這個姿勢就好像是他主動環抱住對方的脖子，想要跟對方接吻似的。

「對，對……你再抱大力一點。」

只要鄭泰義的手稍微鬆開，伊萊就會馬上咬住他的嘴唇或臉頰，並且低吼著要他再抱大力一點。

鄭泰義覺得自己就像環抱住餓了好幾天的老虎。然而即使他的心底是這麼想的，但他卻不敢把這句話說出口。他深怕要是說出口，那隻飢餓難耐的老虎便會將他整個人吃乾抹淨。

「你是怎麼對那個傢伙……」

倏地，鄭泰義的耳邊傳來了低語著的嗓音。不過由於那道嗓音實在是太過低沉，所以鄭泰義無法聽清對方到底在說些什麼。

「嗯？」

反問完後，鄭泰義等了好一會兒都等不到對方的回答。一直等到臉頰上傳來被人咬了一口的刺痛感後，他才總算聽見伊萊的後話。

「你當初是用什麼樣的方式，對那個傢伙說你喜歡他的？你是溫柔地說嗎？還是既嬌羞又木訥地說？又或者是像個蕩婦一樣一邊晃動著自己的腰，一邊跟他告白的？」

伊萊的語氣越發越凶狠。而說到一半，氣到講不下去的伊萊先是低聲地咂了咂嘴，接著毫不猶豫地扯掉了鄭泰義身上的衣服。

隨著遠處傳來衣服落地的聲響，鄭泰義也察覺到了有根滾燙的棒狀物抵在他的後孔。

「等一下，你幹嘛自己講一講，自己生氣——」

「泰一，你說。你是用哪種方式跟他告白的，嗯？你講啊。」

伊萊輕輕地打了鄭泰義的屁股一下。

話雖如此，但這只不過是伊萊認為的「輕輕」。當那道響亮的啪啪聲響起時，一股火辣辣的痛感便從鄭泰義的屁股一路蔓延至他的每一根神經。

鄭泰義在尖叫著的同時，還不忘大力地咬了伊萊的肩膀。然而鄭泰義的這個反抗對伊萊來說根本就不痛不癢。

「你他媽是瘋了嗎？幹嘛一邊勃起，一邊打人啊！」

「不准鬆手！」

當鄭泰義因為惱火而放聲大吼的瞬間，伊萊見狀也跟著一起吼了回去。

而鄭泰義一聽見對方那凶狠的語氣，連忙嚇得用力環抱住對方的脖子。雖然他有那麼一剎那覺得自己的態度好像過於卑微，但他隨即便又將這個念頭拋在了腦後。

鄭泰義維持著緊緊環抱住伊萊脖子的姿勢，一邊在對方的耳邊咂嘴，一邊抱怨道：「我是還能用什麼方式告白。到底有誰能夠把一切都規劃好再告白的？我當然是直接跟他說啊。『我喜歡你——』這樣。」

霎時，鄭泰義想起了之前向心路告白的場景。

對他來說，那段回憶就像一張已經褪色的照片，只能懷念。正當鄭泰義準備要用有些惋惜的語氣再次嘟噥出「我喜歡你」時，他的話卡在口中無法傳遞出來。不對，更準確地說，他的那句告白是被伊萊吞進肚子裡了。

伊萊就像要將鄭泰義的嘴唇整個咬下來似的，粗魯地吻上了鄭泰義。而被吻到無法喘氣的鄭泰義立刻就意識到了另一個更大的危機。

「呃——！」

然而還沒等他反應過來，那個危機便成為了現實。他能隱約看見伊萊白皙的雙手將他的大腿往身體的方向折了過來，而他的膝蓋彷彿隨時都能碰到自己的肩膀。

與此同時，他聽見了自己的胯下傳來了噗滋一聲。他搞不清楚那道聲響是不是真的有發出來，他只知道他的耳朵確實聽見了那道聲響。

「——！！」

伊萊這次也把鄭泰義口中的尖叫聲吞進了自己的肚子裡。

鄭泰義的身體就像裂成了兩半似的。沒有任何預告就闖進他體內的龜頭先是在那狹窄的洞口處擴張了好一會兒，接著才微微地前後移動了起來。明明棒狀物的頂端早已被體液沾溼了，但卡在洞口處的肉棒卻動不太起來。

「喂，啊，哈，呃……呃，嗚——！」

鄭泰義不停地掙扎著。他用力晃著頭，拚命想推開那張不斷吻向他的臉龐。雖然他也想趕快逃離這張床，但他的下體就像被釘子釘住似的，無法拔出那根結實的肉棒。

「泰一、泰一……你稍微放鬆一點。不要哭，不要哭，乖，別哭了。沒事的，這次沒有裂開。你做得很好，你自己摸摸看，是不是沒事？」

鄭泰義的耳邊傳來了斷斷續續的句子。

伊萊一邊吻著鄭泰義的眼角，一邊抓著他的手往下摸去。隨後，鄭泰義的指尖便碰到了彼此交合著的部位。

而有些失神的鄭泰義在感受到那根棒狀物的剎那，立刻就打起了精神。那根棒狀物握在手裡的感覺，與鄭泰義每天上廁所時握著自己性器的感覺實在是相差太多了。

就算這個念頭湧上得有些不合時宜，但鄭泰義還是用著茫然的腦袋思考起了，如果把兩人的性器擺在一起比較的話，那肯定會是天差地遠般的差別。

而身體快要裂成兩半的痛苦加上身為男人的自尊心被打碎，使得鄭泰義忍不住哭了起來。

「你這個連人都不是的混蛋，你幹嘛把那種東西插進來啊！我都快痛死了！我真的快痛死了！」

「好，我知道了。我不會讓你感覺到痛的，你就再說一次吧。」

「誰管你啊，臭小子！」

由於每次出力大吼時，後孔的肌肉就會跟著被牽動，所以鄭泰義吼著吼著臉色也漸漸變得蒼白。最終，他只能無力地倒在床上咕噥道：「你趕快想點辦法。看你是要插進去還是拔出來都可以，它現在卡在那裡我反倒更難受。算了，我還寧願你直接插進去再拔出來，快點！」

鄭泰義一邊哭泣，一邊試著要移動自己的腰。然而他們現在就像把尺寸不合的螺栓硬是塞進了螺母裡似的，那根插進他體內的棒狀物就這樣卡在原地一動也不能動。

鄭泰義見狀只能不停地抽泣著，並且開始思考起自己上輩子到底是犯了什麼滔天大罪。雖然他也很想殺了那名在這種情況下，還不忘說著「不准把手鬆開」的男人，但他現在連殺人的餘力都沒有了，他唯一能做的就只有用手臂狠狠地勒著對方的脖子。

而伊萊一邊維持著將下體插入鄭泰義體內的動作，一邊伸出手在床頭櫃的抽屜裡翻找了起來。隨後，伊萊就像拿起了什麼東西似的，發出了一聲開蓋聲。

不過一會兒，鄭泰義的屁股，更準確地說是插著伊萊性器的部位好像被淋了什麼黏稠的液體。那道冰冷又滑順的液體就這樣一路從鄭泰義的屁股流到了他的腰際。

那是潤滑液。

下一秒，伊萊的肉棒微微地動了起來。因為潤滑液漸漸流入了卡得死死的肉與肉之間，所以那根肉棒才總算擺脫了僵持在原地的處境。

啊，終於結束了。

鄭泰義已經不奢求伊萊會把陽具拔出去了。他現在只慶幸那根卡在他體內一動也不動的肉棒總算動了起來。

鄭泰義就這樣用著不停晃動著的視野失神地看向眼前的伊萊。

「泰一，你再說一次。」

不知為何，鄭泰義總覺得那道在他耳邊低語著的嗓音聽上去格外溫柔。或許是因為他剛剛不停地哭喊著，所以才讓腦子頓時轉不過來吧。要不然伊萊的嗓音聽起來怎麼可能這麼溫順。

「你再說一次『我喜歡你』……你再說一次。」

然而伊萊這次的嗓音聽上去也十分溫柔。霎時，鄭泰義朦朧的腦袋倏地意識到了一件事。

伊萊的個性肯定非常地扭曲。正因為對方的腦袋一團亂，甚至連思考迴路也到了無法修復的地步，所以才只能想到用這種方式來表達。

鄭泰義加重了環抱住伊萊脖子的力道。隨後，他用著沙啞的嗓音嘟噥道：「你是不是喜歡我？」

「什麼？」

「我喜歡你。」

鄭泰義含糊地說完這句話後，便閉上了雙眼。

而愣在原地的伊萊在沉默了好一陣子後，才緩緩地晃動起自己的腰。不過一會兒，他的動作開始變得越來越快。

「啊、啊、啊。」

每此當伊萊在抽插時，鄭泰義的口中便會下意識地發出近似於慘叫的呻吟聲。明明也才過了幾分鐘而已，他就已經開始後悔起不久前講出「算了，我還寧願你直接插進去再拔出來，快點！」的自己。

隨著那根棒狀物不停地撞進身體裡，鄭泰義只覺得自己的肚子就快要被對方的肉棒填滿了。而下一秒，一股擔心肚子會就此被撐破的恐懼感猛地朝他襲來。

可能是在鄭泰義自己也沒有認知到的時候，他又再次大哭了起來。伊萊突然小心翼翼地伸出自己的手，擦去鄭泰義臉上的淚水。鄭泰義一邊感受著那隻手所帶來的溫暖，一邊費力地睜開了雙眼。

霎時，伊萊的臉出現在他淚眼汪汪的視野中。

……我不該看的。早知道我就不要睜開眼睛，早知道我就不要看向他的臉了。

或許伊萊本人也沒有意識到，但他那張被汗水浸溼，充滿著情欲，垂下眼看向鄭泰義的表情中，竟然原封不動地流露出了人性的一面。而這同時也是鄭泰義一直不敢去證實的一面。

鄭泰義闔上了雙眼。隨後，他抱住了對方的脖子。雖然那根不停撞擊著他體內的肉棒依舊使他疼得彷彿隨時都會暈過去似的，但他的腦海卻異常地清晰。

怎麼辦，他這樣我會很為難。他的眼神、表情、動作以及氣息都毫無保留地在傾訴著他的感情，我要怎麼裝不知情啊。

正當鄭泰義在心底咕噥著「他這樣我會很為難，真困擾」時，他猛地察覺到自己的心好像突然放鬆了下來。在認知到這個事實後，他有些慌張地回想起了不久前主動吻向伊萊的那段記憶。

我要瘋了，看來我思覺失調症的病情又惡化了。我現在怎麼會主動抱著他，我現在怎麼無法討厭眼前這個傢伙。我是真的徹底瘋了吧。

鄭泰義睜開了雙眼。他看向伊萊身後的天花板。

要是他真的喜歡我的話，那我們還可以這樣嗎？我真的可以跟他做愛嗎？光是現在，我的下面就快要被他撐破，甚至還做到喘不過氣？要是他真的說出他喜歡我的話，那會變成什麼模樣……我應該不會做到一半就突然死掉吧。但好像也不是完全不可能。

鄭泰義再次闔上了雙眼。

他原本還以為伊萊只是外表長得像個正常人，但腦中卻是完全異於常人的怪物。然而現在這麼一看，原來伊萊也只不過是個普通人罷了。無論是那隻輕撫著鄭泰義臉頰的手、舔著鄭泰義眼皮的舌頭，抑或是碰觸到鄭泰義鼻尖的氣息，全都在訴說著這個令人感到意外的事實。

「泰一。」

那道溫柔的嗓音正在喊著他的名字。

「泰一。」

伊萊再次喊了他的名字。鄭泰義見狀先是睜開雙眼，接著看向了那道凝視著他的視線。霎時，他突然好奇了起來。不知道伊萊現在有沒有意識到自己正在用什麼樣的眼神看著他。

伊萊那看上去有些奇妙，又好像很感動的眼眸正直勾勾地盯著鄭泰義看。

原來這個傢伙也是個正常人啊。原來他也具有一般人所擁有的情感啊。

鄭泰義的心加速跳動了起來。倏地，他湧上了想要再次吻向眼前這個男人的衝動。而正當他準備要加重環抱住對方脖子的力道時。

「那我要插進去了。」伊萊簡短地說道。

鄭泰義失神的腦袋在思索了一會兒對方那句話的意思後，隨即就像被人潑了一桶冷水似的清醒了過來。

「你說什麼……？」

「我要插進你的下面了。放輕鬆點，要不然你會受傷。」

「你在說什麼啊！你不是全都插進來了嗎？」

「……我還有一半還沒插進去……放輕鬆。」

聽完鄭泰義的怒吼後，伊萊先是沉默了好一陣子，接著才輕輕拍了拍鄭泰義的屁股。或許是覺得鄭泰義很可憐，伊萊的嗓音聽上去格外溫柔。然而伊萊的動作卻跟溫柔這兩個字完全沾不上邊。

下一秒，鄭泰義再次哭著發出了慘叫聲。與此同時，他也不忘把剛剛湧上的那些念頭全都收回。

媽的，他怎麼可能會是個正常人！

18

重逢

今天早上一起床，鄭泰義就覺得自己的頭特別地沉重。

或許是因為昨晚沒有睡好，而沒睡好的同時，他又不停地在苦惱著的緣故。因此當他睡眼惺忪地睜開雙眼時，他的頭不但昏昏沉沉的，甚至連注意力都變得格外散漫。

他好像夢見了什麼，可是現在卻想不太起來。做完那場夢之後，他就只有隱約殘留下一股既懷念，又惋惜的感覺。這麼看來，說不定他做的是跟小時候有關的夢。

每次當他夢見小時候的夢境時，他就會湧上這種感覺。雖然有些時候可以因為那個夢而開心一整天，但大多數往往只會遺留下這種既懷念又惋惜的感覺。

鄭泰義見狀不禁在想，或許他比想像中的還要更喜歡自己的童年也說不定。正因如此，他才會為無法再次回到那個時期而感到惋惜，並且不斷地在夢境中重現當時的場景。

即使這股昏昏沉沉的感覺並沒有惡化成頭痛，但他的腦袋卻仍舊像被人壓上了一顆石頭般的異常沉重。鄭泰義原本還以為只要過一段時間，這個感覺就會自己消失。因此他先是跑去庭院裡打發時間，後來又在房間裡看起了書。然而一直等到他吃完了午餐，他的腦袋卻還是維持著那副昏沉的狀態。

看來我得借助藥物的幫助了吧。

為了打起精神，鄭泰義只好從二樓的房間裡走出來，準備去廚房拿罐啤酒來醒腦。而正當他快要走完下樓的階梯時，卻不小心踩空了。

在意識到本該踩在腳下的階梯不在原處的那一刻，他的胸口倏地發涼。雖然他反射性地抱住了一旁的欄杆，但還是稍稍晚了一步。

哐，伴隨著一聲巨響，鄭泰義一屁股跌坐在階梯上。即使他沒有摔得狗吃屎，不過因為跌倒時全身的重量都壓在屁股上，所以他的屁股此刻正不停地刺痛著。

「啊，哎呀……」鄭泰義緊皺著眉頭咕噥道。

霎時，可能是聽見了這個騷動聲，民宿的女主人立刻從廚房裡衝了出來。當她看見手臂掛在欄杆上，雙腿呈交叉姿勢跌坐在階梯上的鄭泰義時，她似乎也多少猜到了鄭泰義剛剛發生了什麼事。女主人連忙露出擔心的神情朝鄭泰義走來，「天啊，你還好嗎？你站得起來嗎？」

「啊，我沒事。可能是因為剛剛一屁股跌坐在地板上的關係，除了屁股有點痛之外，其他的部位都還好……」

「那你的腳？」

女主人擔心地指向鄭泰義打上石膏的腳踝。

「啊，這個嗎。」鄭泰義擺了擺手，「這完全不會痛。其實我上次也是從樓梯上摔下來才受傷的，要是這次又因為從樓梯跌下來而摔斷腿的話，那就太委屈了……不過我的腳真的完全不會痛。」

語畢，鄭泰義用腳跟敲了敲地板。一股厚實的震動感立刻從他的腳跟傳到了腳踝處。可是他卻感覺不到絲毫的疼痛。

隨後，鄭泰義用了更大的力氣再敲一次地板。而本該感到疼痛的腳踝，這次也一樣沒有什麼特別的感覺。

「天啊，看來你的腳傷已經好了吧。」

「天啊，看來是這樣沒錯……」

下意識學起民宿女主人說話方式的鄭泰義直勾勾地盯著對方。下一秒，他開始思考起今天的日期。

由於打上石膏後，他三不五時就會碰上不得不虐待自己腳踝的事，進而使得他腳踝的傷勢變得更加嚴重。不過自從離開香港後，他虐待自己身體的頻率便大幅降低。外加他本來就是個恢復速度特別快的人，又已經維持打石膏的狀態好一陣子了……

「天啊，看來我也差不多該康復了……」

鄭泰義再次嘟噥道。與此同時，他也不忘暗自在心底提醒自己必須得趁自己習慣這個講話方式之前，趕快恢復成原本的語氣才行。

抓著身旁的欄杆起身後，鄭泰義先是在走廊上來回走了好幾趟，接著露出沉重的表情看向自己的腳踝，並且朝著女主人問道：「請問這座島上有醫院嗎？」

＊＊＊

因為體質的關係，鄭泰義不能隨便動手術。他除了很容易產生排斥反應之外，對一般人來說沒有什麼影響的藥物，只要用在他身上，很有可能就會引發休克。因此醫院對鄭泰義來說算不上是個救贖般的存在。

慶幸的是，這條腿僅僅只是骨頭有幾處裂痕，只要打上石膏跟時間流逝就能自我修復了。要是他的傷勢嚴重到得進行裝骨釘這類手術，那真的得受很多苦了。

像他之前還在軍隊的時候，就曾經因為受了很嚴重的傷，落得不得不動手術的下場。而當時比起傷口本身，反倒是差點死在動手術的這個行為上。

正因如此，他本該極力避免任何有可能會讓自己落入需要動手術的情況。可是從他打上石膏後，還是照樣過著就連沒受傷的人都不會這樣虐待自己腳踝的生活來看，可以說是自己挖坑給自己跳。

「好，我處理好了。接下來的這段期間，請你不要讓自己的腳太過負擔，並且要記得每天接受物理治療。」

一名身穿淡黃色醫師袍，讓人不禁懷疑他的醫師袍原本到底是不是白色的醫生說道。

而鄭泰義見狀則是一邊動了動自己那被繃帶纏得緊緊的腳踝，一邊點起了頭。原來大家說拆掉石膏後，兩個腳踝會有一段時間大小不一樣的說法是真的。而且除此之外，鄭泰義原先打上石膏的那隻腳，腳毛也變得特別旺盛。

雖然不久後，這隻腳就會恢復成原本的模樣，但鄭泰義還是忍不住露出好奇的眼神盯著自己的腳踝看。與此同時，他也不忘大致上聽一下醫生的囑咐。由於他已經有過好幾次類似的經驗了，基本上可以猜到對方會說些什麼。

等醫生差不多要說完時，他才總算抬起頭朝對方笑了一下。並且簡單回了句：「謝謝。」

即使腳踝已經不會痛了，不過為了以防萬一，醫生還是幫他纏上了繃帶。然而或許是這段時間養成的習慣使然，當鄭泰義將腳踩在地板上時，他還是會下意識地跛腳。可是在走了幾步路之後，他馬上就又恢復成跟普通人沒有兩樣的正常姿勢。

民宿女主人介紹的這間醫院比想像中的乾淨與寬敞。其實當鄭泰義聽到這間醫院是這座島上的唯一一間整形外科時，他是非常期待的。然而這間醫院的規模實際上就與開在家附近的社區醫院差不多。話雖如此，但裡頭的設施倒也還不錯。況且這間醫院還開在一個很容易就能找到的位置上。

不過這間醫院唯一的缺點就是離他們的民宿太遠了。

而伊萊今天也剛好不在這座島上。為了要處理猶如雪片般不停飛來的工作，民宿裡的設備已經不夠伊萊用了。因此他在一大早就為了找尋更先進的設備，而前往三蘭港。

伊萊在離開前有說他大概會在晚上的時候回來，那麼距離他回到這座島上大概還有半天的時間。

而蓋博似乎是找到了什麼跟鄭在義下落有關的線索，從幾天前開始，鄭泰義就一直沒機會看見對方的身影。據說蓋博好像是跑到了葉門還是阿曼，得過一陣子才會回來。

「也不知道我們到底能不能找到哥哥——」

推開醫院的大門後，鄭泰義一邊踏上下樓的階梯，一邊咕噥道。

距離他們來到誰陵給已經過了好一段時間了，甚至這段時間還長到足以讓鄭泰義拆掉腳上的石膏。因此他們也沒剩多少時間可以繼續待在這裡了。

可是直到現在，他們卻還沒找到任何足以找出鄭在義的線索。

然而鄭泰義實際上也沒有坐以待斃，每次只要一有空，就會跑去東南部區域閒晃；只要一聽到任何消息，就會根據消息的內容去詢問相關人員。

不過也就僅此而已。除此之外，他就沒有其他的手段可以使用了。

「說不定這種時候反倒更適合用反戰車榴彈發射器。比起去摧毀無辜的樹林，他還不如拿反戰車榴彈發射器去攻擊那些看上去很可疑的阿拉伯人的家……」

下意識嘟噥著這段話的鄭泰義在認知到自己說了些什麼後，倏地打起了精神，並重重嘆了口氣。

我竟然會認同那個瘋子的魯莽手段，看來我也是病入膏肓了啊。

而正當他從位於三樓的醫院走回一樓，準備要踏出這棟老舊的建築物時。

「泰一哥，你結束了嗎？」心路笑著向他搭話。

心路的動作自然到就像是他陪著鄭泰義來醫院，並且主動坐在醫院前的花圃等鄭泰義看完醫生似的。

鄭泰義見狀先是停下腳步凝視了對方好一會兒，接著才眨了眨眼地說道：「嗯……不過你是從什麼時候開始待在那裡的。」

「從哥一進到醫院的那一刻起。啊，話說哥腳上的石膏拆掉了。你的腳傷已經好了嗎？」

「嗯，雖然這陣子還是得小心一點才行，但走路什麼的已經不成問題了。」鄭泰義邊說邊用腳尖敲了敲地板。

要是被那個傢伙知道我隨便離開民宿，甚至還撞見心路的話，他肯定又會大發雷霆了吧。

光是想像到那個畫面，鄭泰義就忍不住又嘆了口氣。

而民宿那輛載鄭泰義來到這間醫院的四輪驅動車也已經不在原本的位置上了。想必這也是心路搞的鬼。

鄭泰義一邊看向本該停著四輪驅動車的空車位，一邊瞥了心路一眼。而心路則是像什麼都不知情般的歪起了頭微笑著。

「你打算要一直待在誰陵給嗎？」鄭泰義緩緩地邁開了步伐。

心路見狀先是跟在鄭泰義的身後，接著爽快地答道：「對！」

鄭泰義知道要怎麼回民宿。一來這裡的路並不複雜，二來大部分的路都是單行道，所以要找路絕對不成問題。不過難題就在於，光是開車來到這個地方就至少得花上半個小時了，若是要徒步走回去的話，怎麼看都得走上十個小時。

對一個腳踝才剛拆掉石膏的人來說，走十個小時真的是種折磨。

由於鄭泰義既不知道要怎麼搭乘這裡的大眾運輸，外加這附近住的都是當地人，所以就算他想問人也不知道要怎麼和對方溝通。況且最重要的是，他身上就只有幾枚完全不夠搭車的零錢而已。

這樣看下來，鄭泰義最後的手段就只剩下計程車了。他可以先搭計程車回到民宿，接著再趕快衝進民宿裡拿錢……然而無論是民宿的女主人，抑或是其他人都曾經警告他說，因為這裡的治安既不好也不壞，最好還是不要隨便搭計程車移動。

鄭泰義倏地抬起頭望向了天空。

心路可能也來不及注意到這些事，就直接把那輛車送走了。不過他們這下倒是真的陷入了有些為難的處境。

在看向身旁的心路後，原先跟著鄭泰義一起打量著天空的心路立刻轉過頭望向他，並且再次笑了起來。心路那張嬌羞的臉龐看上去就和鄭泰義之前所熟知的模樣沒有任何區別。

「這和我前幾天看到的那個樣子又不一樣了……」

「我嗎？」

聽見鄭泰義的咕噥聲後，心路伸出食指指了指自己，笑著反問道。

心路看起來的確變得不一樣了。對方不僅跟前幾天看到的那副模樣不同，甚至也與鄭泰義在UNHRDO裡看見的模樣不一樣。乍看之下，眼前的心路就像是披著同一張外皮的另外一個人似的。

我原本還以為我很會看人，原來這只是我的錯覺啊……

「心路，你上次不是說過你會等我？你不是答應過我，你不會強行把我帶走，而是會等到我願意跟你走的那一天嗎？」

鄭泰義一邊朝著民宿的方向前進，一邊說道。而一旁的心路見狀則是點起了頭。

「是的。」

「要是被那個傢伙知道你又出現在我面前的話，他到時候肯定又會大鬧一場。」

「泰一哥，雖然我有說過我會等你，但我們這段期間總不可能都不見面吧？」

心路的臉上沒有絲毫不悅的神情。不過在沉默了一會兒後，他稍稍壓低了嗓音補充道：

「其實我還在猶豫。我的心直到現在都還在大吼著，無論如何都要把哥帶走。不管要用什麼手段、不管得用什麼方式，我都想把哥留在我的身邊。」

「……你是打算殺了我，再拿我的皮套在竹夫人上嗎？」

可能是把鄭泰義的咕噥當作玩笑話，心路聽完直接就放聲大笑了起來。

然而鄭泰義並不是在開玩笑。這就好比當初講出這句話的心路說不定也不是在開玩笑一樣。

突然覺得心裡不是滋味的鄭泰義拍了拍胸前的口袋。而馬上就注意到這件事的心路見狀立刻從自己的口袋裡掏出了菸盒，並遞給鄭泰義。在看見鄭泰義從中抽出一根香菸叼在嘴上的模樣後，他還不忘替對方點了火。

「謝謝。」

冷冷地說完後，鄭泰義便朝著空中吐出了一道長長的白煙。

其實鄭泰義非常地慌張。不僅僅是這個瞬間，其實這一陣子，他一直都處在困惑的情緒之中。他不但對心路的行為感到不解，也對伊萊的舉動感到迷惘，甚至他對自己也充滿著困惑。

自從心路出現之後，伊萊每天晚上都會跑到鄭泰義的房間。話雖如此，但他們也不是每次都會做愛。要是前一晚做得太過火，又或者是發生了什麼很疲倦的事，伊萊就會止於愛撫的階段，要不然就是簡單輕撫一下鄭泰義的身子，接著直接入睡。

而每當這種時候，鄭泰義都會因為過於疲勞而處在隨時都會昏睡過去的狀態下，躺在床上直勾勾地凝視著對方。他會用著不知道該怎麼形容的複雜情緒，就這樣打量起只要一點細微的聲響，就會直接睜開雙眼的伊萊的睡臉——然而鄭泰義並不確定對方到底是真的睡著了，還是只是閉上眼在休息而已——好一陣子。

實際上，他也說不上討厭伊萊的這個行為。而正因如此，他的心情才會這麼複雜。

「心路，我覺得你還是不要等我會比較好。」

鄭泰義吐出口中的白煙，靜靜地說道。即使這條路上有些吵雜，但心路肯定還是聽得見鄭泰義的低語聲。不過對方聽完後卻一句話也沒說。

心路就像沒聽見似的走在鄭泰義的身旁，從容笑著。而下一秒，他突然瞥了鄭泰義一眼，接著說道：「泰一哥，其實你現在抽的那個不是香菸喔。」

「什麼？」

鄭泰義依舊維持著將抽到一半的香菸叼在口中的姿勢，木然地咕噥。縱使他沒有抽過這種味道的香菸，這抽起來的感覺也比想像中的還要濃烈一點，但除此之外，似乎就沒有其他不同的地方了……

「原來你沒有抽過啊……這其實是鴉片。雖然為了讓大家更好抽，所以還混合了菸絲，並且調整過鴉片的純度。」

「噗哈！！咳、咳咳……」

鄭泰義將叼在口中的香菸——不對，心路剛剛已經說過這不是香菸了——吐了出來，瘋狂地咳嗽著。由於剛剛不小心把準備吐出口的煙吸了進去，使得他的喉頭霎時變得十分火辣。

「哥怎麼嚇成這樣？早知道我剛剛就先等你抽完再說了。」

心路朝不停拍著自己胸口咳嗽的鄭泰義擔心地嘟噥道，接著遞出了裝著白開水的寶特瓶。然而咳嗽頻率漸漸降低的鄭泰義就只是用狐疑的眼神盯著那個瓶子，並沒有打算要接過。

心路見狀倏地笑了起來，「這只是一般的水，其實哥剛剛抽的的確就是香菸沒錯。我怎麼可能會拿鴉片給你抽。」

「……」

這個傢伙的個性怎麼變得越來越……

鄭泰義一邊在心底咕噥，一邊用手背擦拭了自己的嘴角。

「不過實際上也是真的有那種經過調和，變得跟香菸差不多的鴉片。而這種東西算得上是我們家暗地裡在賣的物品中，數一數二賣得最好的商品。」

鄭泰義在接過心路再次強調真的只是水的寶特瓶並喝了幾口後，露出了難以言喻的眼神看向對方。

而心路就只是抬起頭開心地望向天空，用著像是在聊電影內容般的語氣淡淡地說道：

「聽說只要抽個幾天，大部分的人就會開始上癮。因此要控制一個人也會變得異常簡單。」

鄭泰義苦澀地咂起了嘴。看來心路現在已經不打算要殺了他再拿走他的屍體，而是打算直接讓他鴉片上癮再帶走他這個人。

「所以……我原本其實也有想過要用這個手段。況且要是哥就這麼毀掉的話，其他人也不會想要搶走你，我就可以獨占你了。」

「……心路。」

鄭泰義簡短地喊了對方的名字。而心路這時才將視線從天空中移到鄭泰義的身上。在看見心路的眼眸後，鄭泰義意識到了原來對方那句乍聽之下就像個玩笑話的句子裡也參雜著一定程度的真心。

不悅地凝視了心路好一陣子後，鄭泰義倏地嘆了口氣，無力嘟噥道：「我只希望我的身邊可以不要再多一個令人無法招架的瘋子。」

隨後，心路大笑了起來。那是個跟以前一樣惹人憐愛，猶如銀鈴般悅耳的笑聲。

「不，我不會那樣做的。在飛來這座島之前，雖然我想了很多有的沒的，但一見到哥之後……我才發現我根本就下不了手。」心路擺了擺手說道。

語畢，走在鄭泰義前面的他猛地停下了腳步，背過身面對著鄭泰義，接著抬頭望向天空。將頭抬得很高的心路就這樣默默地咕噥起了：「啊，好漂亮喔。」

的確就如心路所說，出現在兩人頭頂上的天空非常地美。由於已經到了日落之時，位處太陽另一端的天空雖然仍是一片湛藍，然而太陽這端的天空卻呈現著淡淡的紫色。

鄭泰義一語不發地凝視著跟天空一樣動人的心路。

心路看上去還是這麼漂亮與惹人憐愛。縱使對方的腦袋裡可能藏著一隻超乎眾人想像的怪物，但鄭泰義卻仍舊覺得心路很可愛。那份偏心於心路的情誼實在無法說消失就消失。

仔細一想，他也曾經對眼前的這個人產生過性欲。甚至兩人還一起開了房間。不過因為彼此想要的不同——又或者是過於一致——，最終只好以失敗收場。

「……」

要是早知道自己遲早都要被上的話，說不定比起那個沒有人性的傢伙，被心路上反倒還比較好。畢竟心路再怎麼說——先不提心路腦中的想法，至少在體型方面——都更像個正常人。

猛地湧上這個念頭的鄭泰義忍不住憂鬱地嘆了口氣。不過即使如此。

「心路……不要等我。」鄭泰義再次說道。

心路的視線仍舊停留在那片天空上。過了一會兒，心路才又靜靜地開口道：「不管我怎麼等都不行嗎？」

「……嗯。」

「這樣不行……」

心路咕噥著。他垂下不停抬著的頭，看向鄭泰義笑了起來，「我才剛開始等你而已，如果你現在就說出了這種話，這反倒會讓我又湧上想要不擇手段搶走你的念頭。」

「你……不能這麼做。」

「對吧？所以哥不要再說那種話了，就放寬心地跟我玩吧。啊，對了，泰一哥，我們一起去夜市吧！」心路就像突然想起了什麼似的，抓著鄭泰義的袖子說道。

鄭泰義微微地挑起了眉頭，「夜市？」

「這附近有個叫做巴赫普的地方，據說那裡每個禮拜都有夜市。而且我聽其他人說，那個地方超級好玩的！還真剛好，只要從這裡搭十分鐘的車就能抵達了，況且今天的天氣也很適合逛夜市。」

「啊啊。」鄭泰義點了點頭。

其實他已經去那個地方兩次了。因為那裡每次都會聚集很多的人潮，為了取得更多跟哥哥有關的消息，所以他會特地跑去巴赫普。而每個禮拜當夜市有開的那一天，他便會去那個地方打聽消息。不過每次卻都是空手而回。

若硬要說的話，唯一有收穫的就是蓋博。蓋博在那裡買了一個刻有水蛇形狀的傘柄——然而那是個沒有傘布，就只有傘柄的木頭棒狀物，鄭泰義實在是搞不懂對方買那個東西回去要幹嘛——

「哥，我們趕快去那裡逛吧！」

眼看心路不停地晃動著自己的袖子，鄭泰義偷偷瞥了一眼手錶。現在已經越來越接近伊萊要回來的時間了。要是伊萊比他還要早回到民宿，對方肯定會因為他今天又隨便亂跑出去而大發雷霆。

「不了，我今天就先……」

「哥，我們一起去嘛。那裡聚集了很多人，我不敢自己一個人去那種不知道到底有誰會出現的地方。」心路瞪大雙眼地低語著。那雙微微下垂的雙眼乍看之下就像真的很害怕似的。

然而鄭泰義在看見對方那水汪汪的眼眸後，深知要是自己這次又被心路的三言兩語騙到的話，那就真的是個十足的笨蛋。

「我們……下次再去吧。我今天真的得先走了，抱歉。」

「好吧……那就只能這樣了。」

雖然心路露出了惋惜的神情，但他這次卻意外地乖乖選擇了退讓。而默默嘆了口氣的他隨即又笑著看向鄭泰義。

「不過泰一哥，這裡離哥住的背包客棧應該很遠吧？那哥打算要怎麼回去呀？」

「……」

鄭泰義早就把這件事忘得一乾二淨了。

這麼一看，他身上不但沒錢，甚至連要怎麼搭乘交通運輸工具的方法都不知道，就這樣站在大馬路上。即使他知道回去民宿的路要怎麼走，但要是他真的走路回去的話，肯定得等到明天凌晨才會抵達。再這樣下去，他才剛拆掉石膏的腳絕對馬上又會受傷。

鄭泰義表情沉重地望向心路。然而心路看上去就像什麼事都不知道似的，爽朗地笑著。

＊＊＊

位處誰陵給南部海岸，稍微往東傾斜一點的巴赫普是個非常安靜的地方。

雖然每年的八月到十月，進入吹起季風的乾季時會有很多人為了衝浪慕名而來，但除了那段期間之外，這個區域向來都是個既冷清又靜謐的地方。

然而每個禮拜五的晚上，巴赫普都會聚集了一堆人。那個人群多到甚至會令人懷疑是不是住在誰陵給上的所有居民與遊客都跑到這裡來的程度。而這全都是因為每個禮拜只有禮拜五這麼一天，巴赫普的中央廣場會舉辦夜市的緣故。

話雖如此，不過會來到巴赫普夜市的人大多都不是為了要買生活必需品，抑或什麼特定的物品才來的。畢竟其他地方已經有每天都會營業的一般市場了。

專業的攤商們往往都會聚集在巴赫普中央廣場正中央那小噴水池旁的四周擺攤。除了有普通市場裡常見的物品之外，偶爾也會出現很稀有的商品，以及像批發市場裡那種必須大量採買才願意賣的東西。

而位於噴水池的對面，在那座已經倒塌到只剩下遺跡的古城附近，還會舉辦跳蚤市場。每個人都可以拿家裡用不到的物品、手工製作的商品，以及任何你所想得到的東西來那個地方自己擺攤販賣。不過因為跳蚤市場並不像夜市那樣有固定的營業時間，所以有些時候會有很多人來逛，而有些時候又會非常冷清。

當鄭泰義跟心路抵達巴赫普時，大概是太陽剛下山的時間點。

或許是因為夜市還沒正式開始營業，所以廣場看上去非常冷清。即使能看到幾名攤商已經搶先占了好位置，但現在基本上沒有什麼來逛的遊客，也沒有什麼攤販在賣東西。

「大概要再等個一、兩個小時，夜市才會正式開始營業。」

一名手中拿著旅遊指南的白人觀光客在看完書中的介紹後，朝著兩人解釋道。

鄭泰義沒有料到竟然會有一本旅遊指南願意介紹這麼偏僻的小島，所以他特地多看了那本書兩眼。他至今都還記得，當他還待在柏林時，凱爾時不時就會提到「我們一定要記住，並且珍惜那些願意出版明擺著就賣不掉的書的出版社」。

縱使鄭泰義馬上就想起了凱爾就是因為老是在賣那種書，最終才會落得經營失敗的下場，但他最後還是選擇什麼話都不說。

「那片空地旁圍繞著像是石牆般的東西。嗯——那難道是標記領地的方式嗎？」

即使廣場上沒有什麼遊客，但心路還是相當好奇地打量起了四周。隨後，他倏地將視線移到遠處的空地上。

在一片平坦的土路旁，出現了一排零星的坍塌石牆。而石牆的後頭則長滿了一整片茂盛的雜草。

「啊，聽說那裡是古城。」

「古城？這座島上那麼久以前就已經有住人了嗎？竟然還有古城。」

心路瞪大雙眼朝著鄭泰義發問後，便直接走向了那片空地。大概再過幾個小時，這片空地就會成為舉辦跳蚤市場的場地了。

「根據世世代代都住在這裡的原住民的說法，聽說在好幾百年前，這裡曾經有過非常驚人的文明。」

「嗯，這算得上是非常常見的說法。不過要是他們的話屬實，這座島上的人管理這些珍貴遺跡的手段未免也太馬虎了吧。」

一口氣跑到石牆前的心路露出了新奇的眼神，開始打量起那本該是繞成一圈環繞著這整片空地的圍牆，但現在坍塌到只剩下殘骸的石牆遺跡。

「他們甚至還在這裡舉辦了跳蚤市場。我想這已經算不上是馬虎，而是他們打從一開始就不打算要保護這座古城吧……」鄭泰義一邊嘟噥，一邊跟在心路的身後走向了那片空地。

其實第一次來到巴赫普的時候，鄭泰義就已經仔細打量過這座古城了。所以他這次就只是待在一旁，看著心路跑跑跳跳的身影若隱若現地出現在石牆的遺跡旁，默默發笑。下一秒，他拿出了心路剛剛送給他的菸盒——雖然他多少還是有些懷疑這包香菸的成分到底是什麼——，並從中抽出一根香菸叼在嘴上。

再過不久伊萊就要回來了。我到時候一回到民宿，肯定就死定了吧……唉，算了。反正我也想不到什麼更好的方法了。

本來打算一屁股坐在石牆上的鄭泰義倏地停下了動作。縱使沒有人在保護這座古城，但再怎麼說這些石牆都還是人類的遺址，他實在是不敢隨便坐在這上面。隨後，鄭泰義坐到了一旁的大石頭上。

隨著天空變成深藍色，星辰也漸漸地出現在人們的頭頂上。大概只要等到那道由夕陽殘留下的粉紫色光芒消失，天空中就會出現數也數不完的繁星了。

南半球這片寂靜又遼闊的星夜是鄭泰義在自己故鄉的大城市裡絕對看不見的景色。自從來到這座島上後，每次只要當他看見頭頂上出現那片鮮明的銀河，他就會被震撼到有好一陣子都說不出話。

他現在處在這麼漂亮的地方，而哥哥也在這座島上的某一處。心路在這裡，伊萊也在這裡。一想到可以將此刻這種無法用言語形容的激動情緒分享給其他人知道，他就覺得非常開心。

鄭泰義看著眼前這片深藍色的天空，默默吐出了愉悅的嘆息，「不過我也不禁在想，那個傢伙到底能不能理解一般人看到美麗事物時所產生的感動是什麼樣的感覺……」

「哥，但我可以理解喔。」

鄭泰義猛地屏住了氣息。差一點，他又要被含在口中的白煙嗆到了。咳咳，稍微咳了幾聲後，鄭泰義垂下了頭。不久前還站在石牆旁努力觀察著石牆遺跡的心路在不知不覺間，已經跑到了他的面前。

他是用了曲速引擎來移動嗎。

鄭泰義露出訝異的神情凝視著心路，同時也不忘吸了兩口手中的香菸。

心路本來可能是打算要直接坐在鄭泰義身旁的石牆上，不過在思考了一會兒後，他最終還是決定坐到鄭泰義坐著的那顆石頭的邊上。而鄭泰義見狀忍不住彎起了眼眸。心路的這一面正是他先前之所以會喜歡上對方的原因。

「啊……好棒。多虧了哥，我總算能再次見到這片風景了。我真的好開心。」心路笑著說道。

鄭泰義挑了挑眉，默默抖掉了菸灰。而心路馬上就解釋起了剛剛那句話的意思。

「其實幾年前，我曾經來過非洲。UNHRDO每三年就會開放所有的分部讓志願的人去參觀。我們不能自己選要去哪個分部，所以我就來到了非洲分部。我當時在約翰尼斯堡待了好幾天。畢竟難得來非洲，因此我還跑去了好幾個地方觀光。」

鄭泰義靜靜地點起了頭，等待著對方繼續說話。

或許是因為產生了罪惡感的緣故，當他聽見心路在聊UNHRDO的往事時，他好像能從對方的臉上看見懷念的神情。鄭泰義苦澀地吐出了口中的煙霧。

無論是誰，肯定都有過為了要獲得什麼東西，而不得不放棄另外一樣東西的時刻。像鄭泰義自己就有過好幾次類似的經驗。他想要的有時候是些微不足道的東西，有些時候又是非常重要的東西；而不得不放棄的東西中自然也有微不足道跟非常重要的差別。

或許過了一段時間後，他還會湧上「早知道我當初就不要做出那種選擇了」的想法。雖然他對自己曾經做過的選擇沒有任何的留戀，所以這與後不後悔無關，但他偶爾的確就是會冒出這種念頭。

心路因為他而放棄了UNHRDO的工作。然而這是心路自己的選擇，鄭泰義無權干涉對方要怎麼做。因此照理來說，這件事說不上是鄭泰義的錯。

即使鄭泰義也知道這個道理，但他還是湧上了既苦澀又愧疚的心情。或許再過一段時間——也或許根本就不需要這麼久——，心路就會湧上「早知道我當初就不要做出那種選擇了」的想法也說不定。

「但這也沒辦法，畢竟每個人都是這樣活過來的。」鄭泰義苦澀地咕噥，接著抖掉了菸灰。

然而心路卻開始講述起跟UNHRDO完全無關的故事。

「這個地方的天空是真的很漂亮——可是無論我怎麼轉述給那些沒有親眼見過這片絕景的人聽，他們都聽不懂。他們無法想像到那個畫面。在這片無邊無際的大地上，出現在我頭頂上的是湛藍到刺眼的藍天，以及潔白到耀眼的雲朵。」心路抬頭望向天空，就像在做夢般地低語道。

雖然此刻映入眼簾的是繁星正準備要升起的黝黑夜空，但鄭泰義總覺得自己好像看見了對方口中的景色。那是一片令人不由得陷入沉默的絕美景色。

「我很想得到那片天空。那是我見過的無數風景中，最美麗的一片天空。我想就算之後見到了其他的美景，我也無法找到足以與它媲美的景色。即使現在站在同個地點，看著同一片天空，我可能也無法再看見當初的那幅絕景了。在那個瞬間，我是真的——非常想要得到那片天空。」

「……這樣啊……」

「甚至就連照片也無法保留下它的美貌。無論我用再好的相機，那些機械也無法好好地記錄下人眼所能看見的景色。」

語畢，心路安靜了下來。

可能是想到當初的那個景象，沉默了好一陣子的心路隨即又嘆了口氣。下一秒，他打開握在鄭泰義手中的菸盒，並從中拿出一根香菸叼在嘴上。喀噠，伴隨著打火機的聲響，一道被點燃的煙霧也跟著出現在兩人的面前。

一口、兩口，一直等到心路緩緩吐出了口中的白煙，他才又再次打破了沉默。而他偷偷望向鄭泰義的眼眸中還參雜著淡淡的笑意。

「回頭一看，我這輩子好像還不曾這麼絕望過。我像瘋了一樣地想要得到它，可是最後卻還是無法得到的那個心情是真的……」

心路就像陷入沉思般，再次安靜了下來。而一旁的鄭泰義在將幾乎快抽完的香菸按壓在石頭上熄滅後，咕噥著：「對啊，你總不能把天空的皮剝下來掛在房間裡欣賞，也不能用鴉片來讓它變成癮君子啊。」

心路見狀猛地笑了起來。隨後，他一邊將香菸叼在口中，一邊喃喃自語道：「從小的時候開始，我就是個想要什麼，就一定要得到的人。」

鄭泰義什麼話都沒說。

他沒有講出「其實人就跟天空一樣，沒辦法成為另外一個人的所有物」這種話。在每個國家都在搶著說哪片天空是自己領空的前提下，一個人的所有權更是不值得一提。

即使有人站在制高點談論著人權，但處在最底層的人卻忙著把其他人當作家畜般地販賣著。無論那是出自於本人的意志，抑或是他人的意志。

其實鄭泰義自己也沒有把握。要是心路真的拿鴉片讓他抽個幾天幾夜使他徹底上癮的話，他有辦法憑藉著自己的意志逃出來嗎？實際上就算心路沒有靠藥物來禁錮住他，他似乎也無法篤定地說出答案。

大家總說如果沒有得到一個人的心與意志，那這一切就沒有任何的意義了。可是不這麼認為的也大有人在。

不過。

鄭泰義曾經喜歡過心路。至今，他仍覺得心路是個很惹人憐愛的孩子。因此就算只是為了心路好，他也不希望心路做出這種事。即使心路本人可以因為這種事而感到幸福與滿足，但鄭泰義還是希望對方能夠體驗看看其他形式的幸福是什麼感覺。

「會不會有那麼一天……我會依照你所想要的方式，就這樣一直待在你的身邊？」

鄭泰義倏地咕噥道。其實他也不是真的想問對方，他就只是在自言自語罷了。而心路見狀直接選擇了沉默。

鄭泰義抽出第二根香菸叼在嘴上。他不知道那個問題的答案，他是真的毫無頭緒。他唯一知道的就只有此時此刻的自己懷抱著什麼樣的想法。

而在那模糊不清的心意之中，一股不是很篤定卻又鮮明的感覺正在告訴著他，不可能會有這麼一天的。

霎時，鄭泰義想起了一道曾經緊貼在他耳邊的低沉嗓音。

——泰一，你再說一次。

「……」

他下意識地屏住了氣息。值得慶幸的是天色已經暗了下來，所以旁人無法在這昏暗的月色下看清他此刻的表情。鄭泰義默默垂下了頭。他就像在觀察著腳邊的昆蟲般，死命地盯著自己的鞋頭，硬是抖掉了香菸上那沒有多少的菸灰。

他的後頸開始滾燙了起來。當時的那道嗓音、那道嗓音中所涵蓋著的熱氣、觸碰到他耳畔的溼潤氣息，以及對方撫摸著他皮膚時的動作。這一切的一切，就像是此時此刻才剛發生完的事情般，清晰地浮現在他的腦海裡。

鄭泰義在對自己的反應感到反常的同時，還覺得很不知所措。

仔細一想，雖然他不曾把這件事放在心上，但他其實是個還滿受眾人歡迎的人。對他產生好感的人不在少數，而其中自然也不乏會直接向他表明心意的人。甚至也有那種每天都會見到面的人向他表白過。

不過他卻不曾覺得討厭，抑或是感到困擾。他就只是覺得很感謝而已。要是他沒有對對方產生同樣的情愫，那彼此的關係自然也不會有更進一步的發展。他既不需要特別在意這件事，也不用為此感到動搖。

可是。

……也不知道是不是因為害怕，又或者是不安。或許是因為伊萊不是那種可以以正常的手段來應付的對象，他才會這麼不安吧。

鄭泰義緩緩地搖著頭，並且思考起了，要是伊萊里格勞真的喜歡上自己的話該怎麼辦的問題（不對，其實他根本就不用加上那個「要是」。畢竟鄭泰義既不是個遲鈍的人，他也不覺得自己自我意識過剩）。

一想到那個可能性，鄭泰義就覺得自己的後頸又再次滾燙了起來。他不知道該怎麼做，也不知道自己該做出什麼樣的反應。他只覺得非常慌張。

該不會我也喜歡上那個傢伙了？

陷入沉思中的鄭泰義隨即就浮現了這個想法。下一秒，他的後頸又發燙了起來。而這次，那股熱氣還蔓延至了他的耳垂及臉頰。

「泰一哥……？」

鄭泰義聽見了身旁的心路小心翼翼呼喊著他的嗓音。

而默默凝視著腳邊的他先是抖掉香菸上的菸灰，接著吸了一口菸。雖然現在的天色非常昏暗，但這個光線還是足以讓坐在身邊的人看清他的臉。

況且心路的觀察力十分過人，外加鄭泰義現在還想不到究竟該擺出什麼樣的表情。

「泰一哥。」

心路再次呼喊了他的名字。

「嗯。」

鄭泰義以簡單的嘟噥聲來當作答覆。

果然，他還是覺得不行。無論過了多久，他似乎都無法依照心路想要的那種方式去到對方的身邊。因此，他沒辦法叫心路繼續等他。

「心路，抱歉。」鄭泰義低聲說道。

然而心路見狀並沒有說任何一句話。他就只是靜靜地凝視著鄭泰義而已。

不知不覺，天色已經完全暗了下來。隨著夜市開張的時間越來越近，人潮也漸漸變多了。

有人扛著一大袋的物品，開始在他們坐著的古城前方擺起了攤。而遠方中央廣場的噴水池附近也開始有攤商擺出了自家的商品。在那些攤商們之中，也不乏有好幾名已經逛起夜市的遊客。

明明當初是心路吵著要來逛夜市的，但當夜市開張後，他卻不曾把視線移往那個方向。自始自終，他的雙眼就只看得見鄭泰義一個人。

「不是哥先喜歡上我的嗎？」

隨後，心路的嗓音像是隨時都會消失般地響起。那道既安靜又沉著的嗓音，乍聽之下就像心路在依依不捨地糾纏著鄭泰義似的。

鄭泰義沒有答話。他該向心路道歉嗎？不，他似乎也不能這麼做。於是，他最後就只能選擇默默地與心路對視著。

霎時，心路無聲嘆了口氣。在重重嘆完了那口氣之後，他就像陷入沉思般地垂下頭凝視了自己的腳邊一會兒，接著又猛地抬起了頭。而再次抬起頭的心路看上去就跟平時一模一樣。原先那既可憐又令人心疼的表情已經消失了，出現在他臉上的是跟平時一樣隨時都有可能掛上笑容的平靜神情。

「哥，我就說你回答得太快了。如果你這麼早就拒絕我的話，這會讓我想要不計任何手段與方法得到你。」

「……」

「我有很多的時間。我什麼都沒有，就只有一堆時間。所以說，你大可不用擔心我沒關係。」

心路笑了。下一秒，他從石頭上起身，接著作勢拍了拍什麼東西都沒沾到的屁股，「那我們要去逛了嗎？我看夜市好像已經開張了，如果我們可以找到什麼新奇的東西就好了。位於非洲鄉下的跳蚤市場，哥不覺得聽上去就很厲害嗎？」

「……對啊，如果可以找到什麼很棒的物品就好了。說不定我們還能找到一些意料之外的驚喜。」鄭泰義噗哧一笑。

或許是因為心情格外沉重的緣故，他的笑容看上去有些無力。不過心路似乎是打算要假裝沒發現這件事。而鄭泰義見狀也決定要裝作什麼事都沒發生。

「那你先去逛吧，我抽完這根菸再去找你。」

鄭泰義從菸盒中抽出了一根新的香菸，接著叼在嘴上點起了火。

「哥，你連續抽那麼多根的話，對身體很不好……好吧，那我就先去噴水池的附近逛一逛。泰一哥，你抽完要趕快來找我喔！」

可能心路原本也打算要在這裡等鄭泰義抽完菸再走。不過倏地改變心意的他隨即便笑著邁開了步伐。

謝謝你。鄭泰義暗自在心底嘟噥道。

的確就跟心路猜的一樣，他現在只想要自己一個人靜一靜。被晚風吹拂著的腦袋雖然很清晰，但他的心卻亂七八糟地沉了下來。

「……」

呼，他朝著空中吐出了長長的白色煙霧。心路已經走到了噴水池的附近。縱使來逛夜市的人越來越多了，不過他還是不怎麼擔心心路的安危。一來對方不是個那麼容易就會被其他人傷害到的人，二來無論人潮再怎麼多，他都有信心能一眼找到對方。況且就算他真的找不到心路，心路肯定也會率先找到他。

「伊萊……伊萊里格勞。你這個傢伙真的太壞了。」鄭泰義一邊吐出口中的煙霧，一邊喃喃自語道。

下一秒，他抬頭望向了那片布滿了繁星的星空。而不停在口中重複著對方名字的鄭泰義倏地嘆了口氣，「要是我真的喜歡上了那個傢伙，那要怎麼辦啊……」

他是真的很擔心。所以還故意回想起了一些不是很好的回憶。

在他的腦海裡，關於伊萊里格勞這個男人的糟糕印象已經到了數也數不清的程度。即使是現在，只要當他一回想起當時的那些畫面，他就會頓時湧上滿腔的怒火、滿滿的不快，以及毛骨悚然的感覺。

與此同時，他也想起了對方的那張臉。

「……啊，對，我很生氣。除了生氣之外，我還很害怕。只要待在那個傢伙的身邊，我肯定就無法活太久。我要不是莫名其妙遭殃，要不然就是死在他的手上。」鄭泰義自言自語道。

霎時，他先是突然安靜了一會兒，接著又再次嘟噥起：「一想到等一下回到民宿後會發生的慘況，我就開始擔心了起來。」

不過我怎麼會落得今天這種下場啊。唉，但現在想這些好像也已經來不及了。鄭泰義忍不住嘆了一口氣。

他一邊抖掉香菸上的菸灰，一邊決定要開始放寬心。他現在最該做的就是像之前一樣，等待時間解決這一切的問題。既然眼下沒有其他手段可以解決問題，那他就只能選擇這種消極的做法了。

屏住呼吸，靜靜等待這個惱人的情況結束。

其實人生在世，難免會遇到不如己意的時候。明明已經累得要死，明明已經疲倦到彷彿隨時都會暈過去了，明明已經掙扎了這麼久，最終卻還是沒有任何起色的時候。

而每當遇到這種情形，他唯一能做的就只剩下屏氣凝神。

為了不要讓自己被壓垮，他就只能屏氣凝神靜靜地等待著時間流逝。等待這一切成為殘留在腦海中的記憶，任由它漸漸模糊。

鄭泰義再次抖掉了菸灰。因為這個動作，他突然想起了伊萊那雙白皙的手。每當伊萊陷入沉思時，對方就會伸出指尖緩緩地在桌子上有規律地敲打著。

鄭泰義看著自己那既不白皙也不好看的手，忍不住笑了起來，「那這段期間——我乾脆就待在那個傢伙的身邊好了。」

依照我自己的意志。最後這句話，鄭泰義默默吞回了肚子裡。

燃燒到香菸濾嘴上的菸就只剩下了最後一口。等他抽完這一口菸後，他也差不多該出發去噴水池旁尋找心路了。

鄭泰義將香菸含進口中後，伸長了自己的頭。廣場上充斥著滿滿的人群。而噴水池的附近也散發著不亞於這個人潮的吵雜聲。

心路就在這些人群之中。就算對方現在被眾多的人潮淹沒，無法一眼就認出來，但只要等到鄭泰義將最後一口菸抽完，走幾步路進到人群中，他就能馬上找到對方了。

鄭泰義深深地、深深地吸了這最後一口的菸。隨著香菸濾嘴被燻黑，香菸底端那霎時變得鮮紅的火光也漸漸地暗了下來。呼嗚……他以非常緩慢的速度，吐出了含在口中的白煙。

隨後，他輕快地從石頭上跳了下來。

鄭泰義打算要先和心路玩一下，再回去民宿。再怎麼說，心路今天應該還不至於馬上就不計任何手段把他帶走。雖然他很擔心伊萊那等他一回到民宿後，立刻就會瞪向他的冷冰冰視線，但此刻的他實在也是束手無策。

既然已經下定決心這陣子要先跟伊萊待在一起了，那他自然也得習慣對方的這種視線。

鄭泰義倏地一笑。隨後，他邁開了步伐，準備要開始尋找心路的下落，「他現在會在哪裡……」

不知道對方有沒有發現什麼有趣的東西。也或許心路已經找到了意料之外的新奇商品，並且正在為此而感到雀躍也說不定。

鄭泰義走進人群裡，緩慢地環顧起四周。夜市裡充滿著一堆人。越是靠近噴水池的方向，人潮就越來越多。最後甚至已經到了要是不碰到他人的衣袖，就無法穿過人潮的程度。

夜市裡不僅有上了年紀的年長者、看上去還在唸書的小孩，還有留著濃密鬍子、眼眸深邃的男生，以及將頭髮綁起來，好奇地打量著四周的女生。

雖然這座島上的人深受伊斯蘭教的影響，但每個人身上穿的服裝卻有著細微的差異。有些女孩包著素色的希賈布在查看攤販的商品，有些女孩則是用罩袍遮擋住全身的肌膚。

這個夜市充滿著住在這裡的人、偶爾會跑到這座島上來的人，以及只會來這麼一次的人。而同樣處在這些人群之中的鄭泰義則是用著緩慢的步伐開始逛起了這個夜市。

就在這個時候。

正當鄭泰義漫不經心地思考著不知道心路現在在哪、好奇那些身穿罩袍甚至還戴上面紗的女生看不看得見眼前的路、生活在穆斯林世界的女孩們還真辛苦啊的這些想法時，他看見了一名距離他十幾步之外的女性從他面前經過。

「……啊。」

鄭泰義猛地歪起了頭，並且放慢自己的腳步。

隨後，他的步伐直接停了下來。可是鄭泰義卻不解自己為什麼要停下來。他就只是狐疑地歪著頭，微微皺起眉頭罷了。

這是什麼感覺？為什麼我會覺得好像有哪裡怪怪的。

鄭泰義轉過了頭，他再次看向那條一路走來的路。然而他卻看不出任何的異狀。那條路上就只有一些正在討價還價的人，以及邊走邊逛的遊客而已。

「……？」

鄭泰義也不知道那股奇怪的感覺究竟是出自於何處。他總覺得自己的肩膀好像被人拉了一下。在狐疑地打量了四周一會兒後，他皺起眉，撓了撓自己的頭，「該不會我的思覺失調症已經往奇怪的方向惡化了。這可不行啊。」

嘴中不停念叨著什麼的他隨後又將頭轉了回去。他打算要再次尋找心路的下落。由於夜市裡充滿著人，他無法像原先預期的那樣馬上找到對方。況且心路現在也有可能蹲坐下來查看著一旁的地攤商品也說不定。

鄭泰義在往前走了幾步後，又再次轉過頭看向了身後。他身後的人潮就跟前面的人潮一樣多。

鄭泰義忍不住又歪起了頭，接著聳了聳肩，「啊，我得趕快找到心路才行。在陪他玩完後，我還得趕回民宿。再怎麼說，我都不想用走的走回民宿啊！」

就在鄭泰義不停嘟噥著的時候，他不小心與從他身邊經過的人撞在一起。那人在朝著他說了幾句聽不懂的話語後——感覺起來應該是抱歉，抑或是不好意思之類的意思——，還踩掉了他的鞋帶。

嘆了口氣後，鄭泰義走到人比較少的地方，並且蹲下來重新繫了鞋帶。為了不要讓鞋帶又這麼容易鬆開，他這次還特地把鞋帶的尾端塞進打了結的鞋帶中間。

當他重新綁好兩邊的鞋帶之後，先是用指甲拍了拍沾在鞋頭上的沙土，接著抬起了頭。隨後，他的視線停留在不遠處的一個地攤上。

那是一個不停有人經過，卻沒有人願意停留的地攤。那個地攤上擺著的大多是玩具槍，抑或嚇人箱這種稀鬆平常的商品。

鄭泰義見狀忍不住挑起了眉頭，並且噗哧一笑，「好懷念。」

那個地攤上還擺有鄭泰義小時候曾經買過的鐵罐機器人。有著單純構造——實際上這個機器人的設計已經陽春到沒有什麼構造可言——的機器人玩具已經有好幾處變形，甚至還掉漆了。

不過鄭泰義做夢也沒想到自己竟然可以在非洲的偏僻小島上看見這樣物品。

起身後，鄭泰義走向了那個地攤。正當他從一堆就算免費送他，他也不想收下的老舊玩具中拿起那個鐵罐機器人時，一旁正在把玩著一個跟手掌大小差不多大的箱子的人似乎是想買那樣商品，對方倏地擺了擺手向老闆示意。

鄭泰義見狀下意識地瞥了那個箱子一眼。雖然他也不太確定那個箱子的真實功用，但那乍看之下似乎是嚇人箱的一種。地攤老闆好像是想展示些什麼似的，在把玩了一下後，箱子的蓋子猛地打開了。然而也就僅此而已。裡頭既沒有什麼會跳出來的機關，也沒有藏著什麼物品。

還真特別。

或許是因為裡頭裝了擊發裝置，當箱子的蓋子打開時，還發出了類似於壓下擊鎚的聲響。

哥哥很喜歡這種東西。要是把這個嚇人箱送給哥哥，他肯定又會拆開來把玩好一陣子了吧。

其實鄭在義從小就是這個樣子了。當鄭泰義在一旁正常地玩著機器人時，鄭在義只要一發現有什麼新奇的玩具，他就一定會把那個玩具拆解開來。不過因為鄭在義每次都有辦法重新組裝回去，所以他從來不曾因為把新玩具玩壞而被父母責罵。

鄭泰義偷偷瞥了一眼蹲坐在他斜前方把玩著嚇人箱的人。而那名只看得見背影的人，出乎意料的是一名女性。對方從頭到腳都被灰黑色的罩袍遮擋了起來，甚至臉頰還戴上了面紗。

或許是因為不能講話，所以那名女子比手畫腳地詢問起那個玩具要多少錢。而明明就會講話的地攤老闆也跟著閉上了嘴，用手指比出了三的數字。女子見狀隨即從懷中掏出錢，遞給了對方。

地攤老闆一邊笑著用生澀的英語說：「Thank you，thank you！」一邊鞠了個躬。而鄭泰義在看見對方燦爛的笑容後，暗自在心底痛罵道「他還真敢亂開價啊」。

然而那名女子似乎不是不能講話，而是單純聽不懂當地人在說些什麼。當她從位置上起身時，鄭泰義聽見對方用英文低聲說出了：「不客氣。」接著便再次走進人群之中。

蹲坐在女子身後，垂下頭把玩著鐵罐機器人的鄭泰義在嘟噥完：「這都已經生鏽成這樣了，不知道它的手腳還可不可以動。」後，腦中猛地閃過「好奇怪，我怎麼感覺有哪裡怪怪的。不過到底是哪裡奇怪」的念頭，進而使他的動作不得不停了下來。

「……喔……喔……？」

鄭泰義抬起了頭。不知不覺，他的身旁已經被滿滿的人群塞滿。而他的手也在某個瞬間放下了鐵罐機器人，並且倏地從地攤前站了起來。隨後，他墊起腳尖開始環顧起四周。

不遠處，他看見了那道身穿灰黑色罩袍的身影走到了距離他數十步之外的地方。鄭泰義的腦袋還來不及反應過來，身體就率先跑了出去。

那是一道低沉的嗓音。那道嗓音安靜到就像是直接在耳邊低語似的，或許就連地攤老闆也沒能聽見。就算剛剛有人比鄭泰義還要更靠近那個人，鄭泰義也不覺得對方有辦法聽見那人的嗓音。

雖然那人的說話聲既小聲又細微，不過卻還是清楚地傳進了他的耳裡。鄭泰義認得這道無論發生了什麼事，都不會提高音量也不會激動起來，永遠都這麼安靜與平淡的嗓音。

與此同時，鄭泰義也記得對方那跟嗓音一樣安靜、輕快，又毫不遲疑的步伐。鄭泰義深知，如果沒有人叫住眼前的那個人，對方就會挺直腰桿一直朝著前方邁進。

鄭泰義想盡辦法要穿過不停擋在他面前的人群，試圖要跟在那名身穿灰黑色罩袍的人的身後。因為深怕對方的蹤跡會在時不時被人群擋住的視野裡消失，他的心也變得越來越焦躁。

「等，等一下——」

他拚命地推開人群，一心想要穿過這堵人牆。除了聽見有人在飆罵粗話之外，他還聽到了有人在念叨著什麼的嗓音。然而他現在連道歉、顧忌的餘力都沒有了。

身穿灰黑色罩袍的人似乎是已經逛完了，隨即便從廣場離開，走到了人潮明顯比較少的道路上。不過鄭泰義此刻卻仍舊被人群堵在原地。

正當他試圖要穿過這些人潮時，他好像還隱約聽見了心路喊著：「泰一哥？」的聲音。可是現在的他實在是分身乏術，無法再聽進其他人的話語。

「可、可以借過一下嗎——借過！」

當身穿灰黑色罩袍的人影繞進巷子，消失在他視野裡的剎那，鄭泰義忍不住朝著蹲坐在地攤前，擋住他去路的人大吼道。

隨後，他一邊咂著嘴，一邊背過身，打算要以反方向跑出這個廣場。雖然出現在他面前的人潮還是一樣絡繹不絕，但跟剛剛比起來多少還是冷清了一些。

那道嗓音、那個背影，以及那個步伐。他不可能看錯，更不可能聽錯。

鄭泰義朝著灰黑色罩袍消失的方向跑了過去。縱使他可以聽見心路呼喊著他的名字、跟在他身後的動靜，不過對方可能也被這驚人的人潮擋住，沒過多久那個動靜便默默地消失了。

離開廣場後，人群立刻就減少了一大半。

在這條只剩下月光的寧靜巷弄裡，唯一能聽見的就只有鄭泰義那著急的腳步聲。雖然他馬上就跑進了灰黑色罩袍彎進的巷子之中，但此刻卻早已看不見對方的身影。

遲疑了一會兒的鄭泰義因為嫌時間太寶貴，他隨即便不管三七二十一地跑了起來。跑著跑著，他的腳踝又開始痛了。他原本還以為自己的腳傷總算能痊癒，但經過這次的折騰，想必他到時候又得再次去醫院報到了。

我的腳踝怎麼時不時就在受難啊。嘆氣的同時，鄭泰義還不忘繼續賣力地奔跑著。這條筆直的巷弄就像長出了樹枝般的樹幹，旁邊延伸出了許多小巷子。因此當鄭泰義奔跑著的時候，他還得不停地查看兩旁的小巷子裡有沒有出現灰黑色罩袍的身影。

他在哪。我不可能會看錯啊，他到底是跑去哪了。

「該死……這又不是什麼捉迷藏，他是跑去哪——」咬牙切齒嘟囔著的鄭泰義倏地停下了腳步。

他剛剛好像在巷子的底端看見了晃動著的衣角。不過等他轉過身定睛一看的時候，那裡卻已經空無一物了。

「……」

沒有時間多想的鄭泰義立刻就朝著那條巷子跑了過去。他就這樣追著那個既微小又不夠明確的線索，準備要踏進那條最多只能容納一、兩個人通行的狹窄小巷。

拜託，你就待在那個地方吧。要不然你至少不要走遠啊。不，只要讓我看見你的背影就夠了。

「媽的，他平時走路也沒有這麼快啊，他到底是在趕什麼……該不會那個人真的是別人吧？」

鄭泰義一邊嘀咕，一邊追著那個或許是其他人也說不定的身影。然而他能清楚聽見自己的心正在低語著「那人絕對不可能是其他人」。

與此同時，鄭泰義也踏進了那條小巷裡。踢躂，他能聽見自己響亮的腳步聲。而下一秒，他發現了那個人。

身穿灰黑色罩袍的人影此刻正一動也不動地站在不遠處。對方似乎打從一開始就知道他會跟過來似的，就這樣站在那個地方等待著他的到來。也或許，那人只是想要質問他為什麼要追來而已。

而鄭泰義這時才發現還有個人影躲在巷子的角落裡。當他意識到對方的存在時，那人已經舉起了一顆跟小孩的頭一樣大的石頭重擊了他的胸口。

「——！」

鄭泰義甚至連慘叫聲都叫不出來。他頓時喘不過氣。

那名拿石頭攻擊鄭泰義的人影——那是位留著濃密鬍子，流露出凶狠目光的阿拉伯人——好像正在惡狠狠地嘟噥著什麼似的。也有可能對方就只是在詢問鄭泰義是誰罷了。

可是無論鄭泰義怎麼想，對方的順序都錯了。那人應該要先問完他的身分，再拿石頭攻擊才對吧……然而還沒等鄭泰義出聲吐槽，他的意識就漸漸模糊了起來。

而在他意識模糊之際，他看向了站在幾步之外，身穿灰黑色罩袍的人影。當那雙因為被面紗遮蓋住，變得若隱若現的眼眸與他對視的瞬間，他能感覺到對方的雙眼立刻瞪大。

鄭泰義好像聽見了那人喊出自己的名字。而那同時也是他在昏過去之前，所聽見的最後一道嗓音。

＊＊＊

這是一個令人懷念的夢，又或是一個令人感到惋惜的夢。

他就這樣呆站在原地。四周什麼東西都沒有。他的眼前就像瀰漫起了濃霧般，什麼東西都看不見。他甚至連自己的腳底踩著什麼都無法看清。他能看見的就只有他自己。

他想不起來自己究竟站在這裡多久了。或許只有一瞬間，也或許是永遠。

猶如人偶般茫然站在原地的他在某個瞬間突然回想起，他並不是一直都獨自一人。他的身旁曾經還有另外一個人在。從好久好久以前開始，久到他甚至都想不起來，也來不及意識到，那人就已經陪伴在他的身邊了。

可是當他轉過身時，他的身旁卻空無一人。想必他是在連自己都沒有意識到的時候，就已經失去了對方。

那個人是誰？他去哪裡了？而我又是從什麼時候開始獨自一人的？他不停地思索著。

當他回想起自己原本並不是獨自一人的事實後，突然覺得非常孤單。那股失落的感覺不是在他失去那個人的瞬間襲來的，而是在他意識到自己已經失去對方時才倏地湧上。

而他也是這個時候才意識到了，原來失去對方跟意識到自己失去對方之間還相差了這麼一大段的時間。

他馬上就浮現了想要去找那個人的念頭。

雖然他想不起來對方是誰，但他想要再次找回那名一直陪伴在他身旁的人。思索到最後，他總算又想起了一個事實。他的手中握有足以找到那個人的線索。

他垂下頭看向了自己的手。他的手上突然被一條他從來不曾看過的紅線綁住了。而那條紅線的尾端此刻正朝著某個地方不停地延伸著，使他看不見盡頭。

就這樣走過去的話，只要跟著這條線走到了紅線盡頭的話。

下一秒，他邁開了步伐。

跟著紅線前進的這件事比想像中的容易。即使途中會遇到彎彎曲曲的路段，也會碰上打結在一起的情況，但這條線還是很稱職地引導著他去他想去的地方。

不過一會兒，他看見了一個人影。

他的心開始瘋狂地跳動了起來，步伐也漸漸加快著。隨後，他總算走到了那人的面前。

然而他卻倏地停下了腳步。

那條紅線斷了。紅線的尾端就這樣斷在那人的腳邊。明明這條線本該是一條連接著彼此的線，但現在卻斷了。

我要把那條線重新綁上去才行。

這麼想著的他隨即便又邁開了步伐。不過還沒等他碰到那條線，就有人已經搶先舉起了線的尾端，並且纏繞在他的手指上。

他停在了原地。不知道該做出什麼反應的他只能嘀咕出一些不明所以的嘟噥聲，而原先站在那個地方的人卻猛地後退了一步。

那人好像笑了。那是一個既溫柔又溫暖的笑容，不過看上去卻參雜著些許孤寂的神情。霎時，他突然覺得心很痛。

一步，又一步。不停後退著的那個人在某個瞬間，倏地背過了身。下一秒，對方用著雖然緩慢，卻又毫不猶豫的步伐往前邁進。

那人的紅線將會綁在其他人的手指上。換句話說，他之後再也無法用這種方式與那個人連結在一起。可是明明早在他自己甚至都想不起來的好久以前，他們就已經互相陪伴在彼此的身旁了。

然而他並不打算解開手上的紅線，再次綁住那個人。因為之後要陪伴他繼續走下去的新對象，已經出現在他身邊了。

話雖如此，但那股失落的感覺還是一直圍繞在他的身旁。令他感到既惋惜，又懷念。

* * *

他睜開了雙眼。

眨了眨眼後，他再次閉上眼睛又睜開。他總覺得自己好像夢見了一個奇怪的夢。

他的意識就像還沉浸在夢境裡似的，彷彿連身體也停留在那個什麼東西都沒有的空間裡。這麼一看，他好像還能透過那道灰白色的煙霧看見站在另外一頭的人。

那個就算他伸長了手臂，也碰不到的人。

隨著他再次眨起雙眼，再次重複了這個動作，那個夢境突然就模糊了起來。雖然他還能想起自己剛剛好像做了什麼夢，但他卻想不起來其中的內容。再過一會兒，他就只剩下惋惜、懷念，以及一種即使很後悔，不過卻不想走回頭路的決心。

當這些複雜的情感全都融合在一起後，便開始在他緊閉著的眼皮後方徘徊著。

突然間，真的是突然間——或許這跟那個夢有關也說不定。可是隨著夢境的內容漸漸模糊了起來，就連那股複雜的情緒也開始消散後，他也搞不懂這其中的關係了——，鄭泰義想起了他之前曾經聽過的一句話。

——那我也會跟著好起來的。

那是一道既安靜又細微的嗓音。當那個人在說這句話的時候，對方是笑著的。但那人的笑不是那種開朗又明亮的笑容，而是講述著實話時，會下意識湧上的淡然笑容。

「所以說……啊，這是什麼時候的事……我怎麼會想不起來啊。」鄭泰義皺起了眉頭。

這是生病時的記憶，所以這件事一定發生在他年紀還很小的時候。而這同時也是鄭泰義對自己小時候時不時就生病的那段往事中，唯一還有印象的一件事。

那大概是發生在鄭泰義的身高只有現在大腿這麼高的時候的事。當時的鄭泰義曾經因為發高燒而臥病在床。不過這也不是他第一次燒得這麼嚴重了，所以他的母親雖然還是很難過又擔心，但並沒有想像中的慌張。畢竟鄭泰義小時候三不五時就會突然生一場大病。

而當鄭泰義因為發高燒不得不躺在床上休息時，跟鄭泰義一樣還是小孩子的鄭在義跑到了他的身旁陪他一起躺在床上。

當兩人的母親見狀後，她一邊說著：「弟弟現在生病了，你不能待在他的旁邊喔！」一邊帶走了鄭在義。現在這麼一看，想必她也是擔心鄭在義會被鄭泰義傳染，才會做出這種決定。畢竟鄭泰義曾經聽母親說過，每次當他生病倒下時，鄭在義就會跟著一起生重病。

「反正就算把我們分開，我也還是會生病啊……我要跟泰義待在一起。他一個人太孤單了。」

在好久好久之後，鄭泰義才從母親那裡得知當時的鄭在義曾經說過這麼一段話。而這同時也是他母親笑著說：「你們小的時候曾經發生過這種事哦！」的其中一段往事。

當時，兩人的父親為了要參加自家的宗親會，所以不得不出一趟遠門。向來不跟自己的家人往來的父親不知為何，每年只要一到舉行宗親會的時間，就一定會回老家一趟。而當父親說出自己必須待在老家至少三、四天的時候，為了照顧鄭泰義而留在家中的母親提議要讓父親帶鄭在義一起去。

「這兩個人太容易互相傳染了，我們乾脆就直接把他們分開吧。」母親說道。

縱使當時的鄭在義露出不滿的表情拚命地搖著頭，但父親還是把他帶走了。最後，家裡就只剩下鄭泰義及母親兩人。

雖然每次只要鄭泰義一生病，鄭在義就會跟著一起生病，不過鄭在義實際上是個不太會主動生病的「健康」孩子。可是當天晚上，原本要等到大後天才會回來的父親卻在大半夜的時候回到家裡了。而他的懷中還抱著發高燒到失去意識的鄭在義。

最終，這兩兄弟還是待在同個房間裡，蓋著同一條棉被一起養病了。

「這兩人怎麼每次都會一起生病啊。」母親用著既擔心又新奇的語氣低語道。

不過鄭泰義其實對當時的事沒有什麼印象。他唯一記得的就只有當自己全身發燙、無法動彈時，異常清晰的視野使他看見了躺在身旁的鄭在義。

當時的他昏睡了好一段時間，一直等到退燒後，他才總算有餘力睜開雙眼。而當他睜開雙眼後，他看見了鄭在義躺在他的身邊凝視著他的模樣。他一邊眨著朦朧的雙眼，一邊看向了對方。隨著兩人的視線相交在一起，對方用著有些無力又吃力的嗓音問道：「你還好嗎？會不舒服嗎？」

鄭泰義緩緩地從床上坐了起來。然而因為他的身體全被汗水浸溼了，這讓他倏地感覺到一股涼意。隨後，他忍不住抖起了身子，再次鑽進被窩裡。

「我沒事了，不過好冷喔。那哥哥會不舒服嗎？」將全身包到只剩下臉露在外頭的鄭泰義低語問道。

鄭在義沉默了好一陣子。鄭在義就像生了病的小雞般，小小的胸口不停地起伏著。通紅的臉龐在流露出難受神情的同時，他呼出的氣息也異常地滾燙。

鄭在義似乎連說話的力氣都沒了，他斷斷續續地說著：「只要你不要生病就可以了。那我也會跟著好起來的。」

語畢，鄭在義便閉上了雙眼。

鄭泰義依稀記得，當時的他看著就像失去意識般闔上雙眼的哥哥好一會兒後，便將手伸到寒冷的棉被外，摸了摸對方的額頭。

「……這麼一想……哥哥當時應該覺得很委屈吧。」鄭泰義猛地嘟噥道。

他記得他的母親曾經說過，當他們還小的時候，每次只要他一難受，鄭在義就會跟著一起難受。而偶爾當鄭在義很罕見地率先生病時，鄭泰義卻不會跟著一起生病；可是只要他一不舒服，哥哥就一定會不舒服。而且就算特地把兩人隔開，鄭在義也照樣會跟著難受。

提起這件往事時，母親笑著說了：「或許是因為你們是雙胞胎才這樣吧。但你不覺得這真的很神奇嗎？」

當時的鄭泰義只是簡單回了句：「這樣啊，的確還滿神奇的。」就草草帶過了這個話題。不過現在回過頭來看，當時的鄭在義一定覺得很委屈。為什麼當他生病時，弟弟都沒事；可是只要弟弟一生病，他就會跟著被傳染。

慵懶地吐出了一口氣後，鄭泰義揉了揉依舊留有些許睏意的雙眼。沙沙，沾在他眼角的眼屎就這樣掉了下來。

等一下，為什麼今天沒有陽光照進來啊？明明每次只要一睜開眼，我就會被從窗外照射進來的陽光曬得整張臉都發燙。難道今天是陰天嗎？

「喔……」鄭泰義這時才總算認真地睜開了雙眼。雖然他在不久前就已經察覺到了些許的不協調感，但因為他當時處在出神的狀態，外加腦中還在思索著其他的事，所以他直接選擇忽略不管……

「這裡是哪裡啊……」鄭泰義木然地咕噥道。

出現在他眼前的天花板異常地高。乍看之下，這就像有人打掉了二樓的地板，讓他可以直接看見了二樓的天花板似的。

「喔……」

茫然嘟噥著的鄭泰義在下一秒倏地坐了起來。隨後，他用著還沒睡醒的雙眼不知所措地打量起了四周。

這是一間陌生的房間。可能是因為天花板挑高，使得這間房間看上去格外寬敞。而位於房間內側的床則是掛上了天篷，有一半的網紗還掛在頂端，至於另一半則是垂了下來。

鄭泰義就這樣坐在那張床鋪上。

「……」

撓了撓頭後，他收起打量房間的視線，緩緩地走下了床。踩在腳底的光滑木地板使他的心情頓時好了起來。走沒幾步後，出現在他腳下的是一塊柔軟的地毯。

其實這間房間並沒有想像中的大。除了那張寬敞的床鋪，以及擺在一旁的一些盆栽之外，就只剩下一小塊走起來不會感到特別不適的空間而已。

緩慢地環顧完這間房間後，他朝著只有被一塊垂至腰際的竹簾遮擋起來的房門口走去。殊不知走出門外後，便是室外了。

不對，或許這不能被稱作是室外也說不定。映入眼簾的是一個類似於戶外庭院般的四方形空間，可是庭院的四周卻被建築物環繞著。從臥室走到那個被四條長廊圍繞住的戶外空間時，原先踩在腳底下的木地板已經變成了平坦的石地板。

不過一會兒，刺眼的陽光便灑在鄭泰義的頭上。而踩在他腳下的石地板也被那股炙熱的陽光照射得溫暖了起來。

四條長廊的正中間都有扇宏偉的門。

在這座大概有三、四個教室大的中庭中央，還有個足以讓十幾個人泡進去也不成問題的方形池塘。而猶如水坑般的池塘裡則是裝滿了透明的池水。

「……我是來到了什麼寺院嗎。」鄭泰義嘆氣嘟噥道。

他就像闖入了某間靜謐伊斯蘭教寺院的遊客般，踏上那片石地板，一步又一步地走向了池塘。

此時，有名手中握有一個小箱子，仔細觀察著那個箱子的人坐在池塘的邊上。那人就這樣一邊把玩著隨處可見的嚇人箱，一邊陷入了沉思。

鄭泰義朝著那人的方向走去。明明對方肯定也察覺到了鄭泰義正在朝自己走來，卻始終沒有抬起頭，而是專心地把玩著手中的箱子。

當鄭泰義走到距離那人只剩下幾步的位置時，他倏地停了下來。他就這樣默默地垂下頭看向對方，「嚇人箱的擊發裝置不是都差不多嗎？難道這個比較特別？」

「嗯……比較特別。」聽見鄭泰義的發問後，那人維持著將視線停留在箱子上的姿勢低聲說道，「這個箱子裡裝有十二個彈簧。位於箱子邊上的這塊木板扮演著擊錘的角色，當它把東西推上來之後，它會先收起那樣物品，等到過一段時間，它才會再次把那個東西推出來。而第二次把東西推出來時，這次就換彈簧飾演擊錘的角色了。你不覺得這個想法很有趣嗎？」

淡然說著這段話的那人將箱子蓋了起來。下一秒，他將手中的箱子遞給鄭泰義，「你想看嗎？」

鄭泰義見狀忍不住笑了起來。而無聲笑了好一陣子後，他便收下了那個箱子，接著一屁股坐在那人的身旁。

其實鄭泰義比誰都還要清楚，就算他把這個箱子拆開來研究，他也看不懂裡頭的構造。不對，雖然這種簡單的嚇人箱他多少還能理解，但在大部分的情況下，他往往都無法搞懂對方到底遞了什麼東西給他。

在把玩了箱子一會兒後，鄭泰義再次將視線移到對方的身上，「不過這裡是哪裡啊？」

「我也不知道。」

「……那你知道你現在在坦尚尼亞的小島上嗎？」

雖然鄭泰義不解自己為什麼會變成得解釋這一切的人，但仔細想想這其實也很合理，外加他早就預料到對方會產生這種反應，於是在間隔了一段時間後，他便主動告知對方他們現在所處的位置。

「原來這裡是非洲啊……我都不曉得。」

咂了咂嘴後，鄭泰義撓起了自己的頭。

該怎麼說，即使他本來就不奢求那人會給出多麼誇張的反應，不過對方的反應還是太過平淡了。話雖如此，但他其實早就猜到了會有這種結果。

那人就像今天早上才剛分開，現在又再次巧遇似的，淡然地回答完他的問題後，便開始凝視起了天空。大概在默默眨了兩次眼之後，陷入沉思中的那人才滿不在乎地嘟囔道：「我才在想位於南半球的伊斯蘭文化圈到底是哪裡……所以我們是在尚吉巴——不對，是誰陵給嗎？」

「嗯，我們在誰陵給。」

明明在鄭泰義提及之前，對方連自己身處於哪個國家都不知道，可是在簡單聊過幾句話後，那人竟然就準確講出了這座偏僻小島的名字。

然而親眼見識到這整個過程的鄭泰義卻絲毫不覺得震驚。他只是真真切切地感受到了，原來現在坐在他身邊的人真的是他所認識的那個人沒錯。

鄭泰義朝那名連自己被關在哪裡都不在乎的男子笑著說道：「正是因為你被關在這種鬼地方，我才聯絡不到你啊。我原本還想說生日的時候就可以聯絡上你。」

「啊……我原先也在找有沒有什麼可以聯絡到外界的通訊手段，沒想到東西全都被清空了。而正當我想著要怎麼辦的時候，我又突然想起了其他的事，結果最後就不小心把這整件事忘了。」

男子用著跟平時一模一樣的表情答道。不過當鄭泰義從對方那沒有什麼表情變化的神情中察覺到一絲愧疚的神色後，他忍不住笑了起來。

「話說我前幾天剛好夢到了你。沒想到正當我開始思考起該怎麼聯絡上你的時候，你就出現了。」

「……嗯……難怪我們這次可以見到面……」鄭泰義苦澀地發笑。

男子看上去就跟之前一樣。雖然短短幾個月的時間，本來就不可能會有什麼太大的改變，但眼前的這個人竟然連一絲的變化都沒有。剛好就是鄭泰義懷念著的那個模樣。

人。

霎時，鄭泰義突然覺得心情很好。

在這片湛藍的天空下，在這個令人感到快樂又靜謐的地方，他總算見到了他想見到的人。

吐出了一口愉悅的氣息後，鄭泰義直接躺了下來。他伸長自己的手臂，輕輕用指尖晃動起池塘裡的冷水。

隨後，他抬頭望向了那名坐在他頭頂上方，垂下眼凝視著他的男子，「哥哥，雖然晚了一些，但還是祝你生日快樂。」

那人見狀也跟著笑了起來。

沉著的臉龐，搭配上溫柔的微笑，這百分之百是鄭在義會出現的笑容。

鄭泰義的哥哥，睽違好幾個月才見到面的那人點起了頭，「泰義，也祝你生日快樂。」

——《PASSION 06》待續

ONE-ACT

他要找的那個人不在房間裡。

蓋博在環顧了一會兒那間空著的房間後，便再次回到了走廊上。現在肯定待在二樓的那個人要是不在自己的房間的話，那就是在隔壁間了。那間住著同行青年的房間。

朝著那個方向走過去後，蓋博果真聽見了從房內傳出的動靜。乍聽之下，那既像是講話的聲音，也像是打架時會發出的聲音。不過因為他與房內的兩人隔著一扇門，所以他也聽得不是很清楚。

他唯一確定的就只有，那不可能是一個人的動靜。

走到門前後，蓋博毫不猶豫地就敲起了門。畢竟早在他為了找那個人而踏上前往二樓的第一階階梯時，那人肯定就察覺到他的動靜了。

「不好意思，打擾了。」

一邊敲門，一邊出聲的蓋博在間隔了一、兩秒後，便推開了那扇門。

即使沒有聽到房內傳出的應門聲，但他並不怎麼在意。因為那人本來就不是個每件事都會一一回應的人。

然而打開房門後，本來要踏入房內的他卻猛地停下了步伐。如他所料，兩人的確都在房間內。除了有那個男子在之外，還有那名青年。一切都如他原本的預期，只不過有一點卻超乎了他的意料，那就是房內此刻的情況。

「……」

沒有人打破這片沉默。無論是蓋博，那個男子，抑或是那名青年，沒有人願意率先開口講話。

甚至那名青年還僵在了原地。背對著蓋博的他就這樣一動也不動地維持著原本的姿勢。

看來這個時機不是太好啊。

比起男子，蓋博反倒對那名青年感到抱歉。

那名青年的臉此刻正埋在坐在床上的男子的雙腿之間。

當蓋博看見男子那雙白皙的手——蓋博比誰都還要清楚，那雙光滑又好看的手擁有著多麼驚人的力量——正在按壓著青年的頭時，他立刻就意識到了，對方肯定在逼迫想要逃跑的青年乖乖待在原地。

可憐的青年明明已經察覺到了蓋博的動靜，卻還是不得不維持將男子的性器頂端含在口中的姿勢。

在看見青年那先是鐵青著臉，接著又漲紅了臉，最後又再次鐵青起來的側臉後，他陷入了沉默。而正面對著蓋博的男子一邊用一隻手按壓著青年的頭，一邊朝他問道。

「是急事嗎？」

「不，這件事並不急。我會在樓下待命，等兩位結束後再下樓就可以了。」

在看見男子擺出像是知道了般的手勢後，蓋博直接背過身離開房間，並靜靜地關上房門。隨後，他踏上了下樓的階梯。這件事的確不急。

他只不過是收到沙烏地阿拉伯的駐美大使將會在不久後被換掉的消息罷了。因為距離正式公布還有好一段時間，所以就目前來看，這的確算不上是件多麼緊急的事。

回到一樓後，他坐在大廳的單人沙發上，隨意地拿起了擺在桌上的其中一份晚報。掀開報紙後，他卻忍不住默默地咂起了嘴。

他想起了不久前在房內看到的那個畫面。

男子脫掉了衣服。與此同時，那人微微瞇起的雙眼中還散發出了比平時濃烈的熱氣。在蓋博看來，男子絕對不可能止於簡單的口交。男子在青年的口中射了一、兩次後，之後肯定會直接進到插入體內的階段。

蓋博重重地嘆了一口氣。而剛好從旁邊經過的民宿女主人見狀歪起頭問道：「發生什麼事了嗎？」

「倒也沒有。我只是在想，我今天會不會落到得幫忙清屍體的下場而已。」蓋博搖了搖頭回答。

「天啊，這件事應該跟我的民宿無關吧？拜託請不要做出得叫警察來的事喔！」

女主人可能是把蓋博的話當作玩笑話，在笑著說完後，她的身影便消失在了辦公間內。

然而，蓋博剛剛的那段話雖然有一半是玩笑，但另一半卻是真心的。

蓋博時不時就會碰上這種情況。

在他被派到外部單位之前，他一直都待在T&R的總公司裡和詹姆斯一起處理凱爾的大小事。更準確地說，詹姆斯主要是負責幫懶散的上司維持公司的正常運作，而他則是幫上司處理對方的私人事務。

雖然兩人的上司凱爾本身就是個問題很多的人，但對方最大的問題莫過於是他的家人。而家人中，又以弟弟的問題最為嚴重。

凱爾的弟弟——正是現在在二樓的那名男子——早在懂事之前，就已經是個三不五時就在闖禍的人了。在弟弟三、四歲的時候，凱爾曾經很嚴肅地說過：「我弟的名字好像取錯了。我覺得他應該要改名叫德米安才對。」而這件事是蓋博從詹姆斯那裡聽來的。

因為與弟弟相差了好幾歲，當時已經成年的凱爾即使從小就是一名備受矚目的天才兒童，但他還是用著那顆聰明的腦袋認真地思考起了這件事。與此同時，他甚至還說出了「要是那傢伙的頭皮上真的刻有666要怎麼辦[1]」這種話。

要是被不認識的人聽到這番話，他們肯定會認為凱爾在開玩笑。可是聽在蓋博耳裡，他卻覺得心有戚戚焉。

不，其實所有認識凱爾弟弟的人都會產生相同的想法。

實際上，原本都是詹姆斯在負責收拾凱爾弟弟所闖出來的禍。不過幾年前，詹姆斯由於

1 電影《天魔》(The Omen)裡撒旦轉世的邪惡小男孩主角德米安頭皮上有形似666的胎記。

過於繁忙的工作不得不開始看起心理諮商，甚至還威脅要直接辭職不幹。最終，蓋博只好幫忙分擔詹姆斯的工作。

而其中就包括了得負責收拾那名男子所闖下的禍。

時至今日，蓋博仍舊可以清晰地想起那段他曾經幫對方清過屍體的往事。從來不曾想過自己的人生竟然會碰上這種事的蓋博最終也只能默默地替對方清掉屍體。

當時的他一邊想著要怎麼扭轉眼下這種介於正當防衛與防衛過當的情況，一邊轉過頭看向了男子。那名男子就像僵住似的，呆站在原地，垂下頭凝視著自己那雙沾滿了鮮血的手。

當時的男子還處在可以被稱作少年的年紀。眼看男子在還沒成年的時候就第一次殺了人——蓋博不覺得這會是男子人生中的唯一一次殺人經驗——，他生硬地朝著男子問道。

「你嚇到了嗎？」

與此同時，蓋博也回想起了自己第一次殺人的場景。

他並不是為了要殺人才殺掉對方的。在他還年輕的時候，他曾經短暫地在國防部裡工作過。而在一次偶然的機會下，他不得已地以正當防衛的姿態殺了人。

當他意識到自己真的殺了人的瞬間，他有種即使到死，自己可能都忘不了這種有股濃烈的血腥味倏地湧入鼻腔裡的感覺。而當時，要是他沒有殺掉那個人的話，他百分之百會死在對方的手下。正是因為所有的原因及爭端都是因那個人而起，所以他既沒有絲毫的負罪感，也不覺得愧疚。

不過那股意識到自己殺了人時的衝擊感卻無法被這些站得住腳的理由沖淡。第一次殺人就是這樣的感覺。

看著那具倒在地板上死狀淒慘的屍體，雖然蓋博並不打算對那名男子講出些溫暖的話，但在看見對方凝視著自己滿是鮮血的雙手，僵在原地的模樣後，他還是下意識地開口了。

你嚇到了嗎？

你被那股過於真實的血腥味、血的觸感，以及原先活得好好的生命在自己眼前逝去的模樣嚇到了嗎？

然而在他問出那句話之後，他卻再次確信了原先模糊不清的猜想。

「什麼？」

當男子將視線從手上移到他的身上時，蓋博馬上就意識到自己說錯話了。

「我何必這麼大驚小怪。你那裡有溼毛巾嗎？我要在血漬乾掉之前擦乾淨才行，要不然到時候乾掉就很難處理了。」

蓋博默默地指向了附近的廁所。隨後，他便再次埋首於處理屍體這件事情上。

在他看來，男子絕對不可能是第一次殺人。即使他、詹姆斯，抑或其他人全都沒有發現，但男子肯定在更早之前就已經習慣了殺人這件事。

「嘖，看來我之後得開始戴手套才行。」

蓋博無法從男子的語氣中聽出任何的負罪感。

沒錯，男子原先就是這樣的人。沒辦法用正常人的情感來相處的人。

「……」

回過神後，他已經看完了晚報。即使腦中有一小塊不停地在思考著其他的事，但他還是用剩下的大腦認真地讀完了報紙上的內容。今天的世界依舊是亂七八糟。

蓋博瞥了二樓的方向一眼。他聽不見任何的聲響。

隨後，他起身走向了廚房。在拿起擺在餐桌上籃子裡的一顆水果後，他先是用褲子擦了擦水果的表面，接著用力咬了一口。

他就這樣垂眼看著窗外的小廣場，快速地吃完了那顆水果，準備要再次回到大廳裡。而在走回大廳的路上，他還不忘順便確認了那些傳真給他的資料。他一邊挑出可以馬上答覆的資料，一邊以緩慢的步伐朝著大廳走去。

就在這個時候，他才注意到男子已經下了樓，並且坐在單人沙發上。而無趣地翻看著報紙的男子就像在炫耀自己剛剛才做完愛似的，只有隨意套上了一條褲子而已。甚至男子的手臂上還留有像是被人抓傷的鮮明痕跡。

明明男子肯定也發現蓋博回到了大廳，但對方還是將視線停留在報紙上。而蓋博在確認完對方的模樣後，便邁開步伐準備朝二樓走去。

現在該換他去幫忙收拾屍體了。

蓋博沒有料到男子這麼快就會下來。他原本還以為男子會再過好一陣子後才會下樓，殊不知這次竟然這麼快就下來了。也不知道是因為蓋博不在的這幾年裡，男子的精力就已經用盡了，還是對方做愛的取向改變的緣故。

又或者男子就像之前那樣，不管對方的身體有沒有撕裂、有沒有昏過去，自顧自地宣洩完自己的性欲後，就直接下樓了也說不定。畢竟之前三不五時就會發生這種事。

幾年前，雖然當時的蓋博才剛擔任負責幫男子擦屁股的角色沒多久，但因為男子剛好成年了，外加擺脫稚氣、越來越狡猾的男子也有辦法自己處理自己惹出的禍，所以準備要轉到外部單位的蓋博最終就這樣直接離開了德國。

縱使兩人的關係結束了，不過在此之前，蓋博其實時不時就得幫對方處理屍體。而這裡的屍體除了是指真正的死人之外，還有一些則是指那種情形；那種當男子不知道從哪裡帶回了女人——又或者是男人——，並且在一陣翻雲覆雨後會發生的情形。

雖然依照情況的不同，每次都不太一樣。但大體上來說，只要時間跟狀況沒有受限的話，男子通常會在床上翻雲覆雨好幾個小時才會下床。而當男子在解決完性欲，進到浴室裡洗澡時，蓋博就會趁這個時候來處理當天的可憐犧牲者。

基本上，蓋博負責的就是盡快將那些下體全是鮮血，臉上沾滿了淚水、鼻水，又或者是其他體液並暈過去的人送去醫院。如果對方是男性的話，那十之八九會發生內臟破裂、嚴重脫肛等，這種不得不送去醫院的情形。

然而這其實也很合理。蓋博曾經在某些情況下，不經意地瞥見了男子的性器。而每次當他看見時，總是會忍不住皺起眉頭。有時候，某些不知天高地厚就跟著男子回來的人在看見男子脫下衣服的瞬間，甚至還會立刻鐵青著臉哭喊著要回去。

其中自然也不乏在醫院醒來之後，就揚言要提告的人。而他們講述的內容基本上都有個共通點。就算他們哭著說不想做了、懇切地哀求、生氣，男子也不在乎他們的反應，反而會自顧自地將自己的性器捅進去。

就算滾燙的鮮血從撕裂開的下體流到了床鋪上，浸溼了床單，只要男子還沒宣洩完自己的性欲，他就不會停下抽插的動作。那當男子宣洩完之後？他照樣不會理倒在床上的人，而是自顧自地走進浴室，爽快地清洗起自己的身體。

蓋博比誰都還要清楚這些事。因為每次在幫男子善後的人就是他。

當蓋博看見滿身是血，暈倒在床上的那些人時——甚至他還曾經看過翻著白眼暈過去的人。而每次當他看見這些畫面時，他差點就要跟著一起昏過去了——，他就覺得那些人其實跟屍體沒有什麼兩樣。

蓋博一邊暗自嘆了口氣，一邊朝著樓梯的方向走去。沒想到睽違好幾年的再次見面，男子還是跟之前一模一樣。

而那名被男子帶來的青年——對方現在大概已經倒在血泊之中暈過去了吧——，實際上是被凱爾託付過的對象。

「我想他應該會跟伊萊一起過去吧。他除了是鄭在一的弟弟之外，也是一名很棒的青年。你就好好地照顧他，多幫幫他吧。」凱爾說道。

殊不知蓋博甚至都還來不及照顧對方、幫助對方，那人就在抵達島上的第一天被折磨成了一具屍體。

蓋博也很喜歡那名令他印象很好的青年，所以一想到這，他忍不住就咂起了嘴。他想不透那名青年怎麼會被這種毫無人性的男子盯上，甚至還落得這種下場。

蓋博一邊祈求著青年的傷勢不要嚴重到得送去島外的大醫院處理才行，一邊踏上了前往二樓的階梯。然而還沒等他踏上第二階的階梯，一道嗓音猛地就從他的身後傳來。

「蓋博，你要去哪？」

蓋博背過了身，看向那名用著再平凡不過的嗓音與自己搭話的男子。而對方的手上依舊拿著晚報。

蓋博見狀忍不住挑起了眉，「我嗎……我當然是要去收拾。」

在用委婉的方式表達出自己要去清屍體的意思後，男子低聲地咂起了嘴，並且簡短地說：「不要去。」

蓋博直勾勾地凝視起男子。然而對方卻用著一副什麼事都沒發生過的表情翻看著手上的報紙。隨後，蓋博只好默默地從階梯上走了下來，並且坐在男子對面的位置上。

唉，差點就做出了蠢事。

或許是因為好幾年沒有見到面的緣故，蓋博察言觀色的能力明顯大不如前。如果是之前的話，他大概馬上就能從現在的氛圍中察覺到了這件事。

男子此刻的心情非常差。雖然男子的表情異常平靜，語氣也很正常，甚至翻閱著報紙的動作也看不出絲毫的怒火，但男子卻十分罕見地動了肝火。要是現在有人不小心惹到男子，那這次肯定會看見「真正的屍體」。

蓋博偷偷用著狐疑的眼神打量起了對方。

他猜不到男子心情這麼差的原因是什麼。不過仔細一想，早在他剛剛上去二樓，不小心撞見那個場景的時候，男子的心情看上去就不是很好了。尤其是那句問他「有什麼事嗎」的語氣更是冷到不能再冷。大致上推測一下，蓋博只能隱約猜到男子應該是跟那名青年起了什麼爭執。

然而如果真的是這樣的話，那蓋博心中的疑問就更大了。

就他所知，男子不是那種會跟自己看不慣的人一起行動的類型。其實不要說是同行了，早在男子看不慣對方的瞬間，那人可能就已經成為了一具冷冰冰的屍體。不對，打從一開始，男子就不可能會看不慣青年。

名稱。

當他去機場接機，第一次見到那名青年的時候，雖然他沒有表現出來，但他其實是非常訝異的。因為那名青年竟然用著不以為然的神情直呼男子的名字。甚至男子也不以為然地回應了對方。

從蓋博認識男子以來，他就不曾見過除了男子家人以外的人喊出男子的名字。而正當他為男子竟然可以交到朋友這件事感到訝異的同時，由於他不曾從凱爾那裡聽聞過任何的消息，所以當他看見男子竟然和鄭在義的弟弟發生關係時，他又再次被嚇到了。

至於眼下的這個情況，同樣也令他感到非常意外。

因為男子絕對不是個會看在對方是鄭在義弟弟的分上就饒過對方的人。

「蓋博。」

霎時，男子維持著將視線停留在報紙上的姿勢，猛地打破了沉默。而蓋博則是靜靜地等待著對方的後話。

下一秒，男子瞥了他一眼。那是一道猶如刀鋒般銳利又冰冷的駭人視線。

「下次當我跟那個傢伙待在一起的時候，你不要還沒等到我的回應就直接闖進來。還有忘了你剛剛看到的一切。」

「……好的。」

這個內容非常不像男子平時會提出的要求。或許在蓋博不在的這幾年裡，男子真的變了一個人也說不定。

「所以是發生了什麼事？你剛剛不是還特地跑上來找我嗎？」

「啊，老闆剛剛有打電話過來。除此之外，沙烏地阿拉伯的駐美大使好像會換個人。我猜UNHRDO應該也會為了這件事聯絡你吧。」

「是嗎？那是換誰啊？」

「阿札爾一家的可能性最高，我想應該是由那兩位王子中的其中一位升任這個職務吧。」

「感覺起來應該是穆斯塔……」折起報紙的男子說到一半突然又安靜了下來。

而蓋博見狀就只是微微地歪起了頭，等待對方思索出結論。在他看來，男子應該是倏地想起了跟工作有關的事。

殊不知，蓋博最終等來的卻是出乎他意料之外的話題。

「我們說不定得聊上好一段時間，我們就先回你的房間裡繼續討論吧……還有。」

眼看男子將手中的報紙放回桌上並起身的模樣，蓋博也跟著站了起來。而準備要邁開步伐的男子先是愣了一下，接著又再次安靜了下來。陷入沉思之中的男子就像想到了什麼般，猛地皺眉。

蓋博見狀忍不住挑起了半邊的眉頭，默默打量起對方的表情。

「……跟民宿的主人說，叫她去叫那個傢伙吃飯。他剛剛有說肚子很餓。」

在聽見男子咂著嘴，粗暴說出口的那段話後，蓋博先是沉默了一會兒，接著才答出：「我知道了。」請男子進去房間裡等之後，他便走向了廚房，並向民宿女主人交代了這件事。

由於長期住在這裡的緣故，他早就和女主人混熟了。而民宿的女主人在聽完他的請求後，也就只是笑著說「好的」，便踏上前往二樓的樓梯。

拿了幾罐啤酒，在走回房間的途中，蓋博忍不住歪起了頭。與此同時，他也不忘暗自在心底想道「沒想到有生之年內，竟然還可以看見這種罕見的景象」。

公事的話題不到五分鐘就結束了。

實際上他們也沒有什麼公事好聊的。在講解完世界各地的局勢、聽完凱爾對此所設立的方針，以及預測一些有可能會發生的情況後，這個話題就結束了。

蓋博與男子間的對話總是這麼的簡潔有力。

若是一些不需要做出判斷的事，那蓋博只要傳達完內容就可以了；反之，如果是需要做出判斷的事，那男子通常也不會思考太久。在確認完幾個重要的事項後，他馬上就能做出決定了。

對此，男子跟凱爾是真的很像。至少在工作的方面上，蓋博從來不曾因為跟兩人談事情而感到煩悶過。

「……大致上就是這樣。」

「嗯。」

等蓋博告知完需要交代的事項後，男子簡短地答道。

蓋博就這樣繼續坐在自己的位置上。既然該講的都已經講完了，那他現在就只需要等男子離開房間就可以了。然而男子卻將膝蓋立了起來，靠坐在狹長的沙發上陷入了沉思。

咚，咚。男子那隻輕敲著膝蓋的手指看上去似乎是打算要繼續思索下去似的。

從剛剛開始，男子就一直是這副模樣。即使對方有認真在聽蓋博講話，甚至還能針對其中的內容提出疑問，抑或給出相對應的答案。有疑慮的部分，男子也會仔細地追問下去。所以男子絕對不是簡單點個頭就帶過這次的討論。

話雖如此，但蓋博還是感覺得出男子有多心不在焉。縱使男子有一邊的大腦在仔細聆聽著他講的話，可是另外一邊卻在放空。

雖然蓋博不知道男子究竟在想些什麼，不過他可以確定的是這件事一定跟對方的心情這麼糟的原因有關。

蓋博坐在陷入沉思中的男子面前好一會兒後，便打開了剛剛從廚房裡拿來的其中一罐啤酒。他就這樣一邊喝著啤酒，一邊看起了昨晚看到一半的書。即使他也很想叫男子要沉思就回去自己的房間裡沉思，但他實在不敢隨便與心情這麼糟糕的男子搭話。

而男子隨後也跟著打開了一罐啤酒，並且像喝水般地喝下那罐啤酒。

「舒爾泰斯的啤酒嗎？那個傢伙應該會很喜歡吧。」

倏地，男子咕噥道。

蓋博的視線從書本上移到男子的身上。男子之所以會講出這句話，似乎也不是為了要得到蓋博的回應。他就像在自言自語似的。

隨後，蓋博再次將視線移回書本上。再過一陣子，男子應該就會離開了吧。

然而男子看上去卻沒有半點要離開的意思。他就只是不停地灌著啤酒。由於對方一罐接一罐地喝著，所以原先被蓋博拿來的啤酒轉眼間就全都被對方喝光了。

蓋博剛剛總共拿了四罐一千毫升的啤酒進來。殊不知在他一邊看著書，一邊慢慢喝著第一罐啤酒的時候，對方就已經把剩下的三罐都喝完了。

當男子將最後一罐喝光的啤酒罐放到桌上時，蓋博也剛好看到了書本的最後一頁。他先是瞥了一眼空的啤酒罐，接著問道：「還需要再幫你拿個幾罐進來嗎？」

男子沒有答話。

把對方的反應當作默認的蓋博因為自己也還想再喝，便爽快地起身走向了廚房。當他抵達廚房時，女主人正好在洗碗。而女主人一看見蓋博立刻就開心地搭話道：「尤里，你要吃晚餐吧？」

「嗯，不過我等一下才要吃。那其他人都吃過了嗎？」

「哪裡還有什麼其他人啊，不就只有泰一一個人嗎。他剛剛吃完晚餐跟甜點後就上樓了。可是他好像很累，我看他吃飯的時候一直在打瞌睡。我想他現在應該已經睡著了吧？」

「好，我知道了。我等一下會自己處理晚餐，妳就不用幫我準備了。那我拿這些啤酒走了喔。」

語畢，蓋博以親吻對方臉頰的方式來表達自己的感謝。隨後，他拿了四罐啤酒回到了房間。

男子用著跟剛剛一樣的姿勢坐在房間裡沉思著。然而對方的表情看上去卻比剛剛還要凶狠。蓋博見狀默默地嘆了口氣，接著把手中的啤酒罐放到男子的面前。

「泰一已經吃完晚餐並上樓了。據安娜說，他現在應該正在睡覺。」

「睡覺？」男子的眉頭倏地皺了起來，「他現在在睡覺？他竟然睡得著？」

「……這我也不太清楚。不過從對方剛剛在吃飯的時候就一直打瞌睡來看，我想他應該是睡著了吧。」

在聽完蓋博生硬的答覆後，男子惡狠狠地瞪向了他。而蓋博就只是鎮定地打開了啤酒罐。

「因為那種小事就哭了的人，現在竟然還敢給我睡覺。」

咚，咚。隨著男子輕敲著膝蓋的動作變得越來越用力，他那道低沉的嗓音也漸漸加重了力道。

蓋博挑著眉頭，默默地喝起了啤酒。哭了？男子口中的話語盡是他完全摸不著頭腦的內容。

「我話先說在前頭，那個傢伙並不是真的討厭這件事。一開始，即使他老是把又累又麻煩掛在嘴邊，但他最後也還是射了啊？甚至他還曾經射到一半就暈過去？雖然多少也是我故意把他變成那個樣子。」

蓋博微微地撇起了嘴。他沒想到自己竟然會聽到對方說出這種話。

「所以就算他哭了，這也不代表他是因為真的想哭才哭的。難道不是嗎？」

「……這個嗎，因為我不太清楚這整段話的脈絡。」

蓋博是真的摸不著頭腦。男子現在說的每一句話，都是原本跟對方八竿子打不著的內容。蓋博實在是猜不到對方到底想表達些什麼。

如果今天換作是其他人講出這些話的話，那他或許還不會這麼困惑。可是當這些話從男子的口中講出來，一切就變得難以理解了。

「那個傢伙不可能真的討厭這件事……應該不可能吧。」男子自言自語道。下一秒，男子再次把啤酒當水來灌，並且又陷入了沉思之中。

而蓋博在凝視了男子一會兒後，緩慢地開口道：「要是對方真的討厭的話，那會怎麼樣嗎？」

即使蓋博還是找不到這段話的脈絡，不過在他把心中的疑惑問出口之後，男子卻沉默了下來。霎時，男子的表情變得有些奇妙。

不滿地撇起嘴的男子在思索了一陣子後，微微搖起了頭，「不會怎樣。」

點了點頭後，蓋博也安靜了下來。

他不需要再多說些什麼了。男子已經做出了結論。而男子在回答完後，依舊默默地點著頭。蓋博開始數起了桌子上那些被男子喝光的啤酒罐。然而他自己也很清楚，男子不是個會因為幾罐一千毫升的啤酒就喝醉的人。

沒想到在有生之年內，他還能撞見這種畫面。不，或許喝醉的不是男子，而是他才對。也許他在不知不覺間就已經酩酊大醉，作了夢也說不定。

沒錯，這樣的確更合理。

正當蓋博想著等一下一定要去庭院裡透透氣時，男子倏地從位置上站了起來。看來對方終於打算要離開了。

每當天色暗下來時，民宿的女主人就會打開庭院裡的燈。雖然這些照明並不是必須的，但女主人為了要讓大家可以在深夜的時候也能出來庭院裡散散步，又或者是可以隨時迎接突然要在大半夜入住的新旅客，所以一直到清晨天色再次亮起時，庭院裡總是被零零星星的照明照亮著。

而正是多虧了女主人的這個舉動，才讓天生夜間視力就比較差的蓋博可以在大半夜的時候，也能放寬心地在庭院裡散步。甚至偶爾還能直接跳下庭院裡的泳池裡游泳。

然而他今天的心情不適合游泳，所以就只是緩緩地走在庭院的果樹下，深吸了一口氣。從明天開始，他就得再次忙起來了。這段時間以來，為了蒐集到那些再微小不過的情報，是真的吃了很多的苦。無論是印度還是中東，只要哪個地方一出現細微的動靜，他就會二話不說地跑過去。而最終，他總算打聽到了他一直在找的那個人就在這座島上的消息。

因此從明天開始，他打算要認真地找出那人的下落。不過負責找到那個人的人並不是他，而是那名身為鄭在義弟弟的青年。凱爾曾經說過，若是那名青年的話，就一定能找到鄭在義。

然而當他追問理由時，凱爾就只是尷尬地笑著說：「雖然我沒有任何的根據，但我很確定他一定能找到鄭在一。因為他就是鄭在一的吉祥天。」

蓋博決定要相信凱爾的話。因為從過去的經驗來看，凱爾在這方面的確就是比他還要高明。

而一邊呼吸著沁涼空氣，一邊散步在庭院裡的蓋博倏地抬起頭看向了二樓。

剛剛碧碧——那是一名住在這附近，專門在幫忙安娜處理民宿雜務，有些怕生的黑人女孩——露出了非常嬌羞的神情，躊躇著向他問道：「住在二樓的那位哥哥是誰？我剛剛在庭院裡撿掉在地上的水果時，剛好和他對視了。結果他馬上就溫柔地對著我笑！」

碧碧一開口，蓋博的腦中立刻就浮現出了男子與青年的臉。而正當他思索著是誰住在二樓的邊間時，他一聽見「溫柔地對著我笑！」的這句話，隨即就意識到了碧碧口中的那個人一定是青年。

將青年的名字講給碧碧聽之後，對方不停地用著生澀的發音低聲重複道：「泰一、泰一。」

一回想起青年的模樣，蓋博立刻就意會過來了碧碧為什麼會露出如此嬌羞的表情。那名青年是個可以在不知不覺間就令其他人對他產生好感的類型。

蓋博走到圍牆的內側，站在碧碧今天撿起芒果的那顆果樹旁，抬頭望向了二樓。果不其然，他站的這個位置可以清晰地看見二樓的邊間。

而漫不經心看著二樓的他猛地歪起了頭。那間房間的燈是亮著的。據安娜所說，那名青年應該已經睡著了才對啊，難道是安娜猜錯了嗎？

霎時，他又往反方向歪起了頭。二樓邊間的窗戶旁，隱隱約約能看見一個人的身影。而那張斜靠在窗邊，垂下頭默默凝視著床鋪方向的側臉，怎麼看都是不久前還在蓋博房間裡把啤酒當水喝的男子。

「……」

蓋博先是揉了揉自己的雙眼，接著再次看向二樓。

男子依舊站在窗戶旁。雖然兩人之間間隔著一定的距離，但依照男子平時的敏銳度來看，對方是一定能察覺到他的視線的。然而男子此刻就只是靜靜地垂下了頭。

那裡到底有什麼東西，才讓他看得這麼出神？那間房間裡有的不就只有那名青年而已嗎？

蓋博將身體靠在圍牆上。隨後，他將雙手抱在胸前，擺出了要認真觀察男子的姿態。他很好奇，男子究竟會維持著這種令人摸不著頭腦的行為多久。

而男子也擺出了跟蓋博一樣的姿勢，將雙手抱在胸前。男子就這樣將頭靠在窗框上，一動也不動地看向床鋪的方向。過了好一陣子後，男子的身子微微地從窗框上移開。

也不知道男子究竟是看見了什麼畫面，一直維持著面無表情的他猛地笑了起來。而他在伸長手臂朝著床鋪的方向撥弄了一會兒後，又回到原本的位置上，再次將雙手抱在了胸前。

雖然蓋博向來都認為自己是個很有耐心的人，但他卻漸漸感到厭倦了。畢竟他現在既不是在做什麼特別的事，也沒有理由繼續看下去。在看了一眼手錶後，他才發現時間已經很晚了，也差不多到了該入睡的時間。

蓋博將身體從圍牆上移開後，又再次看向了二樓。男子依舊維持著同樣的姿勢靠在窗邊。

蓋博見狀忍不住在心底玩笑道「再這樣下去，他該不會真的打算睡在那名青年的房間裡吧」。

然而他比誰都還要清楚，這是絕對不可能發生的事。因為男子是個沒辦法與其他人睡在一起的人。

嘆了一口氣後，蓋博開始搓揉起後頸。隨後，他看向自己的腳邊，換他陷入了沉思。不過還沒有思索太久，他馬上就抖了抖肩膀，搖起了頭。

這個世界上充滿著許多無法靠認知來理解的事。除此之外，也充斥著許多即使可以靠認知來理解，但在個人層面上還是無法想通的事。

蓋博歪起頭思索了一會兒後，最終還是忍不住嘆了口氣。他決定把這件事歸類到他在個人層面上無法理解的範疇裡。與此同時，他也暗自問自己：如果無法理解的話，那會怎麼樣嗎？

他一邊朝著民宿走去，一邊將手背在身後，再次陷入了沉思之中。而他這次很快就得出了結論。其實無法理解也不會怎麼樣。

唉，我真的搞不懂……不過那又如何。

向來不愛插手他人事務，話又少的他就這樣在心底嘟噥道。反正可以不用幫男子清屍體，這對他來說倒也是一件好事。

——〈ONE-ACT〉終

高寶書版集團
gobooks.com.tw

CRS061
PASSION 05

作　　者　YUUJI
譯　　者　皮皮
封面繪圖　NJ
編　　輯　賴芯葳
美術編輯　彭裕芳
排　　版　彭立瑋
企　　劃　黃子晏

發 行 人　朱凱蕾
出　　版　朧月書版股份有限公司
　　　　　Hazy Moon Publishing Co., Ltd.
地　　址　臺北市內湖區洲子街 88 號 3 樓
網　　址　www.gobooks.com.tw
電　　話　(02) 27992788
電　　郵　readers@gobooks.com.tw（讀者服務部）
傳　　真　出版部　(02) 27990909　行銷部 (02) 27993088
郵政劃撥　19394552
戶　　名　英屬維京群島商高寶國際有限公司臺灣分公司
發　　行　英屬維京群島商高寶國際有限公司臺灣分公司 / Printed in Taiwan
　　　　　Global Group Holdings, Ltd.
法律顧問　永然聯合法律事務所
初版日期　2025 年 2 月

國家圖書館出版品預行編目 (CIP) 資料

PASSION / YUUJI 著；皮皮譯 . -- 初版 . -- 臺北市：朧月書版股份有限公司出版：英屬維京群島商高寶國際有限公司台灣分公司發行 , 2025.02
面；　公分 . --

譯自：패션 PASSION 5

ISBN 978-626-7362-99-0 (第 5 冊：平裝)

862.57　　113018733